A RAINHA LIBERDADE

O Império das Trevas

A RAINHA LIBERDADE

O Império das Trevas

A Guerra das Coroas

A Espada Flamejante

CHRISTIAN JACQ

A RAINHA LIBERDADE

O Império das Trevas

VOLUME 1

Tradução
Maria Alice Araripe de Sampaio Doria

BERTRAND BRASIL

Título original: *La Reine Liberté — L'empire des ténèbres*

Capa: Raul Fernandes

Editoração: DFL

2006
Impresso no Brasil
Printed in Brazil

CIP-Brasil. Catalogação na fonte
Sindicato Nacional dos Editores de Livros, RJ

J19i Jacq, Christian, 1947-
O império das trevas/Christian Jacq; tradução Maria Alice Araripe de Sampaio Doria. – Rio de Janeiro: Bertrand Brasil, 2006.
378p. : . – (A rainha liberdade; v. 1)

Tradução de: La reine liberté, v. 1: L'impere des ténèbres
Continua com: A guerra das coroas
ISBN 85-286-1215-5

1. Romance francês. I. Doria, Maria Alice Araripe de Sampaio, 1948-. II. Título. III. Série.

CDD – 843
06-3501 CDU – 821.133.1-3

EDITORA BERTRAND BRASIL LTDA.
Rua Argentina, 171 – 1º andar – São Cristóvão
20921-380 – Rio de Janeiro – RJ
Tel.: (0xx21) 2585-2070 – Fax: (0xx21) 2585-2087

Dedico este livro a todos que
consagraram suas vidas à liberdade,
ao lutarem contra ocupações, totalitarismos e
inquisições de toda natureza.

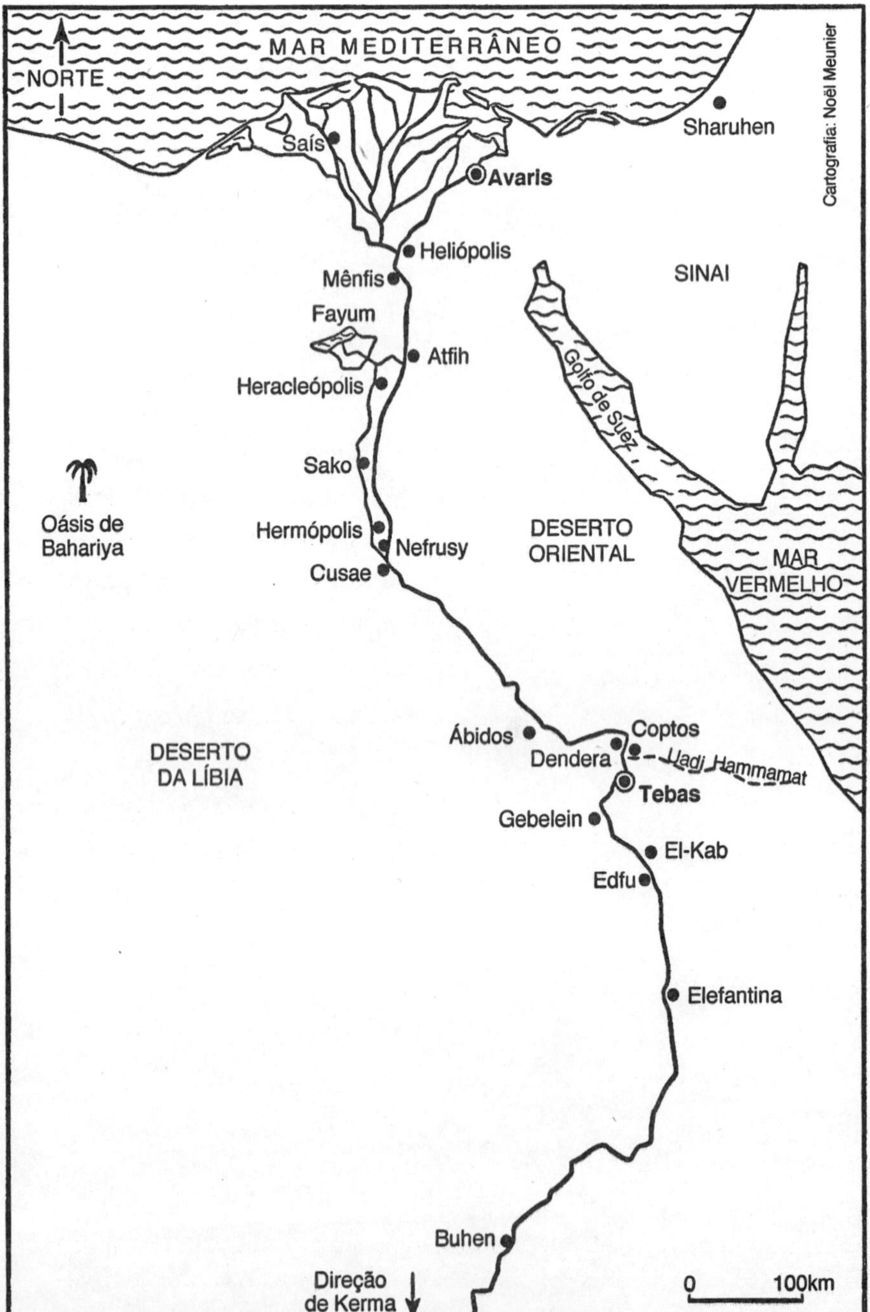
MAR MEDITERRÂNEO
NORTE
Cartografia: Noël Meunier
Sharuhen
Saís
Avaris
Heliópolis
Mênfis
SINAI
Fayum
Atfih
Heracleópolis
Golfo de Suez
Sako
Oásis de Bahariya
Hermópolis
Nefrusy
DESERTO ORIENTAL
Cusae
MAR VERMELHO
Ábidos
Coptos
Dendera
Uadi Hammamat
DESERTO DA LÍBIA
Tebas
Gebelein
El-Kab
Edfu
Elefantina
Buhen
Direção de Kerma
0
100km

Deus fez soprar sobre nós um vento contrário e, repentinamente, oriundos das regiões do Leste, invasores de uma raça indefinida marcharam determinados contra o nosso país e, facilmente, sem combate, dele se apoderaram por meio da força; destituíram seus governantes; depois, sem piedade, incendiaram as cidades, destruíram os templos das divindades e trataram a população com extrema crueldade, massacrando os homens e levando com eles suas mulheres e suas crianças como escravos.

Texto de Mâneto sobre a invasão dos hicsos,*
citado em Flávio Josefo, Contra Apion, *I, 14, 75sq.*

---

* Mâneto foi um sacerdote egípcio que viveu no século III a.C. Sua obra maior, *Aegyptiaca,* traçava a história das dinastias egípcias. Lamentavelmente, esta obra foi perdida e dela só conhecemos alguns trechos citados por autores antigos.

Tebas, última zona livre do território egípcio, 1690 antes de Cristo.

1

Imóvel há mais de meia hora, Ahotep viu o último guarda passar em frente à porta principal do palácio. Aproveitando os poucos minutos de intervalo para a troca da guarda, a bela jovem morena, de dezoito anos, precipitou-se num pequeno bosque de tamargueiras, onde se escondeu até o cair da noite.

Filha da rainha Teti, a Pequena, Ahotep recebera um nome estranho, que podia ser traduzido de várias maneiras: "A lua está em plenitude", "A lua está em paz" ou, então, "Guerra e Paz", porque, segundo os sábios, a lua era um deus guerreiro que levava consigo o mistério da morte e da ressurreição.

A guerra... Não havia outra solução para se livrarem dos invasores hicsos que controlavam todo o país, com exceção de Tebas, a cidade santa do deus Amon. Graças a essa proteção, o templo de Karnak e a cidade próxima a ele haviam sido poupados pelos bárbaros. Mas por quanto tempo ainda?

Os hicsos chegaram pelo Delta, havia quarenta anos, mais numerosos do que uma nuvem de gafanhotos! Asiáticos, árabes, cananeus, sírios, caucasianos, minoanos, cipriotas, iranianos, anatólios e outras tribos mais, todos protegidos por couraças! Utilizavam estranhas criaturas de quatro patas e cabeça grande, mais altas e mais rápidas do que os burros. Os cavalos puxavam veículos montados sobre rodas que avançavam a uma velocidade incrível, o que permitiu aos agressores exterminar os soldados do Faraó.

Ahotep praguejava contra a moleza e a covardia do pobre exército tebano. É bem verdade que ele não podia rivalizar com as tropas potentes e numerosas do invasor, dotadas de armas novas e aterrorizantes, mas a inércia levava direto ao aniquilamento!

Se Apófis, o chefe supremo dos hicsos, resolvesse arrasar Tebas, os soldados egípcios fugiriam, e toda a população seria massacrada, exceto as belas mulheres, que seriam oferecidas aos prazeres dos guerreiros, e as crianças robustas, reduzidas à escravidão.

Os últimos homens livres da terra dos faraós curvar-se-iam, incapazes de lutar.

O que restava do maravilhoso reino dos construtores de pirâmides? Uma província encravada entre o ocupante do Norte, e seus aliados núbios do Sul, um templo construído por Sesóstris I, agora abandonado, e um palácio que nada mais tinha de real!

Sem a obstinação de Teti, a Pequena, até a Casa da Rainha teria sido extinta, e os tebanos, assim como os outros egípcios, teriam se tornado servos dos hicsos.

Isolada, a mãe de Ahotep começava a fraquejar, e o número dos que apoiavam a independência de Tebas diminuía a cada dia.

Se apenas restasse somente um a resistir, esse alguém seria Ahotep.

A jovem não temia a luta, nem o sofrimento, nem a morte. Mesmo com um punhal na garganta, não aceitaria vergar-se sob o jugo dos hicsos.

Os cortesãos zombavam dela e tratavam-na como louca, mais divertida do que perigosa.

Estavam errados.

Naquele dia começava a guerra da libertação.

Como único soldado, uma rebelde de dezoito anos, e como única arma, uma faca de sílex bem afiada.

A troca da guarda havia sido feita, Tebas estava adormecida. Há muito tempo não se organizavam banquetes na sala de recepção com suas pinturas desbotadas, e onde já não se tocava música.

E mais nenhum faraó havia subido a um trono desesperadamente vazio.

Ahotep queria esquecer essa imagem que lhe dilacerava o coração e correu em direção ao embarcadouro.

Ancorados, um cargueiro inutilizado, uma chata que, em tempos passados, servira para transportar os blocos provenientes das pedreiras de arenito fechadas pelo invasor, e vários esquifes pequenos.

Entre as embarcações, uma barca em bom estado.

Esse era o meio de transporte que Ahotep contava usar para sair do reduto tebano.

Com agilidade, a jovem mulher entrou na barca e pegou os remos. Como navegaria em direção ao norte, a força da corrente ser-lhe-ia favorável.

Ninguém passava pelo rio à noite porque os perigos eram muitos: hipopótamos, crocodilos, redemoinhos... Ahotep não tinha escolha. "E quando não temos escolha", tinha o costume de proclamar em alto e bom som, "somos livres!"

Com determinação, a princesa começou a remar.

Já que ninguém lhe podia indicar com exatidão onde terminava a zona livre e começava o território ocupado, ela descobriria por si mesma. Os conselheiros mais pessimistas achavam que os hicsos deviam ter avançado muito depois que Apófis, cuja reputação de crueldade ultrapassava a de seus antecessores, assumira o poder. E pressionavam Teti, a Pequena, para sair de Tebas, sem demora.

Porém, onde viver em segurança?

Segundo Ahotep, o único recurso seria o ataque. A primeira escaramuça teria lugar na linha de demarcação e, se fosse preciso, a princesa, em pessoa, comandaria os regimentos egípcios em farrapos!

Haviam-se passado quarenta anos, milhares de seus compatriotas tinham sido massacrados. Os hicsos acreditavam poder agir com total impunidade e continuar a manter o regime de terror nas Duas Terras*. Em breve, Ahotep provaria o contrário.

Nunca uma princesa egípcia, acostumada ao luxo da corte, havia sido obrigada a manejar remos pesados, com o risco de estragar as mãos. Entretanto, a sobrevivência do país estava em jogo e a bela morena só pensava no objetivo a ser alcançado.

Alguma coisa chocou-se com a barca e por pouco não a virou. Por sorte o equilíbrio foi restabelecido por si só. Ahotep entreviu uma massa escura que se afastava, batendo ferozmente com a cauda na água.

Um crocodilo importuno.

Afastando o medo, Ahotep prosseguiu. Graças à excelência de sua visão e à luz fornecida pela lua cheia, ela evitou os destroços de um barco e uma ilhota de vegetação onde dormiam pelicanos.

---

* O Alto e o Baixo Egito.

Nas margens, casas abandonadas. Temendo a chegada dos invasores, os camponeses haviam se refugiado em Tebas.

Ao longe, uma fumaça.

Ahotep diminuiu a velocidade, dirigiu-se para a margem e escondeu a barca num cerrado de papiros de onde se precipitaram garças brancas, perturbadas em seu sono.

Receando que os gritos das aves dessem o alerta, aguardou pacientemente antes de escalar o talude e atingir um campo de trigo abandonado.

Será que a fumaça provinha de uma fazenda em chamas ou de um bivaque hicso? Tanto num caso como no outro, o inimigo estava bem próximo.

— Diga, menina — interrogou uma voz agressiva —, o que faz por aqui?

Sem nenhuma hesitação, Ahotep virou-se e, brandindo uma faca de sílex na mão direita, avançou sobre o adversário.

2

— Mate-o! — ordenou Apófis, chefe supremo dos hicsos.

O jovem burrico viu a morte aproximar-se.

Em seus olhos grandes e meigos havia total incompreensão. Por que ser abatido, logo ele que, desde a idade de seis meses, levara as cargas pesadas que machucado tanto seu lombo; ele que servira de guia para os companheiros de infortúnio sem nunca errar o caminho; ele que sempre obedecera às ordens sem resfolegar?

Mas seu dono era um mercador da península arábica a serviço dos hicsos e acabara de morrer em conseqüência de uma embolia. E os invasores costumavam sacrificar os melhores burros de um caravaneiro para jogar os despojos numa tumba sumária.

Indiferente ao massacre, Apófis começou a subir lentamente os degraus que conduziam ao seu palácio fortificado, localizado no coração da cidadela que dominava a capital, Avaris, implantada numa zona fértil, no nordeste do Delta.

Alto, o rosto marcado por um nariz proeminente, bochechas flácidas, ventre dilatado e pernas vagarosas, Apófis era um qüinquagenário glacial, de voz rouca, cuja simples visão causava medo. As pessoas se esqueciam de sua feiúra para se concentrar no olhar indecifrável que avaliava o interlocutor de soslaio, penetrando-o como uma lâmina de um punhal. Era impossível saber o que pensava o chefe dos hicsos, que tiranizava o Egito havia vinte anos.

Ou autor arroubos de orgulho, quando Apófis pensava na invasão dos hicsos! Não havia posto um fim a treze séculos de independência egípcia? Desconhecidos do exército do faraó, os carros e os cavalos vindos da Ásia haviam semeado o pânico, tornando a conquista ainda mais fácil e rápida, sobretudo porque numerosos colaboracionistas, como os cananeus, não haviam hesitado em cometer traições para granjear as boas graças dos vencedores.

Muito bem pagos, os mercenários tinham voltado suas armas contra a infantaria egípcia, atacada interna e externamente. E não seriam os fortins do Delta, pouquíssimo numerosos, que poderiam impedir as ondas de invasores.

— Belo dia, senhor! — exclamou o controlador-geral Khamudi, inclinando-se.

Com rosto de lua cheia, cabelos muito pretos colados na cabeça arredondada, olhos ligeiramente puxados, mãos e pés rechonchudos, ossatura pesada, Khamudi aparentava ter mais idade do que seus trinta anos. Disfarçava sua agressividade sob uma untuosidade fingida, mas todos sabiam que ele não hesitaria em matar qualquer pessoa que se interpusesse em seu caminho.

— Os incidentes terminaram?

— Ah, sim, senhor! — afirmou o controlador-geral com um largo sorriso. — Pode estar certo de que nenhum camponês ousará revoltar-se.

Apófis nunca sorria.

Seu rosto só se animava numa única circunstância: quando assistia à agonia de um adversário, louco o bastante para se opor à dominação dos hicsos.

Um pequeno povoado próximo à nova capital havia protestado contra o peso insuportável dos impostos. Imediatamente, Khamudi soltara seus cães ferozes, piratas cipriotas que os hicsos haviam resgatado das prisões egípcias.

Apesar das instruções, eles não poupavam nem mesmo as crianças. Depois que passavam, não sobrava nada da localidade atacada.

— E as colheitas?

Khamudi fez uma cara feia.

— De acordo com os primeiros relatórios, não serão muito boas...

Uma cólera fria brilhou nos olhos de Apófis.

— Serão menos abundantes do que as do ano passado?

— É o que receio, senhor.

— Os camponeses estão zombando de nós!

— Mandarei queimar alguns povoados. Então eles compreenderão que...

— Não, Khamudi, não vale a pena eliminar escravos cujos braços nos serão úteis. Procuremos outra solução.

— Acredite, eles ficarão apavorados!

— Talvez demais.

Khamudi ficou desconcertado.

O chefe supremo retomou sua subida, seguido pelo controlador-geral, um passo atrás de seu chefe.

— O medo é bom conselheiro — continuou Apófis —, mas o terror pode paralisar. Acontece que precisamos de mais trigo e cevada para alimentar nossos funcionários e soldados.

— Nem os funcionários, nem os soldados aceitarão trabalhar nos campos!

— Inútil em lembrar-me, Khamudi.

O alto dignitário mordeu os lábios. Guloso, apreciador de vinhos capitosos e mulheres alegres, às vezes tendia a falar demais.

— Conquistamos o Egito — lembrou Apófis — e certamente não será o miserável enclave tebano, povoado de preguiçosos e velhos, que nos ameaçará de alguma forma.

— Eu ia justamente propor que o destruíssemos sem demora.

— É um erro, meu amigo, um grave erro.

— Eu... eu não compreendo.

Soldados armados de lanças inclinaram-se à passagem dos dois homens. Seguindo por um corredor baixo e estreito iluminado por tochas, entraram num pequeno aposento construído no centro da fortificação.

Ali, Apófis tinha certeza de que ninguém os escutaria.

Sentou-se numa cadeira baixa de madeira de sicômoro, desprovida de qualquer ornamento. Khamudi permaneceu em pé.

— Nem todos os nossos aliados são confiáveis. Conto com você, amigo eficaz e devotado, para pôr ordem em nossa própria casa.

— Fique tranqüilo, senhor!

— Todos os métodos serão válidos... Digo e repito: todos. Quaisquer que sejam as circunstâncias, aprovarei e justificarei sua forma de agir. Só me importa o resultado: não quero mais ouvir uma única voz discordante na coalizão dos hicsos.

Khamudi salivava de contentamento. Quem ousasse criticá-lo, mesmo que só em pensamento, seria condenado à morte.

— Ainda teremos muito trabalho para eliminar completamente os traços do antigo regime dos faraós e consolidar a onipotência da revolução dos hicsos sem que reste qualquer esperança de voltar atrás — prosseguiu Apófis.

— Então Tebas deve desaparecer!

— Certamente; porém, antes, ela será útil aos meus planos sem se dar conta disso. A chave da vitória completa é a colaboração. Os traidores ajudaram-nos a invadir o Egito; outros traidores ajudarão a dominá-lo. Deixemos os últimos patriotas acreditarem que Tebas representa uma verdadeira esperança enquanto introduzimos o germe da destruição.

— Os camponeses...

— Se tiverem esperança na libertação, mesmo que remota, trabalharão com ardor redobrado, sem perceberem que requer uma única espiga de trigo chegará às mãos dos resistentes. Mostre-se um perito na arte da mentira e da desinformação, meu amigo; organize falsas redes de resistência, prenda alguns membros para que não reste nenhuma dúvida e instigue o entusiasmo dos camponeses!

— Serei obrigado a eliminar alguns dos nossos próprios oficiais...

— Escolha sobretudo os cananeus; eles são um pouco turbulentos demais para o meu gosto.

— Às suas ordens, senhor.

— Khamudi...

O tom de voz do chefe supremo fez o controlador-geral estremecer.

— ... você é o único a conhecer as minhas verdadeiras intenções. Não se esqueça disso.

— É um imenso privilégio do qual saberei me mostrar digno, senhor.

3

Louca de preocupação, Teti, a Pequena, precisava render-se às evidências: sua filha, Ahotep, havia realmente desaparecido. A selvagem não se encontrava nem em seu quarto, nem na biblioteca, onde passava horas lendo os romances escritos durante o glorioso período do Médio Império, nem no jardim, onde gostava de brincar com seu enorme cão, uma verdadeira fera que só obedecia a ela. Em sua ausência, os guardas haviam amarrado o molosso no tronco de um sicômoro.

— Mas, Qaris, sem dúvida você sabe aonde ela foi!

Qaris era a gentileza personalizada. Bem-apessoado, rosto arredondado, mantinha a calma em qualquer circunstância e havia assumido a difícil tarefa, quase impossível, que consistia manter uma aparência de conforto no palácio real de Tebas, condenado a uma rápida deterioração.

— Infelizmente não, Majestade!

— Tenho certeza de que ela lhe fez confidências e você não deseja traí-la.

— Não sei nada realmente, Majestade. A guarda já foi alertada.

— A guarda... Um bando de poltrões que morrerão de medo antes mesmo da chegada dos hicsos!

O intendente não podia contradizer a rainha.

— Também preveni o exército.

Teti, a Pequena, suspirou.

— Ele ainda existe?

— Majestade...

— Cuide do almoço, Qaris; vamos continuar a fingir que vivemos como uma corte real.

Com os ombros arqueados, o intendente entregou-se às suas ocupações. Há muito desistira de tentar reconfortar a soberana com discursos nos quais nem ele próprio acreditava.

Cansada, a rainha dirigiu-se para a sala do trono, construída às pressas há quarenta anos, quando a corte fugira da região de Mênfis para se refugiar na pequena cidade de Tebas, "a Heliópolis do Sul", sem nenhuma importância econômica.

Depois da morte de seu marido, um faraó sem poder, Teti, a Pequena, não aceitou ser coroada e suceder-lhe. De que adiantaria cobrir-se de títulos empolados que, sem dúvida, desencadeariam a cólera dos hicsos, ocupados que estavam em sugar até a última gota de sangue do país para pensar em esmagar a miserável província tebana?

A estratégia da rainha mostrara-se eficaz, pois os invasores haviam esquecido a cidade sagrada de Amon, convencidos de que lá havia apenas velhos sacerdotes inofensivos que celebravam cultos arcaicos. E era exatamente essa mensagem que Teti, a Pequena, fazia questão de transmitir à nova capital, Avaris, na esperança de que os hicsos deixassem os últimos egípcios livres morrerem em paz.

Que outra política poderia adotar? O exército tebano não passava de um amontoado de despreparados com um armamento irrisório. O treinamento dos soldados estava reduzido a grotescas exibições que nem mesmo às crianças divertia, e os oficiais de carreira haviam perdido as esperanças, contentando-se em manter em bom estado a caserna onde residiam.

Se os hicsos atacassem, os soldados e a guarda iriam depor suas armas e tentar passar por civis, a fim de escapar do massacre. E não seria o general-de-exército, um velho com a saúde periclitante, que conseguiria manter um simulacro de coesão entre suas tropas.

De tempos em tempos, Teti, a Pequena, reunia um conselho fantasmático, onde evocava, com seriedade, um "reino tebano" do qual dependiam, teoricamente, algumas províncias em ruínas ainda dotadas de um potentado local e de um arauto encarregado de anunciar os decretos do faraó. Entretanto, ninguém mais acreditava nessa simulação. Ao menor sinal de ameaça dos invasores, os prefeitos afirmariam que não davam nenhum apoio a Tebas e que a rainha era uma dissidente, passível das piores sanções.

Teti, a Pequena, estava cercada de pessoas medíocres, incompetentes ou corruptas. Sequer nomeara um vizir, pois este não disporia de nenhum meio para agir. Só permaneciam os cargos de ministro da Agricultura e das Finanças, ocupados por cortesãos idosos que administravam sem energia um governo mirrado.

A lealdade desaparecera, as pessoas só pensavam em si mesmas. Por milagre, os tebanos haviam aceitado sustentar a família real, embora reduzida ao mínimo necessário, como se com isso eles se recusassem a esquecer o passado. Graças ao incansável Qaris, Teti, a Pequena, sua filha Ahotep e as pessoas mais próximas não passavam fome, mesmo que o cardápio diário pudesse parecer insignificante aos olhos dos monarcas das épocas gloriosas.

A rainha chorava todos os dias.

Enclausurada no palácio empobrecido que cada vez mais se assemelhava a uma prisão, ela vivia de lembranças e de sonhos nos quais o futuro não tinha lugar.

Teti, a Pequena, inclinou-se diante do trono vazio que nunca mais seria ocupado por nenhum faraó. Hórus, o falcão cósmico, afastara-se da terra e não mais descia de seu paraíso celeste. Simbolizada pela união das plantas do Norte e do Sul, a felicidade das Duas Terras não passava de uma miragem.

Por várias vezes a bela e pequena mulher, sempre cuidadosamente maquiada apesar da raridade dos produtos de beleza, pensara em suicidar-se. De que servia uma rainha sem coroa, impotente diante de uma revolução bárbara?

Somente a contemplação das estrelas lhe dava coragem para continuar vivendo. Nelas brilhavam as almas imortais dos reis ressuscitados que percorriam para todo o sempre o caminho da retidão, bem longe das dúvidas e do desespero. E Teti, a Pequena, última rainha do Egito, prosseguia na sua obscura existência.

— Majestade...

— O que foi, Qaris?

A voz do intendente tremia.

— A guarda pede para vê-la.

— Atenda você.

— O chefe só deseja falar com a senhora.

— Faça-o entrar na sala de audiência.

Qaris olhou fixamente para o trono vazio.

— Majestade... Pensaríeis em...

Teti, a Pequena, esboçou um triste sorriso.

— Claro que não.

— Se tivéssemos novamente um faraó...

— Deixe de sonhar, Qaris.

A rainha fechou lentamente a porta da sala, doravante votada ao silêncio.

— Se quiserdes que eu limpe o piso e tente renovar as pinturas... — propôs o intendente.

— Não será necessário.

A viúva passou por seu quarto para se olhar num espelho de bronze e pôr na cabeça um fino diadema de ouro que outras esposas reais já haviam usado antes dela. Quando sua última camareira tentara roubá-lo, Teti, a Pequena, simplesmente contentou-se me despedi-la.

A soberana do enclave tebano precisava continuar zelando por sua elegância. Por sorte, restavam-lhe algumas túnicas dignas de sua posição, com as quais tinha muito cuidado; ela escolheu a de linho rosa e calçou sandálias douradas.

Apenas mantendo uma certa aparência conseguiria impor-se às forças de segurança e fazê-las crer na existência de uma autoridade, mesmo limitada.

Por um instante a rainha imaginou que sua província era um verdadeiro país e que ia falar com um verdadeiro representante da ordem.

Surpreso com a imponência de Teti, a Pequena, o guarda permaneceu mudo por alguns segundos.

— Majestade...

— O que deseja?

— Trata-se de um caso grave, Vossa Majestade, muito grave.

— A segurança de Tebas está em jogo?

— Receio que sim. Vossa filha...

A rainha empalideceu.

— Você a encontrou?

— Não eu, mas um guarda de fronteira.

— Ela está... viva?

— Quanto a isso, Majestade, está mais viva do que nunca! O guarda é que foi ferido no braço pela faca que a princesa manejava.

— Uma faca... Está sonhando!

— O relatório não dá margem a dúvidas. A princesa Ahotep tentou matar o meu subordinado que acabara de detê-la. Ela estava tão descontrolada que ele precisou de reforços para dominá-la.

Teti, a Pequena, ficou aflita.

— Ela foi molestada?

— Não, Majestade, porque ela se identificou na mesma hora! A princípio os guardas não acreditaram, mas sua veemência os impressionou. Com receio de cometerem um erro, decidiram amarrá-la e levá-la à minha presença.

— Então esse caso ridículo está encerrado.

— Receio que não, Majestade.

— O que quer dizer?

— Não podemos considerar esse grave incidente uma simples altercação.

— E por que não?

— Porque é evidente que vossa filha estava deixando o território tebano para se juntar aos hicsos.

— Você ousaria...

— Os guardas e eu acusamos a princesa Ahotep de alta traição. Dada a posição que ela ocupa, um tribunal de exceção deve ser convocado com urgência.

— Você se dá conta de que...

— Ela será condenada à pena de morte — explicou o chefe da guarda, com um olhar de regozijo. — Nada mais normal. Se não dermos o exemplo, haverá uma debandada geral.

Teti, a Pequena, perdeu as forças.

— Não, não é possível... Certamente você está enganado!

— Fatos são fatos, Majestade.

— Quero ver a minha filha.

— O interrogatório foi bem conduzido, tranqüilizai-vos.

— Ahotep confessou?

— Teremos, em breve, uma confissão completa.

Teti, a Pequena, empertigou-se.

— Sou a rainha de Tebas e exijo ver a minha filha imediatamente!

4

O contraste entre as duas mulheres era surpreendente. Teti, a Pequena, talhada como uma estatueta preciosa, era tão magra que aparentava estar a ponto de se quebrar; Ahotep era alta, majestosa, cabelos soltos, os olhos de um verde luminoso e agressivo.

Muito belas, tanto uma quanto a outra, mas sem outro ponto em comum além de pertencerem a uma família real, eram observadas pelos olhares divertidos e cruéis do chefe da guarda e de quatro de seus esbirros que mantinham a princesa amarrada e amordaçada.

— Soltem a minha filha! — ordenou a rainha.

— Ela é perigosa, Majestade! Não podemos arriscar.

Teti, a Pequena, estava consciente de que se travava de um combate decisivo. Se perdesse, os partidários da colaboração com os hicsos suspenderiam suas últimas prerrogativas e entregariam a cidade de Amon ao invasor.

— Dei uma ordem — lembrou secamente a rainha.

O chefe da guarda hesitou. Sem precisar dispender qualquer esforço, poderia afastar a insignificante criatura, incapaz de se defender, e se apoderar das últimas riquezas do palácio. Porém, aquele golpe de Estado provocaria a hostilidade dos militares e dos sacerdotes. Desse conflito interno ninguém sairia vivo.

— Sejamos prudentes, Majestade, e contentemo-nos em tirar a mordaça.

Dois guardas desamarraram o pedaço de linho grosseiro.

— Está ferida, Ahotep? — perguntou a mãe.

— Unicamente pela estupidez desses incapazes! Cinco para me dominar... Que façanha!

— Eles a acusam de tentativa de fuga e de traição.

Todos esperavam por uma explosão de raiva, mas a jovem permaneceu estranhamente calma.

Ela encarou, um a um, os guardas, que, perturbados, deram um passo atrás.

— Quem ousa mentir tão descaradamente?

— Não pode negar sua tentativa de fuga — disse o chefe da guarda.

— Estes homens são mesmo guardas de fronteira?

— São, mas...

— E eu não fui presa no outeiro das Codornas?

— É verdade, mas...

— Será que a fronteira fica tão perto de Tebas?

— Claro que não!

— Então explique-me a presença de seus guardas nesse lugar. E por que acenderam uma fogueira?

Um dos homens em questão não conseguiu refrear a língua:

— Estávamos lá por ordem do chefe... Não temos culpa nenhuma.

— Em que consistia essa ordem? — perguntou Ahotep veementemente.

— Calem-se, imbecis! — exigiu o chefe da guarda.

— Vocês pilharam e queimaram uma fazenda, não foi? Em vez de cumprirem o dever e ocuparem os postos avançados, aproveitam-se do uniforme que usam para espoliar os infelizes que se refugiaram na zona livre!

Os guardas de fronteira se aproximaram uns dos outros, enquanto seu superior tirava de sua bainha uma espada curta.

— Vocês não podem ter medo de duas mulheres!

— Você é que é culpado de alta traição — decretou Ahotep —, e a rainha exige que se ajoelhe diante dela.

Teti, a Pequena, lançou um olhar de desprezo ao acusado.

— Reponha a sua espada de volta na bainha e ajoelhe-se, com o rosto no chão, diante de mim.

O interpelado soltou uma gargalhada.

— Vós não sois mais nada, Majestade, e vossa filha está de mãos atadas! Agradeça-me por conceder-lhe uma morte rápida.

Um rosnado ameaçador chamou a atenção do guarda. Ao virar-se, ele reconheceu o molosso de Ahotep.

Ele levantou sua arma, mas o ataque foi tão rápido que o gesto tornou-se inútil. O cão enfiou as presas no antebraço de sua vítima, que urrou de dor.

— Soltem-me imediatamente — ordenou Ahotep.

Os guardas de fronteira obedeceram.

A princesa acariciou o cão que a contemplava com infinita docilidade e satisfação, muito orgulhoso de seu novo feito.

— Como essa fera conseguiu se soltar? — gemeu o ferido.

— Um tribunal será reunido com urgência — anunciou a princesa —, mas será para julgar você, um traidor que ousou levantar a mão para a rainha e ameaçá-la de morte.

O chefe da guarda soluçou.

— Devo ser perdoado... Não desejo nenhum mal à Sua Majestade!

— Um traidor somado a um covarde... Joguem este verme na prisão!

Felizes por se safarem sem grande dificuldade, os guardas de fronteira não se fizeram de rogados.

Com a língua de fora, Risonho pôs delicadamente as duas patas enormes nos ombros da princesa.

— Então eles o amarraram e você conseguiu escapar!

Como o cão era sempre leal, Ahotep leu em seus olhos que ele tivera uma ajuda indispensável.

— Vou resolver esse enigma — prometeu ela.

— Ahotep... — murmurou Teti, a Pequena.

Ao ver que sua mãe estava a ponto de desfalecer, a princesa ajudou-a a sentar-se.

— Tanta violência, aqui, no meu palácio... Não tenho mais forças para suportar tais horrores.

— Claro que tem! Não deveria estar alegre?

— Estar alegre... Mas por quê?

— Do deslize cometido pelo chefe da guarda! Finalmente esse inútil mostrou do que é capaz. Substitua-o o mais rápido possível!

Teti, a Pequena, começava a conhecer sua filha.

Embora ela já fosse uma mulher, e das mais sedutoras, até aquele momento a rainha tratara-a como uma criança indisciplinada que só pensava em se distrair para esquecer a agonia de seu país.

— Ahotep... Estou tão cansada.

— Vossa Majestade não tem o direito, nem tempo disponível para isso! O Egito só sobrevive por vossa causa. Se desistirdes, o inimigo sairá vitorioso, sem nem mesmo lutar.

"Como seria agradável fechar definitivamente os olhos", pensou a rainha.

No entanto, sua filha tinha razão.

— Acha, de verdade, que ainda temos a possibilidade de enfrentar um inimigo do porte dos hicsos?

— Se quisermos, conseguiremos!

— Por que você se aventurou tão longe do palácio, Ahotep?

— Para saber exatamente onde se situava a fronteira do que ousamos chamar de "reino tebano". Como não consegui, tentarei novamente.

— É muito perigoso!

— Entretanto, é indispensável, Majestade. É impossível organizar a resistência sem conhecermos as posições do adversário.

Teti, a Pequena, tirou seu diadema e colocou-o no colo.

— A situação é desesperadora, Ahotep. Não temos nem Faraó, nem exército, e nossa única possibilidade de sobreviver é convencermos os hicsos de que Tebas não passa de uma aldeia povoada de velhos inofensivos que não fazem outra coisa senão rezar para os deuses dos mortos.

— Excelente — avaliou a jovem. — Enquanto o invasor nos considerar um número sem importância, não nos atacará.

— Mas nós somos um número sem importância! Que a deusa Céu nos permita morrer aqui, na nossa terra, com uma ilusão de liberdade.

— Eu me recuso.

A rainha olhou a filha, surpresa.

— Recuso-me a aceitar a fatalidade quando não se trata de uma fatalidade — prosseguiu Ahotep com paixão. — Se Amon preservou a independência de Tebas, não é para lhe confiar uma missão? Se nos retrairmos e ficarmos tremendo de medo, nossos ouvidos se fecharão e não ouviremos mais a sua voz.

— Nenhum homem terá coragem de lutar contra os hicsos — avaliou Teti, a Pequena.

— Nesse caso, as mulheres terão!

— Você enlouqueceu?

— Você, minha mãe, não é a representante de Maât nesta terra?

A rainha deu um pequeno sorriso.

Maât, a deusa da harmonia, da retidão e da justiça; Maât, encarnada por uma mulher que leva na cabeça a retriz, a pena que permite aos pássaros orientar-se; Maât, a base na qual os faraós edificaram sua civilização e na qual se erguiam as estátuas dos ressuscitados cujos olhos, boca e ouvidos eram abertos pelos ritualistas.

— Tebas não é mais um lugar para acolher Maât — deplorou Teti, a Pequena.

— Claro que é, pois você é a rainha e Maât é personificada na função que você exerce!

— Minha função não passa de um sonho, Ahotep, um sonho longínquo, quase extinto...

— Maât não se alimenta de sonhos e sim de realidade! É por isso que precisamos reconquistar nosso território para oferecê-lo a ela.

A princesa ajoelhou-se diante da rainha.

— Majestade, já peguei as armas. Disponho apenas de uma faca de sílex, porém não é um mau começo. Bem manejada, ela se mostra eficaz.

— Ahotep! Você não está pensando em lutar, está?

— Acabei de fazer isso, Majestade, e vou fazer de novo.

— Você é uma jovem, e não um soldado!

— Onde estão nossos valorosos soldados? Se ninguém os tirar do torpor, eles dormirão para sempre! Cabe a nós acordá-los.

Teti, a Pequena, fechou os olhos.

— Isso é insensato, minha filha querida... Vamos esquecer essas loucuras.

A princesa levantou-se.

— Elas são a minha razão de viver.

— Sua determinação é inabalável?

— É tão sólida quanto o granito.

A rainha suspirou.

— Se assim for, vou ajudá-la com todas as minhas forças.

5

De cabelos longos, barbas malfeitas, vestindo somente uma tanga de junco, dez camponeses avançavam lentamente pelo pântano, não muito longe da nova capital dos hicsos. Puxavam quatro grandes bois na direção de uma ilhota onde brotavam junças macias em grande quantidade.

— Ande mais depressa — resmungou o chefe, um bigodudo, censurando o retardatário.

— Não chega de bancar o carrasco?

— É melhor olhar para a frente — recomendou um terceiro ladrão, coberto de lama para se proteger dos mosquitos. — Num dia bonito como este, com céu claro e um leve vento do norte, por que se irritar?

— Porque os invasores confiscaram os meus campos! — respondeu o Bigodudo.

— Não nos acostumamos a tudo? Cuidar dos bois não é tão desagradável.

— Sem liberdade, nada é bom.

Bigodudo pensou nas longas horas consagradas à irrigação, à manutenção das ferramentas, à semeadura, à colheita, às discussões com os escribas do Tesouro para que baixassem os impostos... Quanto aborrecimento e que luta constante contra a natureza, generosa e impiedosa ao mesmo tempo! Ele se queixava sem parar da sorte e não sabia o que o futuro lhe reservava.

Não satisfeitos em tomar os seus bens, os hicsos obrigavam-no a comandar aquele grupo de miseráveis acostumados a levar os bois para pastarem numa zona constantemente inundada. As brigas eram freqüentes; o ar, sufocante.

— Vamos comer peixe frito — anunciou um bochechudo, passando a língua nos lábios. — Pesquei-o antes do amanhecer e não vamos declará-lo ao oficial!

Todas as manhãs e todas as tardes, os soldados hicsos fiscalizavam os boiadeiros. Em troca do trabalho, só tinham direito a um biscoito de espelta, a cebolas e, uma vez por mês, a peixe seco, muitas vezes incomível.

— Se perceberem a fumaça, levaremos bastonadas!

— Entramos muito pântano adentro para que possam notar.

Diante da idéia do banquete, todos ficaram com água na boca.

— Atenção, rapazes... Há alguém na ilhota!

O cabelo coberto por um turbante, o rosto dissimulado por uma barba preta, sentado num bote de papiro, um homem estranho assava um roedor.

— Que cara estranha — constatou o Bigodudo.

— Um gênio mau do pântano, não há dúvida... Vamos sair daqui!

— Talvez seja melhor aproveitar o fogo — recomendou o Bochechudo. — Ele não tem tamanho para enfrentar todos nós.

Os boiadeiros se aproximaram.

O homem se ergueu lentamente e enfrentou os recém-chegados.

— Já disse para darmos o fora... Isso não é um ser humano!

O estranho brandiu uma funda. Assim que o camponês, em pânico, decidiu virar-se, a arma deu uma reviravolta numa velocidade incrível, lançou uma pedra e acertou o fugitivo na nuca.

O ferido afundou na água verde-claro. Se o Bigodudo não o tivesse agarrado pelo cabelo, ele teria se afogado.

— Venham aqui, amigos... Não têm o que temer.

Mortos de medo, os boiadeiros não conseguiam acreditar nele.

Bochechudo achou melhor obedecer, e seus companheiros o seguiram.

— Não se esqueçam dos bois — recomendou o anfitrião, com um sorriso irônico.

Cansado, um dos quadrúpedes mugiu e se recusou a andar. Algumas chibatadas no lombo fizeram-no movimentar-se.

Um a um, os camponeses subiram na ilhota. Os animais os seguiram e, finalmente, puderam pastar.

— Quem é o chefe de vocês? — perguntou o barbudo.

— É ele! — respondeu o Bochechudo, designando o Bigodudo. — E você, quem é?

— Pode me chamar de Afegão.

Os camponeses se consultaram com olhares. Nenhum deles conhecia essa palavra.

— O que é um afegão?

O estranho esquadrinhou o bolso da túnica marrom e tirou dele uma pedra azul que parecia conter partículas de ouro.

A maravilha deixou os boiadeiros deslumbrados.

— Isto deve valer uma fortuna! Parece... lápis-lazúli!

— Não existe outra mais bonita — afirmou o Afegão. — Você já viu uma pedra como esta?

— Meu primo era sacerdote do deus Ptah. Quando morreu, seus companheiros lhe ofereceram um escaravelho de gema de lápis-lazúli, e fui autorizado a examiná-lo antes que ele fosse colocado na múmia. Como poderia esquecer tal esplendor?

— O lápis-lazúli provém do meu país, o Afeganistão. Quando o faraó reinava no Egito, meus compatriotas lhe entregavam uma grande quantidade que era trocada por ouro. Só os templos eram autorizados a lapidá-la. Agora, tudo mudou. O invasor hicso não se preocupa com rituais, nem com símbolos, e a compra do lápis-lazúli não lhe interessa mais. Teríamos que dá-lo, como todo o resto! Por causa desse invasor, o Afeganistão foi privado da sua principal fonte de riqueza.

— Então você é inimigo dos hicsos?

— Sou inimigo de qualquer um que me deixe pobre. Minha família é proprietária da principal jazida de lápis-lazúli. Vivíamos numa habitação suntuosa, tínhamos muitos empregados e possuíamos tantas cabeças de gado que já havíamos perdido a conta. Depois que o comércio com o Egito foi interrompido, caímos na pobreza. No ano passado minha mãe morreu de desespero, e eu jurei vingar-me dos responsáveis pela sua morte.

— Quer dizer... os hicsos?

— Eles me arruinaram e condenaram os meus à miséria. Pertenço a um povo guerreiro que não suporta tais afrontas.

— Seria melhor voltar para casa — aconselhou o Bochechudo. — O exército do Faraó foi aniquilado e não há mais nenhuma oposição ao invasor.

— Esqueceu-se de Tebas? — surpreendeu-se o Bigodudo.

— Tebas... Não passa de uma miragem.

— Não é a cidade do deus Amon? — perguntou o Afegão.

— De fato, mas só abriga uma rainha sem poder e alguns velhos sacerdotes beatos. Pelo menos é o que parece.

— Poderia não ser exatamente isso?

— É o que espero!

— Há uma resistência organizada?

— Se assim fosse — cortou o Bochechudo —, saberíamos! E por que isso o entusiasma tanto, forasteiro?

— Você ainda não entendeu, Egípcio... Quero vender meu lápis-lazúli, voltar a ser rico e restaurar o prestígio do meu clã. Esse é o meu único objetivo, e consagrar-lhe-ei toda a minha vida, quaisquer que sejam os riscos. Se os hicsos fossem comerciantes honestos, eu teria me entendido com eles. Mas eles não farão um tratado comercial porque são predadores sem moral nem religião. Só há uma solução: expulsá-los e apoiar a volta de um faraó que não modifique as regras do jogo ao seu bel-prazer.

O Bochechudo estourou numa gargalhada.

— Você é um cômico inigualável, Afegão! No seu país todos devem se divertir.

— Meu pai entregou lápis-lazúlis em Tebas e foi generosamente pago. Ouvi dizer que Amon não é o único deus da região e que tem Montu como aliado, encarnado num touro vigoroso e capaz de derrubar qualquer adversário.

— Os deuses abandonaram as Duas Terras — avaliou o Bigodudo.

— Por que não voltariam?

— Porque, em breve, não haverá mais ninguém para recebê-los.

— Nem mesmo o príncipe de Tebas?

— É uma rainha que controla a cidade, mas ninguém sabe se ainda está viva.

— Então, a revolta nascerá aqui, neste pântano.

— Com quem? — preocupou-se o Bochechudo.

— Com aqueles dentre vocês que aceitar me ajudar.

— Mas... você é completamente louco!

— Nenhum inimigo é invencível, principalmente se ele acredita ser todo-poderoso. O ferrão de uma pequena vespa não inflige uma violenta dor ao colosso que consegue picar?

O Bigodudo estava intrigado.

— Quais são os seus projetos?

— Formar um enxame. Mas sentem-se e fumemos uma planta do meu país que relaxa a mente e a torna mais lúcida.

Entregando o roedor assado demais para o Bochechudo, que o engoliu de uma bocada, para grande pesar dos companheiros, o Afegão acendeu uns rolinhos de haxixe e distribuiu-os aos camponeses.

— Aspirem lentamente, deixem a fumaça sair pelas narinas e pela boca... Pouco a pouco esquecerão o medo.

No começo todos tossiram, mas logo conseguiram aspirar a quantidade certa.

— Isto não é mais um pântano e sim um jardim tranqüilo — constatou o Bochechudo.

Vários boiadeiros deram a própria opinião. Só o Bigodudo parecia reticente.

— Fumar essa planta não abre só as portas do sonho — explicou o Afegão — porque ela possui outra qualidade que nos será muito útil.

— Qual? — perguntou o Bochechudo, cujas pupilas estavam dilatadas.

— Ela obriga os traidores a se entregarem.

— Ah... Como assim?

— Eles se atrapalham, suam em bicas, balbuciam explicações inconsistentes e acabam confessando... Confessando que espionam os companheiros para os hicsos. Como você, por exemplo.

— Eu? Mas, como?... Você não sabe o que diz!

— Eu o vi ontem, na companhia de um oficial. Você me tomou por um mendigo e não desconfiou de mim. Prometeu denunciar, um a um, todos os boiadeiros da resistência para receber um prêmio.

Olhares de ódio convergiram na direção de Bochechudo.

— Não, não é verdade... Enfim, não toda... Precisam entender... Menti para o oficial, é evidente... Nunca os venderia e...

Mãos vingadoras agarraram-no pelo cabelo em desalinho e mergulharam-no no pântano.

O Bochechudo não se debateu mais do que alguns minutos, e seu cadáver afundou no lodo.

— Agora — declarou o Afegão — podemos falar do futuro em segurança. Todos nós aqui presentes seremos rebeldes e, portanto, poderemos ser presos, torturados e mortos. Porém, se vencermos, ficaremos muito ricos.

6

— Sou eu o responsável! — declarou com orgulho um rapaz, impedindo a passagem da rainha e da princesa Ahotep, que saíam do palácio sob a proteção de Risonho, o molosso.

Para surpresa de sua dona, o cão não mostrou as presas.

— Eu me chamo Seqen, princesa, e fui eu quem soltou o cão para que ele a ajudasse. Ao vê-lo, assim, imobilizado, compreendi que estava em perigo. Então, resolvi agir.

Tímido e nervoso, Seqen declamara o discurso inopinadamente. Apenas um pouco mais velho do que Ahotep, ele era magro e só tinha a seu favor um olhar profundo, que fazia esquecer um rosto sem graça e uma testa grande demais.

— Parabéns... Você salvou a vida de Sua Majestade.

— E a sua também, princesa!

— Não deveria inclinar-se diante da rainha do Egito?

O rapaz obedeceu desajeitadamente.

— Levante-se — ordenou Teti, a Pequena. — Nunca o vi no palácio, meu rapaz; onde mora?

— No arrabalde sul. Vim do campo para aprender a lutar.

— Você foi aceito na caserna? — perguntou impetuosamente Ahotep.

— Infelizmente, não... Não sou bastante corpulento, é o que parece. Então candidatei-me e fui contratado como ajudante de jardineiro. Meu patrão faz-me trabalhar duro, e fico feliz por isso! Em pouco tempo terei os músculos de que preciso.

— Como sabia que era o meu cão?

— Foi o patrão que me disse. Ele me aconselhou a voltar para casa e esquecer que tinha visto o chefe dos guardas prender o cão numa árvore.

O molosso pousou a enorme pata no ombro de Seqen e quase o derrubou. Evidentemente, Risonho não tinha a memória curta.

— Suponho que não está bem alojado.

— Não estou descontente, princesa. A viúva que me aluga um quartinho é uma senhora idosa e amável, e gosto de ouvi-la quando fala sobre os tempos felizes.

— Se Sua Majestade consentir — propôs Ahotep —, você passará a morar numa dependência do palácio e cuidará do viveiro dos pássaros, dos gatos, dos burros reservados para a intendência e, é claro, do meu cão.

Seqen foi atingido por um raio.

— Princesa, eu...

— Aprovado — decidiu Teti, a Pequena.

— Você começa imediatamente — determinou Ahotep. — Risonho precisa de um longo passeio.

Ainda em choque, o rapaz mal sentiu a língua grossa e rosada que lambia ternamente a sua mão.

— Risonho não gosta de ser mantido na coleira — acrescentou a princesa. — Mesmo assim leve uma, para o caso de ele cruzar com alguém desagradável. É um cão expansivo demais e não costuma dissimular seus sentimentos.

Ahotep vivia um momento de graça.

Não só porque a rainha não recusara seu pedido, mas porque estava decidida a usar sua experiência para reformar o governo tebano e preparar a reconquista do Egito. Como a princesa estava certa em se lançar nessa aventura! Só por essa atitude, despertara forças adormecidas e reanimara a vontade de Teti, a Pequena.

— Por onde começamos, Majestade?

— Pelo principal.

— Vamos nomear um verdadeiro general-de-exército?

— Estou falando do principal, Ahotep.

— O que pode ser mais importante, hoje em dia, do que um bom chefe e um bom exército?

— Tanto hoje quanto ontem e como amanhã, o mais importante é o templo. Se você persiste em travar essa luta insensata, deve penetrar seu coração. Porém, isso não deixa de ter seus perigos.

— Estou pronta para assumir todos os riscos!

— Os antigos faraós construíam moradas para os deuses e sabiam dialogar com eles. Ao lado desses gigantes, somos mais insignificantes do que anãs.

Ahotep conteve a impetuosidade. Pressentia o caráter temível da prova mencionada pela rainha.

— Desistir não seria uma covardia — avaliou Teti, a Pequena.

— Como devo preparar-me?

— Em outras épocas você teria tempo de consultar os sábios... Mas, hoje, o tempo urge.

Ahotep nunca ouvira a mãe expressar-se de maneira tão firme.

— Estou convosco, Majestade.

Desde a idade do ouro das grandes pirâmides, Tebas era considerada um local sagrado; no entanto, fora preciso esperar o reinado do primeiro Sesóstris* para ver Karnak tornar-se um templo digno desse nome, ainda que bem menos imponente do que as construções de Heliópolis, Mênfis ou Elefantina.

Por causa da invasão dos hicsos, o entusiasmo dos construtores desaparecera. Como não havia nenhum Faraó reinante, os canteiros de obras haviam sido suspensos; diante dos outros santuários, ainda que grandiosos, o modesto Karnak mergulhava num sono mortal.

Na verdade, de acordo com os ensinamentos dos sábios, toda construção devia ser olhada como um ser vivo em perpétuo crescimento; por isso, cada rei devia prolongar e ampliar a obra dos antecessores. É por essa razão que nunca se considerava um santuário como terminado.

Mas o canto das ferramentas não ressoava e nenhum talhador de pedras fazia o seu trabalho. Em Karnak só viviam quatro "Servos

* Foram os faraós do Médio Império, os Montuhotep, que fundaram Karnak ou, mais provavelmente, aumentaram um antigo santuário erigido nesse lugar. Amenemhat I (1991-1962 a.C.) ali construiu um templo. Em seguida, Sesóstris I (1962-1928 a.C.) criou notáveis monumentos, que depois mencionaremos. Deles ainda resta a célebre e magnífica "capela branca", reconstituída graças aos blocos encontrados no terceiro pilone de Karnak.

do deus", quatro ritualistas e dez "sacerdotes puros", encarregados de cumprirem as tarefas materiais, todos eles idosos e tão pouco preocupados com o mundo exterior, que há muitos anos não transpunham o muro de tijolos crus.

Teti ficou parada em frente à porta de cedro do Líbano.

— Há tanto tempo ela não se abre para dar passagem à estátua divina! E há tanto tempo um faraó não celebra, ao amanhecer, o despertar da energia divina... Porém, Amon permanece presente porque alguns fiéis ainda o veneram.

— Que perigo poderia ameaçar-me neste lugar de paz e de meditação? — surpreendeu-se Ahotep.

— Você sabe o nome da esposa de Amon?

— A deusa Mut, a mãe universal.

— Esse nome também significa "a morte"— revelou a rainha. — Por isso ela é representada na forma de uma leoa, de fúrias assustadoras. Na sua estátua concentraram-se forças de destruição que não expurgamos desde a invasão.

— Por que não usá-las contra os invasores?

— Porque destruiriam tudo na sua passagem. Até mesmo Tebas.

— E é, portanto, Mut que devo enfrentar?

— Só se quiser, Ahotep. Que outra força poderia torná-la capaz de combater um inimigo que você não tem a menor chance de vencer? Infelizmente essa força é muito violenta para ser controlada.

Então, a rainha levou a filha até a entrada do templo para fazê-la perceber a inanidade de seus projetos.

— Você quis dar-me uma boa lição, não é?

— Será que você não é inteligente o bastante para admitir que a revolta só levaria a uma sangrenta derrota?

Ahotep contemplou longamente o muro que cercava o templo.

— Não me é permitido encontrar a deusa Mut?

Teti, a Pequena, franziu o cenho.

— Então meus avisos foram em vão...

— Quero lutar, Majestade! E já que uma divindade pode ajudar-me, por que eu recusaria sua cooperação?

— Você é louca, minha filha! Mut irá destruí-la.

— Morrer pelas mãos de uma deusa não é um belo destino?

Resignada, a rainha guiou Ahotep até uma portinha, guardada por um sacerdote puro.

— Conduza a princesa até Mut — ordenou-lhe a soberana.

— Majestade... Falais sério?

— Obedeça.

— Mas sabeis muito bem que...

— Essa é a vontade da princesa Ahotep, e ninguém fará com que mude de idéia.

Estupefato, o sacerdote puro mandou a princesa tirar o calçado e, em seguida, lavou-lhe os pés e as mãos com água do lago sagrado.

— Preciso avisar meu superior. Esperem-me aqui.

Conhecer o interior do templo de Karnak deixava Ahotep encantada, se bem que o medo de enfrentar Mut apertava-lhe a garganta.

— Adeus, minha filha — disse Teti, a Pequena, compungida. — Pelo menos você não conhecerá a humilhação da última onda de invasão dos hicsos, que deixará Tebas submersa.

— Não acha mesmo que eu tenha alguma chance?

— Adeus, Ahotep. Que a eternidade lhe seja doce.

A mãe beijou ternamente sua filha.

Enquanto a rainha se afastava, um ancião, que caminhava com a ajuda de uma bengala, aproximou-se da jovem.

— É você a princesa que ousa desafiar a deusa de olhos de fogo?

— Não a estou desafiando, vim pedir-lhe força.

— Você perdeu a razão?

— Ao contrário! Não existe outra solução mais sensata para Tebas recuperar a sua dignidade e a coragem.

— Não deixa de... A não ser que se trate de uma leviandade.

— Os sacerdotes são sempre tão indiscretos?

O ancião apertou a extremidade da bengala.

— Como queira, princesa. Vá ao encontro da leoa sangüinária, pois essa é a sua decisão. Antes, contemple o sol pela última vez.

7

Por um instante Ahotep foi apenas uma jovem assustada, com medo de perder a vida numa aventura insensata. Porém, assim que viu desenhar-se um sorriso irônico nos lábios do velho sacerdote, ela esqueceu os temores.

— Os cânticos não afirmam que o sol se levanta todas as manhãs para os justos?

— Teria a pretensão de estar entre eles, princesa?

— Certamente, pois meu único desejo é libertar o meu país!

— Então, siga-me.

Batendo com a bengala no chão, o Servo do deus passou ao lado de uma magnífica capela de calcário, cujos baixos-relevos, de uma perfeição de tirar o fôlego, eram dedicados à festa da regeneração de Sesóstris I. Ali o faraó comungava com as divindades que lhe davam o poder indispensável para transformar o Um em múltiplo e, assim, criar as províncias do Egito, distintas e indissociáveis, a um só tempo.

— Gostaria de deter-me aqui por alguns minutos.

— Não há tempo, princesa.

Contra a vontade, Ahotep seguiu o sacerdote até um jardim construído diante do templo principal de Karnak, formado por dois pórticos erigidos por Sesóstris I, um com pilares quadrados, o outro com pilares que serviam de suporte a colossos de Osíris, representado com os braços cruzados sobre o peito e segurando os cetros da ressurreição.

Ali, antes da invasão dos hicsos, o rei atuava como "mestre da realização dos ritos" e, ao amanhecer, acordava o deus escondido, Amon, que se unia a Rá, a luz criadora da origem.

— Contemple o Oriente eterno presente nesta terra, princesa, a ilha da chama, onde, longe da presença humana, Maât continua a vencer a injustiça, o mal e o caos.

— Portanto, nem tudo está perdido!

— Nenhum faraó foi coroado desde que as Duas Terras se tornaram prisioneiras das trevas. É por isso que esse templo está só, como se não mais existíssemos. Atualmente ninguém consegue controlar a magia das divindades.

— Por que não tentar?

— Porque a deusa Mut ergueu barreiras intransponíveis. Por causa da nossa covardia e da nossa incapacidade, aquela que era nossa mãe passou a ser a nossa morte.

— E você aceita a desgraça sem reagir?

— Somos apenas ritualistas, princesa; não podemos modificar o destino. Se você ousar entrar neste santuário, nunca mais sairá dele. A cólera de Mut a queimará, e de você só restarão cinzas.

Ahotep estava fascinada com a nobreza dos colossos osirianos, prova do triunfo da vida sobre o nada. O poder divino havia guiado a mão dos escultores.

A jovem avançou na direção da porta axial de granito rosa.

— Não vá mais adiante, princesa! — suplicou o sacerdote.

— Minha mãe disse-me adeus. Uma vez que estou morta aos olhos dela, não temo mais nada.

Quando Ahotep entrou no templo, o ancião deu meia-volta e retornou à morada funcional, perto do lago sagrado. Ver assim sacrificadas a juventude e a beleza cortava-lhe o coração, mas nada podia fazer para salvar a princesa.

Silêncio.

O verdadeiro silêncio, sem nenhum murmúrio, sem nenhuma respiração.

Sem ar, Ahotep explorava um universo desconhecido onde reinavam o calcário e o granito. Descobrir as cenas da coroação do faraó, cujo nome estava inscrito na árvore da vida, sentiu-se encorajada a prosseguir no seu caminho.

É bem verdade que as mesas de oferendas estavam vazias, mas os alimentos gravados na pedra continuavam a alimentar o invisível. E a barca de ouro, colocada sobre seu suporte, navegava em espaços inacessíveis aos humanos.

Sim, o templo tinha uma vida intensa, muito além da desgraça e das baixezas. Essa vida propagava-se por si mesma, num circuito fechado, e Ahotep tinha a impressão de ser uma intrusa que o prédio não tardaria a rejeitar com violência.

Contudo, ela não bateu em retirada.

Sua simples presença não quebrava o tabu que condenava Tebas ao imobilismo?

Ahotep atravessou outra porta de granito, que lhe deu acesso a uma sala com colunas, com uma parte a céu aberto. Ali reinava uma claridade difusa, quase irreal, propícia ao recolhimento.

O lugar trazia uma paz tão grande que a jovem não tinha vontade de sair. A felicidade não estava ali, no coração daquelas pedras tão vivas? Bastava sentar-se, esquecer a realidade do lado de fora e deixar o tempo extinguir-se por si mesmo.

Primeira cilada!

Ahotep levantou-se, furiosa com a sua sonolência. Talvez um velho sábio, no entardecer da vida, tivesse o direito de saborear um momento como aquele, não ela!

Saindo do torpor, a princesa empurrou a porta do templo coberto onde reinava a obscuridade.

Consciente de abordar um outro mundo cujas leis eram desconhecidas para ela, Ahotep parou na entrada.

Inclinou-se instintivamente diante do invisível.

— Meu pai Amon sei que não nos abandonou! Mas por que a sua voz não se manifesta com vigor?

Só o silêncio respondeu.

Contudo, não se tratava de mutismo, porque Ahotep sentiu uma presença semelhante a um cenário que criasse alma, pronunciando palavras que só um coração enamorado podia perceber.

O santuário habituava-se a ela; ele não a expulsava.

Nesse momento, a princesa hesitou.

Ignorava as palavras de força que lhe permitiriam abrir as portas das três capelas e ver as divindades encarnadas nas estátuas. Sem a celebração do ritual correto, não se comportaria como uma profanadora?

Abrir as últimas portas trazia o risco de desencadear um fogo destruidor que poderia devastar Tebas com mais ódio do que qualquer invasão. Porém retroceder seria uma forma ainda mais imperdoável de derrota, e Ahotep nunca saberia se as forças divinas consentiam em se tornar suas aliadas.

A capela central... Ela devia ser reservada a Amon, que permaneceria no mistério enquanto sua cidade não saísse vitoriosa.

A princesa escolheu a porta situada à direita do deus escondido. Quebrou o lacre do ferrolho, puxando-o lentamente.

Ahotep hesitou.

As lendas não falavam de temíveis guardiães com cara de crocodilo ou de serpente, que cortavam a cabeça dos curiosos com um único golpe de cutelo?

Entretanto, não podiam ser mais cruéis do que os invasores... E, pelo menos, ela morreria no centro de um templo intacto, num sítio não violado!

Ahotep empurrou a porta da capela.

Horrorizada, viu uma leoa pronta para devorá-la!

Entretanto, os olhos da grande fera, esculpidos com um incrível realismo, contentaram-se em fitá-la, ferozmente.

— Venho em paz, Mut! Dê-me sua força para que Tebas possa, enfim, lutar contra o império das trevas!

Descendo de uma lucarna escavada em uma das lajes do teto, um raio de luz iluminava a estátua de granito, maior do que a princesa. Na túnica de Mut havia estrelas de cinco pontas, traçadas dentro de um círculo. A deusa segurava um cetro de ouro com a cabeça do deus Seth e a extremidade inferior em forma de forcado.

O cetro *uas*, "poder", que havia dado o nome à cidade de Tebas, *Uaset*, "a Poderosa"!

Ahotep contemplava o emblema sagrado da cidade santa de Amon que só as divindades podiam segurar.

— Mut, permite-me usar o seu cetro?

Os olhos da leoa ficaram vermelhos.

— Farei um bom uso dele, eu juro!

No momento em que Ahotep tentou retirar o símbolo da mão de Mut, um ardor atroz obrigou-a a soltá-lo.

E a boca da fera abriu-se para devorar a imprudente.

— Devíeis comer um pouco, Majestade — sugeriu o intendente Qaris.

— Minha filha cometeu suicídio e você quer que eu tenha fome!

— Talvez a deusa tenha piedade da juventude e da beleza dela...

— Acredita mesmo que a chama de Mut tenha esse tipo de sentimento?

O intendente abaixou a cabeça. Ahotep tinha sido o último sorriso de uma corte real que agonizava. Sem ela, Teti, a Pequena, não tardaria a depor a coroa e os colaboradores dos hicsos poderiam, enfim, entregar Tebas aos invasores.

Incapaz de ajudar a rainha, Qaris preferiu eclipsar-se.

Ao sair dos aposentos da soberana, chocou-se com Seqen, que estava de guarda acompanhado de Risonho.

— Um sacerdote de Karnak deseja ver Sua Majestade.

— Vou avisá-la.

Teti, a Pequena, recebeu imediatamente o ancião de semblante fechado.

— Fale, rápido!

— Deuses são deuses, Majestade, e ninguém poderá transgredir as leis deles.

— Minha filha...

— Ela não conhecia os riscos da atitude insensata?

Por pouco a rainha não rompeu em soluços, mas conteve-se ao pensar na necessária dignidade da sua função.

— Qualquer que seja o estado do cadáver, quero vê-lo. E dirigirei pessoalmente os funerais.

8

Apófis podia orgulhar-se de Avaris*, a capital do Império hicso. Estendendo-se por mais de duzentos e cinqüenta hectares, era a maior cidade do Egito e do Oriente Médio. Dominada por uma cidadela inexpugnável, cuja visão bastaria para aterrorizar algum eventual agressor, Avaris ocupava uma posição estratégica, o que fazia dela a porta de entrada a nordeste do Delta. Construída na margem oriental das "águas de Rá", o braço pelusíaco do Nilo, ela estava localizada na junção das rotas terrestres e marítimas que davam acesso ao Mediterrâneo oriental, à Siro-Palestina e ao Baixo Egito. Ao norte, uma abertura no extenso sistema de drenagem, feita pelos antigos no centro de uma sucessão de lagos, permitia alcançar o caminho de Hórus, que levava ao Sinai.

Controlar Avaris era ser rei do mundo.

---

* Em egípcio *hut-uaret*, "o palácio do terreno em declive" ou "a fundação real do distrito".

A RAINHA LIBERDADE

Desde a chegada dos hicsos, a colônia estrangeira que residia no povoado colaborara com entusiasmo. E os novos donos da região, para alimentá-los, haviam entregado os monumentos e o bairro egípcio para os "aventureiros do deserto", inimigos jurados do poder faraônico.

O novo templo principal era dedicado a Seth, divindade do raio, expressão da força absoluta que ninguém podia vencer. Ao concluir que a violência era a melhor das políticas, os hicsos haviam aniquilado uma civilização milenar. Apófis colhia na fúria sethiana a capacidade de vencer, não importava de que forma, qualquer inimigo.

Do alto da cidadela ele contemplava as ruas em ângulo reto. O quadriculado rígido facilitava a vigilância dos quarteirões de casas, das quais as menos feias eram reservadas aos militares do alto escalão.

O porto fluvial de Avaris, o mais importante do Egito, abrigava barcos de guerra e embarcações mercantes, e o movimento contínuo consagrara a barulhenta cidade como centro comercial do império.

Aos olhos de Apófis não havia nada mais bonito do que a formidável cidadela, cujos muros de contraforte tinham nove metros de largura na base! Ele gostava de subir ao alto da torre de observação, de onde se vigiava o acesso norte da fortaleza, construída sobre uma plataforma, e, lá de cima, alongar a vista sobre seus domínios. Ele, que viera do nada, asiático sem linhagem e sem fortuna, tornara-se chefe do Egito e não cessava de aumentar sua zona de influência.

Um pequeno sorriso alegrou o rosto desagradável de nariz proeminente quando seus olhos se fixaram no jardim do pátio interno cheio de árvores, abrigado pelas fortificações. Um capricho da esposa, uma egípcia do Delta, colaboracionista emérita, que detestava os compatriotas.

Logo Apófis receberia os embaixadores estrangeiros, provenientes dos quatro cantos do império. Eles se prosternariam diante dele, admitindo, assim, sua supremacia e seu estrondoso triunfo. Esse feliz episódio seria acompanhado de uma decisão espetacular que levaria o chefe dos invasores aos píncaros da fama.

Por sorte a noite estava escura. As nuvens escondiam a lua que nascia e era preciso conhecer bem a zona dos silos de grãos, perto do porto de Avaris, para não se perder.

O Corcunda nascera ali e lembrava-se dos menores recantos do bairro onde, normalmente, se fazia a troca de mercadorias sem o conhecimento dos agentes do fisco. A administração faraônica já não era fácil, mas a dos hicsos revelava-se francamente sinistra! Sugando até a última gota de sangue dos trabalhadores, ela os reduzia à extrema miséria.

Excelente negociante, o Corcunda montara uma rede de trocas cuja existência era ignorada pelos invasores. Eles também não sabiam que tecidos, sandálias e ungüentos, é bem verdade que em pequenas parcelas, eram destinados à última cidade livre: Tebas.

Embora sua mãe fosse síria, o Corcunda adorava o Egito e odiava os invasores, um bando de grosseirões que deixavam o povo cada dia mais pobre e só pensavam em reforçar a ditadura militar.

Viver em Avaris tornara-se um pesadelo. Por isso, quando um habitante de Edfu*, fiel à causa tebana, contactara o Corcunda para tentar entregar cereais à resistência, este se entusiasmara.

E, naquela noite, o primeiro carregamento partiria num velho barco que, segundo os papiros da contabilidade, deveria transportar

* Cidade do Alto Egito, ao sul de Tebas.

cerâmicas. A equipagem era de confiança, com exceção de um remador cananeu, que seria eliminado no caminho.

Há muitos anos o Corcunda não passava por momentos tão excitantes! Finalmente alguns egípcios erguiam a cabeça. Uma minoria insignificante, é verdade, porém os primeiros sucessos com certeza chamariam outros.

Primeira façanha pela frente: abrir as portas de vários silos anexos, retirar uma parte das reservas de grãos e despachá-la para Tebas, carente de tudo. Depois, repetir a operação tão freqüentemente quanto possível.

Uma coruja ululou.

Ou, mais exatamente, alguém imitou o pio da ave noturna.

O Corcunda respondeu do mesmo jeito, forçando os sons agudos.

O outro retorquiu, acentuando os graves.

O Corcunda e o seu contato caminharam na direção um do outro.

— Está com as chaves certas? — perguntou o habitante de Edfu.

— As certas e os papéis em ordem para o transporte. O barco atravessará sem problemas as barreiras militares e a grande alfândega de Hermópolis.

— A equipagem está pronta para embarcar os cereais. Não vamos perder nem mais um segundo.

Os dois homens seguiram por uma ruela que levava ao cais.

— Não compreendo — surpreendeu-se o resistente. — O barco está lá, mas onde estão os marinheiros?

— Talvez tenham ficado a bordo — sugeriu o Corcunda.

— Minhas instruções foram categóricas!

Um homem surgiu na passarela, descendo a passos lentos.

O remador cananeu.

— Olá, amigos! É bem tarde para rondar por aqui, não é? Diga, Corcunda, para que serve esse molho de chaves?

Atônito, o interpelado continuou mudo.

— Por acaso não seria para abrir os silos? Um autêntico delito, você sabe... E você, seu cúmplice, não seria o habitante de Edfu que procura granjear pobres insensatos para a causa tebana? Ah, sim, vocês querem saber dos marinheiros deste barquinho! Todos eles foram presos e serão executados ao amanhecer, em frente à cidadela.

O Corcunda e o aliado tentaram fugir; porém, uns cinqüenta soldados hicsos barraram-lhes a passagem.

Um oficial colocou-lhes algemas de madeira, em seguida cuspiu-lhes no rosto.

— Que imbecis! — exclamou o marinheiro cananeu. — Como puderam supor um só instante que escapariam da vigilância de Apófis?

— Outros assumirão nosso lugar — replicou o Corcunda.

— Pare de enganar a si mesmo, seu doente! Identificamos todos os grupelhos terroristas. Quando o sol raiar, não restará mais nenhum.

Foi com um claro prazer que o cananeu degolou o habitante de Edfu, um fomentador de distúrbios, particularmente hábil, que o fazia correr há três anos.

— Mate-me também, seu covarde! — exigiu o Corcunda.

O marinheiro já brandia novamente a adaga quando os soldados se afastaram para dar passagem a Khamudi, o braço direito de Apófis.

— Senhor... Que feliz surpresa! Como pode constatar, meu plano foi um sucesso total.

— Prendam este traidor — ordenou Khamudi.

— Senhor... Mas, por quê?

— Porque você é o cúmplice dos resistentes.

O cananeu protestou.

— Misturando-me a eles para desmascará-los, respeitei estritamente as ordens!

— Você criou amizade por essa gente e traficou com eles. Foi por isso que apunhalou quem ia denunciá-lo.

— Está enganado, senhor!

— Eu, enganado?

— Não, eu queria dizer que...

— Ao insultar-me está agravando o seu caso — afirmou Khamudi.

— Juro que sou fiel ao nosso grande rei Apófis, que executei as ordens, que...

— Levem-no.

Indiferentes aos gritos do marinheiro, os hicsos amarraram-no e fizeram-no andar com chutes nos rins.

— Que noite agradável — comentou o controlador-geral, passando a mão nos cabelos pretos, brilhantes devido ao óleo de linho. — O jantar foi excelente e, como sobremesa, ofereci a mim mesmo o extermínio de uma rede pró-tebana. Não está feliz, Corcunda?

— O verme do cananeu tinha razão: você está enganado.

Khamudi esbofeteou-o.

— Não seja insolente, você também!

— Jamais desistiremos de combatê-los!

— A resistência foi definitivamente decapitada, e todos já sabem que, se colaborarem, desaparecerão.

— Saberão, principalmente, que vocês infiltram espiões nas nossas redes e, daqui para a frente, a desconfiança será a lei. Vocês ficarão cegos e surdos!

De boa vontade, Khamudi teria quebrado a cabeça do Corcunda, mas o teimoso merecia algo melhor.

— Acredita mesmo no que diz?

— O vento de Amon varrerá os hicsos!

— Você lutou por nada e morrerá por nada! Contudo, primeiro, irá me dizer o nome de todo os seus cúmplices. O palácio conta renomados com especialistas em tortura. Se quiser ouvir um conselho, fale antes que eu o entregue a eles.

9

— Vossa filha está viva, Majestade — revelou o médico do palácio. — A voz do coração é profunda e regular. Não percebo nenhum sinal de doença grave.

— Por que ainda está desfalecida? — surpreendeu-se Teti, a Pequena.

— Não sei explicar.

— Com certeza deve haver um remédio para acordá-la!

— Vou consultar os tratados antigos.

— Apresse-se!

Ahotep estava deitada na cama, com os olhos abertos e fixos. Um ritualista de Karnak encontrara-a caída na porta da capela de Mut, e os sacerdotes haviam levado seu corpo até o posto da guarda da residência real.

O surpreendente diagnóstico do médico não acalmou Teti, a Pequena; se Ahotep não saía da horrenda letargia, como podia achar que ela estava viva?

Um ruído surdo sobressaltou-a. Depois outro, em seguida mais um, como fortes batidas na porta do quarto!

A soberana abriu a porta e mal teve tempo de se afastar para deixar entrar Risonho, que se enroscou aos pés da cama, grunhindo.

Agora, ninguém mais se aproximaria da princesa.

Na esplanada que precedia a alameda que levava ao templo de Seth estavam dispostas várias centenas de soldados em formação cerrada. As couraças e as lanças cintilavam sob o sol. Orgulhosos por simbolizar o poder dos hicsos, eles continham a multidão ávida pelo espetáculo prometido pelos arautos. Uma boa parte da população de Avaris amontoara-se ali para assistir à execução do último grupo de resistentes.

Quando Apófis apareceu, usando uma túnica grená e seguido pelo fiel Khamudi, as aclamações espocaram. De caráter taciturno e bem pouco seduzido por festividades, o chefe do império não desgostava de, vez ou outra, ser objeto do fervor popular.

Diante de seus grandes projetos, a cerimônia vinha na hora certa: nenhum egípcio poderia ignorar que o poder supremo era exercido com o mais extremo rigor.

— Quantos cananeus prendeu, Khamudi?

— Quatro. Bons agentes de informações que nos permitiram identificar uma centena de revoltosos.

— Na hora de morrer, esses cananeus não começarão a gritar?

— Não há perigo, senhor: mandei que cortassem a língua deles.

Apófis apreciava a eficiência do seu braço direito, que sabia tomar iniciativas sem usurpar o poder absoluto de seu chefe.

— O Corcunda falou?

— Meia hora de tortura foi o suficiente.

— Revelações interessantes?

— Nada que já não soubéssemos... Só confirmações.

— A resistência foi, enfim, erradicada?

— Não há mais nenhuma rede organizada em Avaris, nem no Delta. Talvez alguns indivíduos isolados procurem agrupar-se, mas com as medidas que tomei e com a delação poderemos destruí-los.

Tanto Apófis quanto Khamudi detestavam o sol e o calor, que deixavam inchadas as pernas do primeiro e causavam palpitações ao segundo. Por isso, o discurso do chefe do império foi dos mais breves.

— Povo de Avaris, infames criminosos tentaram pôr em perigo a ordem dos hicsos. Eles serão executados diante de seus olhos, e a mesma sorte está reservada a todos aqueles que seguirem o funesto exemplo que deram. Obedeçam-me, e nada terão a temer.

A um sinal dos oficiais, novamente a multidão aclamou Apófis, que se retirou enquanto uma legião de carrascos terminava de afiar os machados.

Gritando o nome de "Tebas", o Corcunda foi o primeiro a ser decapitado.

Os carrascos juntavam cabeças e cadáveres para jogá-los aos abutres. Nenhum egípcio tinha direito à mumificação, mesmo sumária.

— Viu isso? — disse o Bigodudo, à beira das lágrimas. — Os hicsos são mais ferozes do que os monstros do deserto. Ninguém conseguirá vencê-los.

— Não se deixe tomar pelo desespero — recomendou o Afegão, que, com seu pequeno grupo, assistira ao massacre. — Por ora, eles são mais fortes; no entanto, certamente, têm pontos fracos.

— Mas você viu...

— Era preciso ver esse horror. Ficaremos mais fortes se tivermos plena consciência do perigo que nos espreita a todo instante.

— Não sou um guerreiro, Afegão!

— Eu sou. E você acabará se tornando um deles. Quero ficar rico; você quer vingar os seus e expulsar os invasores. Nossos interesses convergem, isso é o essencial.

Sem emoção, os empregados do templo de Seth lavavam com água em abundância o adro ensangüentado.

O semblante desapontado do médico foi o suficiente para que Teti, a Pequena, compreendesse que ele não encontrara nenhum remédio.

— Sinto muito, Majestade. Mas o caso da princesa não é da minha alçada.

— Você consultou os sacerdotes de Karnak?

— Eles foram categóricos: vossa filha foi muito imprudente.

— Não existe nenhuma fórmula contra a sorte lançada pela deusa Mut?

— Não que eu saiba.

— Se Ahotep não se alimentar, ela morrerá!

— A princesa tem uma constituição excepcionalmente robusta.

— Um mago poderia conseguir quebrar essa letargia!

— Não deveis cair nas mãos dos charlatães, Majestade. Deveis render-vos às evidências: nossa ciência é incapaz de curar a princesa.

— Saia daqui!

Humilhado, o terapeuta inclinou-se, tenso, antes de retirar-se.

Risonho montava guarda e recusava qualquer alimento. Nem a rainha podia aproximar-se de Ahotep.

— Vosso quarto já está preparado para a noite, Majestade — anunciou o intendente Qaris.

— Ficarei aqui.

— Majestade, deveis repousar.

— Ahotep pode precisar de mim.

— Devo trazer-vos uma cama?

— Uma poltrona será suficiente.

— Majestade...

O intendente parecia transtornado.

— O que há, Qaris?

— Segundo os rumores espalhados pelos marinheiros, episódios atrozes ocorreram em Avaris. Mas, talvez não queirais saber...

— Fale.

10

Quando o desespero lhe apertava o coração, Teti, a Pequena, maquiava-se. Se a sua filha morresse, ela não teria nenhuma razão para continuar uma luta perdida por antecipação, como provavam as revelações feitas pelo intendente Qaris.

Esforçando-se para pensar nos raros momentos de felicidade que conhecera, a rainha tirou de uma cesta oval um pente de madeira, uma agulha de alabastro para desembaraçar o cabelo, uma esponja de maquiagem e uma concha nacarada, onde misturou ungüentos. Não lhe restavam muitos produtos de primeira qualidade que as farmácias dos templos, infelizmente, levavam quarenta dias para fabricar.

À base de galena moída, o ungüento preferido de Teti, a Pequena, purificava a pele e protegia-a das agressões do sol; também tinha a vantagem de afastar os insetos e destacar os traços finos da soberana.

Em outras épocas, uma maquiadora, uma cabeleireira, uma manicura e uma pedicura teriam se ocupado dela com respeito e competência; porém, atualmente, Teti, a Pequena, passava, ela própria, o ocre vermelho nos lábios.

— Majestade... Vinde depressa!

— Qaris! Como ousa...

— Perdoai-me a intrusão, mas é a princesa...

Teti, a Pequena, ergueu-se num salto.

— Ahotep... Não, Ahotep não pode morrer, não tão jovem!

— A princesa acabou de acordar, Majestade!

A rainha ficou paralisada.

— Não minta, Qaris. Seria uma crueldade.

— Vinde, eu vos peço.

Qual uma sonâmbula, Teti, a Pequena, seguiu seu intendente.

Sentada na cama, Ahotep acariciava a cabeça do seu cão que lambia, conscienciosamente, as patas.

— Onde está o cetro da deusa? — perguntou ela com um timbre de voz estranho.

— Ahotep... Você está viva!

A princesa olhou surpresa para a mãe.

— Mas é claro que estou viva! Você, em compensação, parece exausta.

— A deusa Mut...

— Ela não me causou nenhum mal, mas consegui tocar o cetro "poder"!

— De acordo com os sacerdotes de Karnak — precisou Qaris, com voz firme —, a deusa retomou seu bem, princesa. É um verdadeiro milagre que tenha saído de um coma profundo.

— É desse cetro que precisamos para lutar, tenho certeza!

Ahotep se levantou e o intendente desviou o olhar. Teti, a Pequena, cobriu com uma túnica de linho o corpo magnífico da filha e deu-lhe de beber.

— Não está com vertigens?

— Não sinto nada, mãe! Se a chama da deusa Mut não me queimou, e se ela me mostrou o caminho do verdadeiro poder, só pode ser para confiar-me uma missão.

— Não seja tão entusiasta, Ahotep.

— E por que não o seria?

— Porque a situação não nos concede nenhuma esperança.

Ahotep tocou a rainha nos ombros.

— Quero saber tudo.

— Tem certeza?

— Arrisquei a minha vida e vou arriscá-la de novo. Não me esconda nada!

— Como queira. Pode falar, Qaris.

— Qaris... Por que ele?

— Porque o encarreguei de recolher informações com os nossos derradeiros partidários na zona ocupada.

Ahotep ficou estupefata.

— Você, Qaris, você correu tantos riscos!

— Estou a serviço da rainha e de nosso país — declarou, com orgulho, o intendente.

— Então você também acredita que a vitória ainda é possível!

A tristeza tomou conta do olhar de Qaris.

— Seja sincero — exigiu Teti, a Pequena.

— As palavras dos sábios desapareceram — deplorou o intendente —, as divindades não mais reconhecem o Egito. As barcas do dia e da noite não circulam mais, o curso do sol está perturbado, e ele acabará se afastando para sempre. Maât deixou de reinar sobre as Duas Terras, a desolação atinge todas as províncias, o mal impôs sua ditadura.

— São apenas palavras desoladoras! — protestou Ahotep. — Só os fatos podem ser levados em conta.

— A economia tradicional foi abandonada, princesa. Nenhum mantimento chega aos templos, e a redistribuição não é mais garantida. Os produtores não ganham nada, só os intermediários enriquecem pagos pelos hicsos. Os ateliês de tecelagem foram fechados, não se fabricam mais túnicas de linho, há falta de perucas e até de sandálias; a sujeira não é combatida, os lavadeiros recusam-se a lavar a roupa, os padeiros a fazer o pão, e os cervejeiros a produzir a cerveja. O usurpador tornou-se rico, a injustiça triunfou.

— Esse infortúnio é só passageiro... Ainda temos Tebas!

— A cidade está isolada, princesa!

— Como pode ter certeza disso?

— Vou mostrar-lhe.

Andando na frente da rainha e da filha, o intendente as conduziu até uma pequena sala vizinha ao seu quarto, com um mobiliário dos mais sumários. Abriu uma cortina e exibiu uma maquete de madeira, disposta numa mesa baixa.

— Fabuloso! — exclamou Ahotep. — Esta flor de lótus é o Delta, o Baixo Egito... E esta haste que serpenteia é o vale do Nilo, o Alto Egito... Ao sul de Assuã, a Núbia.

— Podemos distinguir cada província, com sua capital e seus templos — observou Teti, a Pequena. — Os agrimensores e os geógrafos realizaram um excelente trabalho. Graças a nossos informantes, foi possível acompanhar o avanço do inimigo.

— Tebas está livre, isso é o essencial!

— Tebas não passa de uma ilhota de liberdade — retificou Qaris. — Os hicsos controlam a totalidade das províncias do Norte, ocuparam Mênfis, o principal centro econômico do país, e estabeleceram uma alfândega em Hermópolis.

— A cidade santa de Ábidos caiu nas mãos deles?

— É provável, princesa. E o mais grave: a quarenta quilômetros ao norte de Tebas, a cidade de Coptos não está mais segura. Em Gebelein, trinta quilômetros ao sul, os hicsos erigiram uma fortaleza.

— Em outras palavras — constatou Ahotep —, estamos cercados. Entretanto, não temos um fiel aliado em Edfu, mais ao sul?

— De fato, o governador Emheb é um homem de palavra; mas será que ainda está vivo? Quanto a Elefantina, capital da primeira província do Alto Egito e cidade fronteira à Núbia, ela está sob o jugo do inimigo.

— Os núbios são aliados incondicionais dos hicsos — acrescentou Teti, a Pequena —, e estes continuam a aumentar seu império. Não recebemos mais ouro da Núbia, nem cedro e pinho do Líbano, somos incapazes de organizar expedições comerciais ou de chegar até as pedreiras, porque os meios e as vias de comunicação estão sob o controle dos hicsos.

— Não existe nenhuma província fiel a Tebas? — perguntou Ahotep.

— Elas foram divididas em pequenos principados — explicou Qaris —, e cada potentado local está sob as ordens de um oficial hicso que comanda uma milícia. Apófis conseguiu tecer uma teia de aranha e dela nenhuma aglomeração consegue escapar.

— Tebas está condenada à morte — concluiu a rainha. — Morrerá sufocada... a menos que Apófis resolva não esmagá-la.

— Nossas reservas agrícolas estão intactas?

— É uma gestão tão deplorável que, em breve, seremos vítimas da fome. E ninguém é capaz de impedir essa degradação.

— Até o momento lutei com uma ínfima esperança — confessou Qaris. — Mas nossa última rede de resistência acabou de ser destruída e não poderemos mais dispor de nenhuma informação. Surdos e cegos, como lutar?

— É o fim — avaliou Teti, a Pequena, aprovada pelo intendente com um aceno de cabeça.

Ahotep rodeou lentamente a maquete.

— É o fim da nossa passividade — afirmou ela. — Porque não tentamos nada é que corremos o risco de desaparecer.

— A realidade, princesa...

— Não conhecemos a realidade, Qaris! Pelo menos não completamente. As informações são apenas parciais, e não posso acreditar que não exista uma única rede de resistentes. Precisamos entrar em contato com eles. Porém, antes de qualquer coisa, precisamos do cetro "poder".

11

Teti, a Pequena, empalideceu.

— Ahotep... Você não pretende desafiar a deusa Mut pela segunda vez, pretende?

— Não tenho escolha, mãe.

— Ela nunca concordará em entregar o cetro para você! Desta vez o fogo da deusa irá destruí-la, pode ter certeza!

— Mais vale a morte do que a covardia.

— Talvez exista outra solução — respondeu Qaris.

O rosto de Ahotep iluminou-se.

— Em que está pensando?

— Só as divindades podem carregar o cetro "poder"... Entretanto, há uma exceção: o agrimensor cego que, depois da cheia, restabelece as linhas que delimitam as propriedades. Como ele passa a ser o intérprete da exatidão divina e não pode favorecer ninguém, tem o direito de carregar um bastão com a forma do cetro sagrado. Será que esse bastão possui as mesmas virtudes?

— Onde está esse homem?

— Não sei, princesa. Há muitos anos que ele não cumpre mais a sua função. É por isso que os litígios se multiplicaram. Hoje em dia, o forte prevalece sobre o fraco, e a mentira triunfa.

— Pare de se lamentar, Qaris! A que serviço administrativo ele pertencia?

— Ao escritório do cadastro.

— Vamos até lá, agora.

Não muito longe do templo de Karnak, os prédios do cadastro tinham uma triste aparência. Construídos com adobe, e caiados, a maior parte deles ameaçava desabar. Nenhuma sentinela, só cães errantes que se dispersaram com a aproximação de Ahotep e de Qaris.

— Há alguém aí? — perguntou Qaris, com voz forte.

Uma rajada de vento respondeu-lhe.

Uma rajada tão forte que dois galhos de uma velha tamargueira se quebraram, com um estalo sinistro que sobressaltou o intendente.

— Vamos embora, princesa.

— Mas... quem cuida do cadastro?

— Ninguém mais, como vê. As queixas se acumulam, sem resultado.

— Por que o ministro da Agricultura não intervém?

— Como os colegas, ele só pensa em manter os privilégios que lhe restam.

Ahotep cerrou os punhos.

— É preciso jogá-lo na prisão imediatamente!

— Antes precisaríamos julgá-lo — objetou Qaris — e obter a prova de sua incompetência. E, como ministro compraria os jurados, de nada adiantaria.

De repente, os cães errantes começaram a latir, formando um círculo ameaçador em volta da princesa e do intendente. Quando Qaris tentou furar o círculo, um dos cérberos mostrou-lhe as presas, obrigando-o a recuar.

— Se atacarem, como nos defenderemos?

— Por enquanto, eles se contentam em impor respeito — avaliou Ahotep. — O mais importante é não nos mexermos.

Saindo a passos lentos do prédio principal, um homem idoso caminhou na direção dos intrusos.

De cabelos ralos, traços angulosos, usava uma tanga comprida que, em outros tempos, havia sido uma vestimenta de luxo. Na mão direita segurava um bastão nodoso.

— Quem são vocês? — perguntou com voz grave.

— Sou a princesa Ahotep, acompanhada do intendente Qaris.

— Ahotep... A filha da rainha Teti?

— Eu mesma. E você, quem é?

— Dono dos cães que guardam o lugar para impedir que os ladrões se apoderem dos documentos do cadastro tebano.

— Ousa comparar-nos a eles?

— Volte ao palácio, princesa; este local só abriga velhos arquivos.

— Mesmo assim você arrisca a vida para protegê-los!

O homem sorriu.

— Minha vida não tem mais valor, princesa, pois já não posso exercer minha profissão.

Ahotep encarava o interlocutor com insistência.

— Mas... você é cego!

— Sou, de nascença.

— Também é... agrimensor?

— Efetivamente, o último agrimensor cego de Tebas. Por vários anos remarquei os limites que a cheia apagava. Naquele tempo reinava a justiça... Agora, perdi o meu posto.

Ahotep passou entre dois cães que se contentaram em gemer, e pegou as mãos do cego.

— Ainda possui o cetro "temível", que você é o único que pode carregar?

— É o meu bem mais precioso.

— Concorda em entregá-lo a mim?

— Não posso vê-la, princesa, mas sei que é bela, muito bela. Por que arriscar a ser destruída?

— Porque quero libertar o Egito.

— Libertar o Egito... Espere-me aqui.

Sem hesitar, o cego dirigiu-se a um depósito que tinha o teto de hastes de papiros.

Quando voltou alguns minutos depois, brandia um estranho cetro de madeira.

Ao vê-lo, os cães se dispersaram.

— Sentemo-nos naquele banco, lá adiante — preconizou o agrimensor.

O cetro fascinava Ahotep.

— A cabeça do bastão sagrado é a do deus Seth de olhos de fogo — revelou o cego. — É ele que vê o bom caminho, elimina os obstáculos e acaba com a mentira. Porém, Seth cobra caro por seus serviços! O vaidoso que julgar possuir a força dele será fulminado pela cólera do céu. Ninguém pode usar uma divindade em benefício próprio, muito menos Seth, pois é ele que domina as forças do céu e da terra.

— Preciso dele — afirmou Ahotep. — Se seu cetro guiar meu exército, sairemos vitoriosos!

— Seth é imprevisível, princesa. Ele está habituado com a minha mão, não com a sua.

— Correrei o risco.

— Não é uma loucura?

— A única loucura é abdicar diante do invasor.

O cego se levantou; Ahotep imitou-o.

— Vire-se, princesa.

O ancião vendou os olhos da jovem com uma faixa de linho, pegou-a pela mão e conduziu-a até um campo abandonado.

— O proprietário deste terreno morreu há um mês. A cheia carregou as demarcações; os herdeiros não tardarão a brigar entre si. Eu não tinha a intenção de intervir, pois nenhum funcionário do palácio registraria minha peritagem. Agora é diferente, pois você está disposta a tentar a aventura e o testemunho do intendente Qaris terá um valor oficial. Está mesmo decidida?

— Desista, princesa! — recomendou Qaris. — O bastão de Seth está carregado de uma energia que poderia destruí-la.

— Esta venda não me protege de qualquer agressão vinda de fora? Dê-me o cetro, agrimensor.

— Se você aceita, princesa, deixe-se guiar por ele.

Ahotep não tremia mais.

Seus dedos tornaram a se fechar sobre o bastão que, de tão incandescente, arrancou-lhe um grito de dor.

Mas a princesa não o soltou e, de repente, ela teve a sensação de ver um céu noturno onde uma estrela brilhava mais do que as outras.

Ahotep andou em direção à estrela, cujo brilho diminuiu.

Por três vezes o mesmo fenômeno se produziu. E a cada vez a jovem caminhava.

O céu e o fogo do bastão desapareceram, a venda caiu sozinha.

— A agrimensura terrestre foi efetuada segundo as leis celestes — declarou o velho cego. — As demarcações deste campo foram restabelecidas com exatidão. Que a princesa Ahotep possa conservar o cetro de Seth e demarcar o Egito por inteiro.

12

Acima do templo de Seth, em Avaris, o céu estava negro. Provenientes do norte, nuvens em filas cerradas se haviam juntado para ameaçar a capital dos hicsos.

O santuário principal não tinha nada do esplendor das construções egípcias. Construído com tijolos e não com pedras, ele era dedicado ao deus do raio e a Hadad, divindade síria da tempestade. Em frente ao templo havia um altar retangular cercado de carvalhos e de fossos repletos de ossos calcinados de animais oferecidos em sacrifício.

Ali havia sido marcado o encontro de dez conjurados, e o mais importante deles não era ninguém menos do que um asiático, chefe da guarda pessoal de Apófis. Depois de longos e prudentes discursos, ele conseguira reunir um general cananeu, oficiais originários da Anatólia e a senhora Abéria, filha de um cipriota e uma grega, encarregada pelo tirano de reduzir à escravidão os egípcios ricos.

Todos eles ocupavam postos importantes e haviam enriquecido ao servir o novo chefe do Egito, sem nunca discutir suas ordens. Entretanto, há alguns meses, a situação mudara devido à ascensão de Khamudi, que se tornara o único confidente de Apófis. Os dignitários da corte começaram a perder a sua influência, e o novo braço direito do déspota multiplicava suas decisões, com o propósito de reforçar seu poder.

É verdade que Khamudi se mostrara particularmente eficiente ao destruir a última rede de resistência; mas não se comentava que ele havia aproveitado a ocasião para dar cabo de fiéis partidários de Apófis, julgados excessivamente ambiciosos?

Por isso o chefe da guarda fez a si mesmo uma angustiante pergunta: "Quem será o próximo?" E a indagação acabou despertando o interesse de alguns. Apófis e Khamudi não estariam preparando uma operação de varredura que os livraria de aliados incômodos? Eles poderiam ser substituídos por arrivistas dispostos a executar os piores trabalhos.

O oficial anatólio, encarregado do treinamento dos arqueiros, certificou-se de que o lugar era seguro. À noite, os celebrantes do culto de Seth ficavam alojados em casebres afastados do templo, vigiados por um corpo de guardas controlado por um dos conspiradores. Realmente, não havia lugar melhor para arquitetar, com toda a segurança, o plano de ação.

— E se entrássemos no templo? — propôs o general cananeu.

— Evitemos o olhar de Seth — recomendou o Asiático. — É melhor sentarmos perto do altar, abrigados pelas árvores.

Os conjurados formaram um círculo.

— Disponho, no momento, de informações confiáveis — declarou o general cananeu. — Por ordem de Apófis, Khamudi mandou assassinar nossos próprios agentes que se haviam infiltrado numa rede de resistência.

— Qual o motivo? — surpreendeu-se a senhora Abéria, de estatura impressionante e mãos maiores do que as de um homem.

— Ignoro... Mas sei que muitos dignitários morreram subitamente nas últimas semanas e que foram substituídos por homens fiéis a Khamudi, líbios e piratas cipriotas e anatólios. Em outras palavras, matadores sem escrúpulos. E insisto muito: são fatos, e não rumores.

Um silêncio consternado seguiu-se a essas declarações.

— Seremos os próximos alvos? — inquietou-se Abéria, visivelmente alarmada.

— Creio que sim — respondeu o general cananeu. — Nenhum de nós é íntimo do controlador-geral, e isso é um erro imperdoável.

— Por que não eliminá-lo? — sugeriu um oficial.

— Tocar em Khamudi é atacar Apófis.

— Então é preciso eliminar os dois!

— Nem pense nisso! — objetou um dos colegas. — Vamos informar o chefe supremo sobre as manobras de Khamudi; isto será suficiente.

— Esqueceu-se de que ele executa as ordens de Apófis? A verdade é que todos nós estamos condenados a desaparecer!

— Apófis está fora de alcance.

— Devo lembrá-lo de que sou o chefe de sua guarda pessoal? — interveio o Asiático. — Khamudi não gosta de mim, mas ainda tenho a confiança de Apófis.

— O que propõe? — perguntou o general.

— Eu me encarregarei de Apófis; você, de Khamudi. Os outros cuidarão da guarda que, como sempre, cederá à vontade do mais forte. É preciso agir rápido e em conjunto. Devemos estar perfeitamente coordenados e não dar chance ao acaso.

— Se falharmos... — disse um oficial com a voz estrangulada.

— Se não tentarmos nada, seremos massacrados. É imperativo tomar a iniciativa.

— Quem sucederá a Apófis? — perguntou Abéria.

A pergunta semeou a discórdia. O Asiático e o general cananeu trocaram olhares cheios de desconfiança.

— Veremos depois — preconizou um outro oficial.

— Absolutamente! — cortou o general. — Qualquer improvisação seria fatal. Vamos escolher agora o nosso chefe, aquele que sucederá ao tirano Apófis.

— Quanto maior o risco — disse o Asiático — melhor deve ser a recompensa. Como chefe da guarda pessoal de Apófis, não sou eu quem corre o maior perigo tentando eliminá-lo?

— Ninguém pode negar seu ato de coragem — avaliou o general —, mas governar o império hicso exige outras qualidades, a começar pelo controle do exército.

Vários oficiais balançaram a cabeça afirmativamente.

— Você só será obedecido pelos soldados cananeus — opôs-se o Asiático —, e eles são a minoria. O herói que eliminar Apófis não conseguirá maior união?

— Por que escolher entre vocês dois? — protestou um oficial anatólio. — Os guerreiros das nossas montanhas são incomparáveis, e um deles granjeará a confiança de nossas tropas.

— Por que não um pirata? — exclamou o general, furioso. — Se perdermos a cabeça antes de começar essa delicada operação, a derrota será certa! Que cada um faça o que sabe fazer, e sairemos vitoriosos.

— Tem razão — reconheceu o Asiático — e, sobretudo, não podemos ficar divididos.

Um oficial anatólio sobressaltou-se.

— Ouvi um barulho...

Os conjurados ficaram imóveis.

— Vá ver — ordenou o general, desembainhando seu punhal.

A ausência do soldado pareceu longa demais. Nem mesmo o general cananeu conseguia respirar direito.

Finalmente, o espião voltou.

— Nada a assinalar.

O alívio de todos foi perceptível.

— Se não nos entendermos — retomou o general —, é melhor desistirmos.

— Fora de cogitação — julgou o Asiático. — Já fomos muito longe. Chega de tergiversar! Eu matarei Apófis, os oficiais anatólios encarregar-se-ão de Khamudi e o general encabeçará o exército hicso. Em seguida, reuniremos os altos funcionários e escolheremos o nosso chefe.

— Combinado — aprovou o Cananeu, imitado pelos outros conjurados.

Iluminada pela luz da lua, que surgira entre duas nuvens, Abéria levantou-se e aproximou-se do general.

— Parabéns — disse ela. — Você nos convenceu a tentar essa louca aventura e conseguiu acabar com as desavenças. Por isso merece uma recompensa.

Abéria pôs as mãos nos ombros do cananeu, e ele pensou que a mulher escultural ia beijá-lo.

Qual não foi sua surpresa quando os dedos possantes de Abéria afundaram na carne de seu pescoço!

— Morra, cão sarnento!

O general tentou escapar à fúria, mas debateu-se em vão.

Estava sendo estrangulado.

Segurando a espada, o Asiático avançou para cima de Abéria.

Entretanto, uma revoada de flechas penetrou nas costas do chefe da guarda pessoal de Apófis, ao mesmo tempo que vinte bandidos cipriotas surgiram para atacar os conjurados, massacrando-os a punhaladas. Apesar da valentia demonstrada, os oficiais anatólios foram vencidos por estar em menor número.

No momento em que a alma do general cananeu deixava seu corpo, Khamudi apareceu.

— Belo trabalho — constatou ele com o semblante feliz. — O complô foi sufocado antes de nascer.

Abéria cuspiu sobre o cadáver e, depois, esfregou as mãos.

— Nosso grande rei, Apófis, ficará satisfeito... E, para mim, foi um prazer.

13

Do alto da cidadela, Apófis contemplava o porto de Avaris formigando de barcos que eram descarregados por milhares de alegres marinheiros. Os entrepostos transbordavam de vinho, de óleos, de madeiras preciosas, de bronze e de muitos outros produtos, o que tornava a capital dos hicsos uma cidade riquíssima, onde se podia vender e comprar de tudo. O comércio explodia, todos só pensavam em enriquecer, mas não deixavam de reverenciar o novo chefe do país.

Fundamentada na redistribuição e na solidariedade, a antiga economia dos faraós havia desaparecido. Logo circulariam por todas as províncias do Egito as jarras importadas de Chipre, fáceis de reconhecer pela cor preta polida, adornadas por incisões brancas. Para garantir uma grande circulação, da qual ele recebia rendas substanciais, Apófis mandara fechar os tradicionais ateliês de cerâmica e havia oferecido os artesãos aos seus oficiais como escravos.

Khamudi inclinou-se.

— Senhor, a hora está próxima. Eis os dois objetos que me pedistes.

Ele entregou a Apófis uma adaga e um cântaro.

Fabricada por um artesão micênico, a adaga tinha o punho de ouro com a incisão de uma flor de lótus de prata e uma lâmina triangular de bronze com a ponta afiada.

No bojo do cântaro de faiança azul, com duas pequenas alças, havia um mapa do Egito.

O miniaturista realizara um trabalho excepcional, conseguindo até indicar no mapa a localização da capital de cada província.

— Esta adaga me torna invulnerável — declarou Apófis. — Ela tem poderes que nenhum adversário poderá anular. Lembre-se disso, Khamudi, e divulgue para que todos tomem conhecimento do fato. Quanto ao cântaro... Quer saber para que serve?

O interpelado ficou receoso.

— Acho que não é preciso, senhor...

— Você não é meu servo fiel, aquele que nunca me trairá? Vamos, olhe isto.

Apófis apontou com o indicador a palavra "Avaris", que se pôs a brilhar com um inquietante clarão avermelhado.

Assustado, Khamudi recuou.

— Não tenha medo, bravo amigo. Você constatou que um dedo me basta para controlar facilmente todas as partes deste país que acreditavam estar protegidas pelos deuses. Nenhuma parcela da terra dos faraós me escapará.

— Nem mesmo Tebas?

Apófis sorriu.

— A obstinação de Tebas diverte-me e é útil... por enquanto. Sei de tudo que acontece por lá, e nenhuma das iniciativas, aliás bem insignificantes, terá êxito.

Khamudi compreendeu que o imperador hicso não era um tirano como os outros. Não só o rei dispunha de um exército numeroso e forte, como também possuía poderes sobrenaturais, contra os quais o melhor dos guerreiros era derrotado antecipadamente.

— Hoje é um dia tão importante quanto o da invasão do Egito — declarou Apófis com sua voz rouca que fazia o sangue gelar nas veias. — Finalmente os egípcios vão entender que sou o rei e que devem obedecer-me, sem nenhuma esperança de recuperar a liberdade perdida para sempre. E, como qualquer povo escravizado, eles acabarão por idolatrar-me. Vamos começar recebendo a homenagem de nossos vassalos.

Vestindo uma capa vermelha, que um cinto enfeitado com motivos geométricos apertava na cintura, Apófis entrou lentamente na sala de recepção com seis colunas, repleta de embaixadores vindos de todas as regiões do Império hicso.

Cada um deles era vigiado de perto por um guarda de Khamudi, e ninguém conseguiria esboçar um gesto ameaçador sem ser abatido imediatamente.

Apófis se sentou no trono, uma cadeira modesta, de pinho.

Simplicidade e austeridade: o imperador divulgava, assim, uma reputação de administrador preocupado com o bem público.

Imediatamente, começou a procissão dos embaixadores.

Um a um, eles depositaram aos pés de Apófis as riquezas características de seus países. Amontoaram-se pedras preciosas, potes de ungüento, braceletes de arqueiro, escudos, punhais... Apófis, porém, não manifestava nenhum interesse, impaciente que estava para ver os presentes do embaixador cretense. A grande ilha fizera um trato de aliança com os hicsos, mas a palavra teria valor? Só uma profusão de presentes poderia traduzir a veracidade do compromisso.

O diplomata adiantou-se, seguido de dez compatriotas de cabelos pretos e narizes retilíneos. Usavam uma tanga aberta do lado, bordada com um galão e enfeitada de losangos.

O embaixador cumprimentou-o.

— Que o nosso soberano receba a homenagem de Creta. Ela o reconhece como imperador do mais vasto território que um monarca jamais dominou. Possa Apófis governá-lo com grandeza.

Os cretenses ofereceram lingotes e anéis de ouro, espadas, taças e vasos de prata, e alguns deles tinham a forma de cabeça de leão e, outros, de touro.

Murmúrios de admiração percorreram a assistência. Era um tesouro fabuloso.

— Aceito a homenagem — declarou Apófis. — Doravante Creta não terá nada a temer dos hicsos. Que os tributos me sejam entregues regularmente e eu serei o melhor defensor dos vassalos cretenses.

Os faraós só guardavam na corte dez por cento dos tributos e destinavam o resto ao circuito comercial. Apófis fazia exatamente o inverso, de modo a enriquecer a casta dirigente, garantindo que ela lhe fosse dedicada. Obviamente, esse segredo de Estado era um dos mais bem guardados, e Khamudi não cessava de exaltar a generosidade do chefe e sua vontade inabalável de livrar os mais humildes da miséria.

Naquele momento Apófis não pensava nos lucros que lhe proporcionava sua posição e sim no imenso império do qual se tornava possuidor.

Ele reinava no Egito, na Núbia, na Palestina, no Líbano, na Síria, em Chipre, nas Cíclades, em Creta, na Anatólia e numa parte da Ásia. Em todas essas regiões circulavam jarras ovóides do tipo cananeu, que podiam conter, em média, trinta litros, e cuja presença marcava a supremacia comercial dos hicsos. Bastava vê-las para saber que Apófis detinha o poder e não toleraria nenhuma insubmissão.

— Governarei sem Maât, a deusa dos vencidos — anunciou ele —, e imporei em todos os lugares a força de Seth, que só eu sei controlar. Os hicsos derrotaram os egípcios, e eu, Apófis, sou o novo faraó, fundador de uma linhagem que eclipsará as precedentes. Meus nomes de coroação são "o amado de Seth", "Grande é o poder de Rá", "Grande é sua valentia vitoriosa", porque até o sol satisfaz os meus desejos! Torno-me, assim, o rei do Alto e do Baixo Egito, e todas as vezes que meu nome for escrito ou pronunciado será seguido do voto triplo: "Vida, prosperidade, coerência*."

Tomando cuidado para não elevar os olhos na direção do soberano, Khamudi apresentou-lhe o amuleto *ankh*, na forma de cruz ansata, que Apófis pendurou na corrente de ouro em volta do pescoço.

— Este amuleto em lápis-lazúli me revela os segredos do céu e da terra — afirmou o imperador — e me confere o direito de vida e morte sobre meus súditos.

A assistência estava estupefata.

---

* *Ankh, udja, seneb,* muitas vezes traduzido de maneira aproximada por "Vida, saúde, força".

Quem poderia imaginar que Apófis proclamaria a si mesmo Faraó, adotando os nomes e os títulos tradicionais, infligindo assim um último golpe à alma egípcia?

Todos compreenderam que estavam na presença de um chefe guerreiro impiedoso, decidido a erradicar a antiga cultura depois de espoliá-la. Era evidente que seria melhor submeter-se do que provocar sua cólera, visto que o exército hicso continuava a ser reforçado, tanto em homens quanto em material.

Abria-se uma nova era, na qual a força teria a primazia, fosse ela militar ou econômica. E, como Apófis era o chefe absoluto, só restava obedecer-lhe.

Apenas o velho embaixador na Núbia ousou formular uma restrição:

— Para ser um autêntico faraó, Majestade, não basta escolher os nomes da coroação. É preciso fazer com que eles sejam reconhecidos pelos deuses, inscrevendo-os na árvore do conhecimento, em Heliópolis.

Khamudi gostaria de cortar a língua do insolente, mas os núbios eram sensíveis e, por algum tempo ainda, interessava a Apófis tratá-los com deferência.

O imperador hicso manteve a calma.

— Tem razão, meu amigo. De fato, esse é o costume.

— Então, Majestade... Tendes a intenção de submeter-vos?

— Meu reinado começará com brilho e eclipsará os que o precederam porque os deuses me protegem. Amanhã irei a Heliópolis onde meu nome se tornará imortal.

14

Eliminados os indivíduos suspeitos, o próprio Khamudi passou a comandar a impressionante guarda pessoal do faraó Apófis. Protegido no carro coberto por um dossel, o soberano não poderia ser atingido por uma flecha, nem por uma pedra proveniente de uma funda.

Na entrada da antiga cidade santa de Heliópolis, o exército hicso agrupara algumas centenas de camponeses egípcios, obrigados a aclamar seu rei. Os que não gritassem forte o bastante seriam deportados para as minas de cobre do Sinai.

Ali, na cidade do sol criador, tomara corpo a espiritualidade egípcia. Ali os sábios haviam redigido os textos gravados no interior das pirâmides de Saqqara para assegurar a ressurreição e as contínuas mutações da alma real.

Apófis não mandara destruir a biblioteca de Heliópolis, porque contava usar o saber dos vencidos para melhor dominá-los e estender cada vez mais suas conquistas. Empenhados na busca da sabedoria e da harmonia social, os egípcios haviam esquecido o essencial: só a força possibilita a vitória.

No átrio do templo principal de Heliópolis, sozinho sob o sol, estava o sumo sacerdote.

De cabeça raspada, vestido com uma pele de pantera enfeitada com dezenas de estrelas de ouro, ele segurava na mão o cetro de consagração.

Apófis desceu de seu carro.

— O que sabemos desse insolente? — perguntou ele a Khamudi.

— É um erudito ligado às antigas crenças e considerado por seus pares como guardião da tradição.

— Que ele se incline diante de seu rei.

Khamudi transmitiu a ordem, mas o velho sacerdote permaneceu ereto como uma estátua do Antigo Império.

Controlando a fúria com dificuldade, Apófis adiantou-se.

— Ignora o castigo a que se expõe?

— Só me inclino diante de um faraó — respondeu o sumo sacerdote.

— Pois bem, eu sou um faraó! E venho justamente inscrever meus nomes de reinado na árvore do conhecimento.

— Se sois quem pretendeis ser, esse é vosso dever. Segui-me.

— Eu e meus homens iremos acompanhar-vos — interveio Khamudi.

— Fora de cogitação — objetou o sumo sacerdote. — Somente o Faraó pode se aproximar da árvore sagrada.

— Como ousas...

— Deixe, Khamudi! Eu, Apófis, aceitarei os costumes.

— É muito perigoso, senhor!

— O sumo sacerdote de Heliópolis sabe que todos os templos seriam arrasados e os ritualistas executados se fosse perpetrado um atentado contra a minha pessoa.

O ancião concordou com a cabeça.

— Vou segui-lo, sumo sacerdote.

Apófis não sentiu nenhuma emoção ao penetrar no grandioso santuário que acolhera no seu interior todos os faraós do Antigo e do Médio Império.

Por alguns instantes, a atmosfera de recolhimento do lugar onde ainda se venerava Maât, a deusa da retidão, provocou-lhe uma ligeira perturbação; para dissipá-la, o imperador hicso evitou olhar os baixos-relevos e as colunas com hieróglifos que, mesmo sem a presença humana, afirmavam a presença das forças criadoras e exaltavam o ritual.

O sumo sacerdote seguiu por um amplo pátio a céu aberto, no centro do qual tronava uma pérsea gigante de folhas lanceoladas.

— Essa árvore foi plantada no início do reinado do faraó Djeser, o criador da pirâmide em degraus — explicou o sumo sacerdote —, e sua longevidade desafia o tempo. Nas folhas de um dos galhos-mestres são inscritos os nomes dos faraós cujo reinado tenha sido aprovado pelas divindades.

— Basta de discursos! Dê-me com o que escrever o meu.

— Trata-se de um ritual com exigências precisas: deveis usar o antigo enfeite de cabeça, colocar na fronte um *uraeus* de ouro, vestir uma tanga curta, prosternar-vos e...

— Pare de sonhar, ancião! Um imperador hicso não se submete a rituais obsoletos. Dê-me com o que escrever nas folhas, e será o suficiente.

— Para que o caule de milhões de anos continue a crescer, deveis usar o pincel do deus Thot. Aceitais?

Apófis deu de ombros.

O sumo sacerdote afastou-se lentamente.

— Aonde você vai?

— Pegar o pincel no tesouro do templo.

— Não me engane, senão...

Apófis lamentou ter dispensado a proteção. Se estivesse no lugar do sumo sacerdote, teria improvisado uma emboscada. Mas os adeptos dos antigos cultos desaprovavam o crime. Eles apodreciam num mundo irreal onde a ilusão de Maât continuava a fazê-los sonhar!

O ancião voltou, trazendo uma pequena caixa de acácia.

Dentro, o material de escriba: uma paleta com buracos para as tintas vermelha e preta, tigelas cheias de água e um pincel.

— Diluí a pequena barra de tinta preta com um pouco d'água, molhai o pincel e escrevei.

— Execute você mesmo essas tarefas medíocres!

— Posso preparar o pincel, mas cabe a vós manejá-lo.

Apófis pegou o pincel e tentou escrever seu primeiro nome, "o amado de Seth", numa folha larga e comprida.

Mas nenhum sinal ficou inscrito.

— Sua tinta é de má qualidade!

— Garanto que não.

— Dilua a vermelha.

O sumo sacerdote obedeceu, mas o resultado foi idêntico.

— Está zombando de mim, velhote!

— Tendes de render-vos à evidência: a árvore do conhecimento recusou vossos nomes porque os deuses não vos admitem na linhagem dos faraós.

— Vá imediatamente buscar barras novas de tinta.

— Como quiserdes...

Apófis não precisou esperar muito tempo. Ele constatou que a nova barra de tinta nunca havia sido usada.

— Nunca mais tente enganar-me com produtos defeituosos, velhote! Neste dia de glória para os hicsos eu perdôo sua má vontade, porém nunca mais conte com a minha clemência.

A nova tentativa de inscrição na folha da árvore terminou com um novo fracasso.

— A tinta não é responsável — observou o sumo sacerdote. — Não sois faraó e não o sereis jamais.

Apófis considerou o egípcio com um ódio glacial.

— Você lançou um feitiço com seu cetro... É isso, é isso mesmo!

O hicso arrancou o cetro das mãos do ancião e quebrou-o em dois.

— Eis o que faço com a sua pobre magia! Agora a árvore vai aceitar-me.

Entretanto, o pincel deslizou na folha sem deixar nenhum traço.

Apófis quebrou-o com o calcanhar.

— Quem está autorizado a entrar neste pátio e ler os nomes dos faraós?

— Só o sumo sacerdote de Heliópolis.

— Consente que meu nome figure nos anais deste templo?

— Impossível.

— Você não tem apego pela vida, ancião?

— É melhor morrer na retidão do que viver em perjúrio.

— Você é a única testemunha da recusa da árvore... Então, deve morrer.

Apófis desembainhou a adaga e plantou-a no coração do sumo sacerdote, que não esboçou nenhum gesto de defesa.

* * *

— Eu já começava a ficar preocupado, senhor... Correu tudo bem?

— Maravilhosamente, Khamudi. Meu nome será conservado eternamente na árvore do conhecimento, em letras bem mais grossas do que as de meus antecessores. As divindades prostraram-se diante de mim e não temos mais nada a temer dos sortilégios egípcios. Que sejam organizadas festividades para que o povo possa aclamar seu novo faraó.

— Vou cuidar disso imediatamente. Algo mais, senhor?

— Faça com que todos os sacerdotes deste templo desapareçam, feche as portas e que ninguém mais entre aí. Assim, meus nomes da coroação não estarão ao alcance dos olhares humanos.

15

Ahotep cobriu seus cabelos pretos com um turbante verde, cuja cor era idêntica à de seus olhos. Enfeitado com discretas flores de lótus, ele lhe fora dado pela mãe, quando vieram as primeiras regras.

Vestida como uma camponesa, a princesa dirigiu-se para o embarcadouro.

— Princesa...

— O que quer, Seqen?

— Se vai viajar, é melhor evitar o Nilo. Ele tem estado enfurecido por esses dias. A melhor opção são os caminhos pelo campo. Para carregar o necessário, disponho do melhor auxiliar de toda a região.

Seqen apontou para um magnífico burro cinzento, com o focinho e a barriga brancos. As ventas eram grandes, as orelhas imensas e os olhos de uma viva inteligência.

— Vento do Norte é um colosso! Pesa quase trezentos quilos, transporta cem e não se cansa, e viverá uns quarenta anos. Consegue adivinhar o melhor itinerário e detectar uma presença hostil. Nos dois cestos coloquei esteiras, cobertas, sandálias, pães, peixe seco, cebolas e odres de água.

— Quer emprestar-me o seu burro?

— Ele só obedece a mim, princesa.

— Vou a Coptos, depois a Gebelein. É perigoso, Seqen.

— Eu já disse que queria lutar e não mudei de opinião, pelo contrário. Podemos nos fazer passar por um casal de camponeses e chamaremos menos atenção do que uma mulher sozinha. E se corrermos perigo no caminho eu a defenderei.

“Como esse menino magro e tímido conseguirá isso?”, perguntava Ahotep a si mesma.

No entanto, o argumento a respeito do casal tinha peso.

— Risonho tomará conta de sua mãe na nossa ausência — acrescentou Seqen. — Sob a proteção dele, ela não corre nenhum risco.

— A caminho — decidiu Ahotep.

As orelhas de Vento do Norte ficaram em pé, o burro parou.

Ao longe, na margem direita do Nilo, no lugar em que o rio descrevia uma grande curva para o leste, estendia-se a cidade de Coptos, protegida pelo deus Min, que garantia a fertilidade da natureza e era o chefe dos exploradores do deserto.

Situada a duzentos quilômetros do mar Vermelho, porta do Leste da africano e da península Arábica, Coptos possuía o principal mercado de minerais do país. Ali se encontravam quartzos, jaspes, esmeraldas, obsidianas, brechas e pórfiros, e também eram negociados malaquitas, arômatas, resinas e até marfim.

— Por que Vento do Norte se recusa a andar? — perguntou Ahotep.

Seqen acariciou a cabeça do burro, mas ele continuou parado.

— Há perigo muito próximo; é melhor mudarmos o caminho.

— Quero saber se Coptos está nas mãos dos hicsos.

— Então, espere-me aqui.

— Não devemos nos comportar como um casal, Seqen?

— Vou falar com Vento do Norte.

Ao fim de um longo discurso, o burro aceitou andar, mas a passos muito lentos.

Na curva de um bosque de tamargueiras, uma dezena de homens armados.

Guardas egípcios.

— Alfândega de Coptos — declarou um oficial. — Se querem ir para o norte, todos devem de pagar: homens, mulheres, crianças e até os burros. Só é gratuito para os soldados do imperador.

— Desejamos somente ir à cidade — disse Seqen com voz humilde.

— Qual o motivo?

— Trocar esteiras por legumes.

— Se pensam escapar da alfândega passando pela cidade, percam as esperanças! Meus colegas estão presentes em todas as saídas. E a tarifa não é mais barata.

— Qual é o melhor caminho para Coptos?

— Voltem e peguem a primeira entrada à direita. Ela leva à estrada principal que vai até a grande porta da cidade.

Sem pressa, o casal de camponeses afastou-se sob o olhar decepcionado do oficial da alfândega, que gostaria de revistar minuciosamente a bela morena.

Ahotep esperava encontrar uma cidade fervilhando de comerciantes e de exploradores de minerais, mercados animados pelas discussões de negócios, passagens de caravanas partindo para o deserto... No entanto, Coptos estava praticamente vazia, e a quase totalidade das famosas tabernas, fechada.

Nas ruelas, os raros passantes andavam depressa e recusavam-se a conversar.

Aqui e ali, havia pequenos grupos de soldados egípcios.

Mas, nenhum hicso.

— Estou com um mau pressentimento, princesa. Vamos embora.

— Ainda não descobrimos nada! Deve haver alguma estalagem aberta.

Ao norte de Coptos erguia-se o grande templo de Min e de Ísis, cercado por um muro de adobe, mas o bairro estava tão adormecido quanto os outros. Embora as portas laterais do prédio estivessem abertas, não havia sacerdotes, nem artesãos entrando ou saindo.

— Ali! — disse Ahotep. — Um mercador está entregando jarras...

Era mesmo uma "casa de cerveja", bem sórdida, com paredes imundas e o teto escurecido pela fumaça. Num canto, duas jovens pouco atraentes faziam tatuagens de lagartos nas coxas.

Um homem gorducho, de mau hálito, plantou-se diante do casal.

— O que querem?

— Tomar uma cerveja — respondeu Seqen.

— Têm como pagar?

— Uma esteira nova.

— Mostre.

Seqen puxou-a de um dos cestos, enquanto passava a mão em Vento do Norte, que não gostara do estalajadeiro.

— Ela parece de boa qualidade, amigo... Bem como o seu burro! Diabo, que belo animal... Quer vendê-lo?

— Ele me é muito útil.

— É uma pena... E essa graciosa jovem! Não procura trabalho para ela? Posso arranjar algum. E juro que faríamos fortuna! Se o corpo dela for tão magnífico quanto o rosto, terá a melhor clientela de Coptos.

— Queríamos apenas tomar uma cerveja.

— Como quiser... Mas pense nisso.

O casal instalou-se perto da entrada. As prostitutas lançaram olhares invejosos para Ahotep, enquanto o gorducho enchia duas taças com um líquido duvidoso.

— Não sabia que Coptos era uma cidade tão tranqüila — disse a princesa, sorrindo.

— Tudo mudou muito por aqui. Antigamente havia tanta gente que uma pessoa não entendia o que outra falava! Caravanas partiam, caravanas chegavam, não tínhamos tempo para descansar um dia sequer. Mas era um bom tempo e ganhávamos bem a vida. Agora é um marasmo! Só restam três tabernas, e cada vez menos clientes. De onde vêm vocês dois?

— Do campo tebano.

O estalajadeiro perdeu a fala.

— Não pronuncie de jeito nenhum a palavra "Tebas" — recomendou em voz baixa. — Há espiões hicsos em toda parte!

— Quem governa a cidade? — perguntou Ahotep.

— O senhor Titi.

— Ele é pago pelos hicsos?

O semblante do gorducho fechou-se.

— Quem são vocês para fazerem essas perguntas? Eu não sei de nada e não tenho nada a dizer! São resistentes tebanos, é isso? Saiam da minha casa, imediatamente! Nunca houve resistentes na minha taberna, e nunca haverá, digo em alto e bom som! Vamos, para fora!

Um zurro alto assustou Seqen.

— Vento do Norte!

Quando se levantava para sair, o jovem recebeu uma bastonada no estômago. Sem ar, ele caiu.

Ao ajoelhar-se para socorrê-lo, Ahotep viu uma dezena de soldados ligeiramente nervosos.

— A quem pertence este burro? — perguntou um deles.

— É nosso — respondeu a princesa.

— Com um coice, ele quebrou o braço de um soldado graduado! Sigam-me até o posto.

O estalajadeiro empurrou Ahotep e inclinou-se profundamente diante do oficial.

— Um casal da resistência tebana que me ameaçou e que põe em perigo a vida do senhor Titi!

Ahotep e Seqen levantaram-se.

— Uma bela presa — julgou o miliciano com um sorriso feroz. — Vamos levá-los ao palácio.

O taberneiro segurou o soldado pela manga da túnica.

— E a minha recompensa?

Com uma bastonada, o soldado deixou o informante prostrado.

— Já vende caro demais sua cerveja, seu porco!

16

— Dois resistentes tebanos na minha agradável cidade... Que interessante — avaliou Titi, o prefeito de Coptos.

Barbado, com uma pança arredondada e a voz carregada de agressividade, ele passava todo o tempo maldizendo os soldados, os guardas e os empregados no antigo palácio real transformado em caserna.

Com as mãos cruzadas nas costas, ele rodeou Ahotep e Seqen, em quem os milicianos haviam posto algemas de madeira.

— Quem são vocês... realmente?

— Camponeses — respondeu Seqen.

— Você pode ser, mas ela com certeza não é! Com esse rosto e as mãos tão bem tratadas, ela é uma moça de família... de família muito boa.

— Concordo em falar — disse Ahotep —, mas a sós. E com a condição de que não faça nenhum mal ao meu companheiro.

— Interessante... Uma resistente que impõe condições, muito interessante. Você me diverte, pequena. Saiam todos daqui e joguem este indivíduo na prisão.

A sala de interrogatório era sinistra.

Paredes decrépitas, camas de madeira com manchas de sangue seco, chicotes presos na parede... No entanto, Ahotep conseguiu dominar o medo. Não havia enfrentado a deusa Mut para acabar torturada num lugar como este, e já estava farta de ser prisioneira no seu próprio país.

— Solte-me, imediatamente!

O prefeito de Coptos passou a mão no queixo.

— Por que eu deveria obedecer, senhorita?

— Porque sou a princesa Ahotep, filha da rainha Teti, a Pequena, sua soberana.

Estupefato, Titi observou longamente a magnífica jovem.

— Se é mesmo quem diz ser, poderá fazer a descrição do palácio de Tebas e escrever o início do *Conto de Sinuhé* que, fatalmente, seu preceptor mandou que lesse.

— Solte-me e farei o que pede.

— Antes, preciso revistá-la.

— Se ousar tocar em mim irá se arrepender!

Subjugado pela altivez de Ahotep, Titi levou o aviso a sério.

— Então descreva-me o palácio.

A princesa obedeceu.

— O nome do intendente?

— Qaris.

O prefeito tirou as algemas; em seguida, apresentou à jovem um pedaço de papiro e um pincel.

Com uma caligrafia delicada, rápida e precisa, Ahotep desenhou os hieróglifos que formavam o início do célebre *Sinuhé*. O romance de aventuras narrava a fuga de um dignitário que temia ser acusado, por engano, de participar de um complô contra o rei.

— Vamos a um lugar mais agradável — propôs Titi.

— Mande soltar imediatamente meu companheiro.

— Meus guardas vão tirá-lo da cela e dar a ele o que comer.

O antigo palácio de Coptos estava deteriorado. Fazia muito tempo que um faraó não se hospedava na cidade, e a maior parte dos aposentos, desocupada, não fora objeto de nenhuma reforma.

O prefeito contentava-se com uma pequena sala de audiências de duas colunas, um escritório e um quarto, cujas janelas davam para o pátio onde era o bivaque de sua guarda pessoal. Datando da XII dinastia, venturosa e próspera, o mobiliário era admirável: cadeiras e poltronas de formas sóbrias, elegantes mesas baixas, suportes de lamparinas de rara delicadeza.

— Estou emocionado por encontrar nossa derradeira princesa — declarou Titi, derramando cerveja fresca em duas taças. — Para dizer a verdade, já ouvira o seu nome, mas perguntava-me se você realmente existia. Perdoe-me pela qualidade deplorável da bebida, mas os melhores cervejeiros da cidade foram requisitados pelo imperador.

— Coptos foi ocupada pelos hicsos?

— Eles fazem apenas rondas de inspeção, porque consegui convencê-los de que eu era um aliado confiável. No entanto, não são estúpidos a ponto de acreditar em mim totalmente! Por isso organizam expedições ao deserto e não me concedem o direito de controlar os minerais recolhidos. Tenho medo de que Coptos, como a maioria das cidades importantes do país, torne-se, em breve, uma cidade de guarnição. Os mercados estão morrendo e os habitantes têm apenas o necessário para não morrer de fome. Graças às minhas boas relações com o império, ainda consigo uma quantidade suficiente de cereais, mas por quanto tempo?

— Você organizou uma rede de resistentes?

— Impossível, princesa. Há olheiros em toda parte, até no palácio. No mês passado dez camponeses suspeitos de serem pró-tebanos foram decapitados. Esta barbárie semeou o terror, e ninguém quer bancar o herói. A única coisa que posso fazer é fingir ser amigo dos ocupantes para livrar a população de maiores desgraças. No ano passado consegui celebrar a grande festa de Min, mas dentro do templo e com alguns sacerdotes capazes de manter segredo. Essas curtas horas nos deram a esperança de ver novamente florescer as tradições, mesmo que num futuro longínquo, mas que foi logo dissipada. A cada dia, a ocupação torna-se mais rigorosa.

— É por isso que não devemos continuar passivos — decretou Ahotep.

— O que aconselha, princesa?

— Tebas vai se insurgir e outras cidades a seguirão.

— Tebas... Mas de que meios militares dispõe?

— Parecem insignificantes porque nenhum corporativismo motiva nossas tropas. Mas a situação mudará, garanto! Estou convencida de que não faltam homens corajosos e que é preciso simplesmente insuflar-lhes o desejo de lutar.

— Essa é a intenção da rainha?

— Saberei convencê-la.

— É um projeto audacioso, princesa... Diria até insensato. As magras forças tebanas serão rapidamente derrotadas pelo exército hicso.

— Não estou pensando num choque frontal! Primeiro é preciso fazer circular a informação: Tebas não desistiu de lutar, e a resistência será ampliada. Está pronto para ajudar-me, Titi?

— Volto a repetir: é insensato. No entanto, quem não seria seduzido pelo seu entusiasmo? Ao escutá-la, tenho a impressão de voltar a ser jovem!

O sorriso de Ahotep não vencia as dúvidas dos mais céticos?

— Faça com que os hicsos continuem a acreditar que você é um aliado — recomendou ela — e cerque-se de patriotas dispostos a dar a vida para libertar o Egito.

— Não será fácil...

— Até a queda do tirano nada será fácil! Entretanto, é preciso avançar, custe o que custar. Não pode tentar convencer as cidades em torno de Coptos a aderirem à nossa causa?

— É arriscado, muito arriscado!

— Quando eu voltar, reuniremos os partidários no templo e prepararemos um avanço para o norte.

— Que os deuses a ouçam, princesa!

Titi pareceu contrariado.

— Se você e o servo saírem livres deste palácio — retomou ele —, um olheiro hicso certamente avisará os superiores. Portanto, serei obrigado a mandar que meus soldados os expulsem da cidade, como mercadores indesejáveis. E, o mais importante, princesa... não demore a voltar!

* * *

Eles eram quatro.

Quatro indivíduos com a barba por fazer, armados de espadas curtas, que cercavam Ahotep e Seqen, seguidos por Vento do Norte.

Conforme passavam, os habitantes de Coptos fechavam suas portas. Uma mulher e o filho saíram correndo, aflitos.

— Aonde nos leva? — perguntou Seqen.

— À saída da cidade. Lá temos certeza de que não haverá espiões hicsos. Vamos deixá-los no caminho de Tebas e poderão voltar tranqüilamente para casa... a não ser que encontrem alguém perigoso!

Os três acólitos soltaram gargalhadas obscenas.

— Felizmente acompanhamos vocês, porque a região não é muito segura. Com todos esses covardes egípcios que só pensam em roubar os viajantes...

Seqen revoltou.

— O que disse?

— Não ouviu direito, amigo?

— De onde você é, soldado?

O interpelado deu um sorriso irônico.

— Bem... Como meus companheiros, de uma caserna em Avaris, onde nos ensinaram que bons egípcios são egípcios mortos.

Violentamente, Vento do Norte foi de encontro a um miliciano hicso e acertou-lhe os rins. Em seguida, com um coice bem calculado, arrebentou o peito do vizinho. Surpresos, os outros dois viraram-se para o burro, o que deu tempo a Seqen para pegar um punhal e cortar a garganta do tagarela.

O último miliciano tentou fugir, mas Seqen jogou-se sobre ele. Apesar da diferença de peso, Seqen conseguiu derrubá-lo, deixando-o com a cara no chão, e enfiou sua lâmina na nuca do soldado.

17

Seqen se levantou, muito calmo.

Ahotep pulou no pescoço dele.

— Você foi heróico!

— Sem a intervenção de Vento do Norte, teríamos morrido.

A princesa se afastou e olhou o rapaz com outros olhos.

— Foi a sua primeira vitória, Seqen.

— Não tive tempo de ter medo, tal era a minha raiva contra esse canalha do Titi! Fora ele quem nos vendera para aqueles milicianos hicsos. Vamos voltar a Coptos e matá-lo.

— E se ele não for culpado?

— Não negue a evidência, princesa!

— Ele me pareceu sincero e decidido a pôr em ação o plano que concebemos. Não poderia ter sido traído por seus próprios homens que ele pensava serem fiéis? Os hicsos infiltraram-se em toda parte, e o próprio Titi revelou-me que Coptos está repleta de espiões.

Seqen ficou abalado.

— Então não foi ele quem organizou essa emboscada?

— Provavelmente não...

— Mesmo assim você está em dúvida!

— Não tenho o direito de ser ingênua, Seqen.

A princesa contemplou os quatro cadáveres muito séria.

— A primeira batalha ganha do inimigo: não é um momento extraordinário? Os hicsos nos tomavam por presas fáceis, condenadas ao matadouro, e são eles que jazem ali, sem vida. Possa o maldito imperador cometer o mesmo erro!

— Nosso exército é formado apenas de uma princesa, um burro e um guerreiro novato — lembrou Seqen.

Ahotep pôs as mãos suavemente nos ombros do rapaz.

— Você não percebeu que a magia mudou de lado? Não seremos mais submissos, vamos lutar e ganhar!

Seqen parecia estranhamente confuso.

— Princesa, eu...

— Mas você está tremendo! A reação depois do combate... Isso vai passar.

— Princesa, eu queria dizer...

— Não vamos deixar esses corpos à vista. Vamos arrastá-los para os juncos, à beira do Nilo. Os abutres, os crocodilos e os roedores se encarregarão de fazê-los desaparecer.

Precedido por Vento do Norte, o casal passou a leste de Tebas, no limite do deserto e das terras cultivadas. Em seguida o trio caminhou obliquamente na direção do rio, com a esperança de conseguir uma barca que os conduzisse a Gebelein, trinta quilômetros ao sul.

Ahotep ficou surpresa por ver tão poucos camponeses trabalhando. A maior parte dos campos parecia abandonada, e não se ouvia nenhum dos flautistas que, antes, ritmavam os trabalhos agrícolas. Evidentemente, os agricultores haviam perdido o entusiasmo pelo trabalho e contentavam-se com pouco.

Os viajantes não cruzaram com militares, nem com policiais. A região tebana estava entregue a si mesma, sem nenhuma proteção. Quando os hicsos decidissem atacar a cidade do deus Amon, não encontrariam nenhuma resistência.

Consternada e furiosa, Ahotep conscientizava-se da situação. A última província livre do Egito curvara-se, vencida por antecipação, aguardando a investida dos invasores.

Vento do Norte saiu da trilha descoberta para abrir caminho através dos bosques de papiros. Ele parou a um passo do rio, escondido por uma cortina de vegetação.

Ahotep e Seqen logo compreenderam as razões dessa precaução: no meio do Nilo, navegava uma embarcação de guerra dos hicsos! Na proa e na popa, vários guerreiros observavam as margens.

Então, a marinha do invasor circulava sem nenhum impedimento na direção do extremo sul e da Núbia, e passava, zombeteira, diante de uma Tebas impotente!

— Vamos seguir pelo deserto — aconselhou Seqen. — Pelo rio seríamos rapidamente notados.

Com dez metros de altura, a densa folhagem da alfarrobeira forneceu aos dois tebanos e ao burro um abrigo ideal para observarem a fortaleza dos hicsos em Gebelein.

Deitados lado a lado, Ahotep e Seqen estavam atônitos.

Como imaginar tamanha monstruosidade tão perto de Tebas?

Muros largos, um caminho de ronda, torres quadradas, fossos... assim era a impressionante construção de tijolos diante da qual os asiáticos se exercitavam ou manejavam a lança.

O Egito nunca conhecera fortificações tão sólidas.

— E isso é apenas em Gebelein — murmurou Seqen. — Já imaginou em Avaris, princesa?

— Pelo menos sabemos o que vamos encontrar.

— Essa fortaleza é inexpugnável... E quantas haverá como ela por todo o país?

— Destruiremos uma a uma.

Dois asiáticos pararam de treinar e olharam na direção da alfarrobeira.

— Eles nos localizaram!

— A folhagem nos esconde totalmente — objetou Ahotep. — Fiquemos imóveis.

Os dois hicsos dirigiram-se para a árvore.

— Se tentarmos fugir — murmurou Seqen — eles nos atingirão pelas costas. E, se não sairmos, vão nos matar aqui mesmo.

— Pegue o maior enquanto cuido do outro.

— A luta vai chamar a atenção dos companheiros, não temos nenhuma chance. Mas vou defendê-la até o fim, como prometi, porque... porque eu a amo.

Uma borboleta de um amarelo-alaranjado, cabeça preta, salpicada de pintas brancas, pousou na fronte de Ahotep.

Os asiáticos estavam a uns dez passos de distância.

Ahotep pegou, com ternura, a mão de Seqen, que foi impetuosamente transportado num sonho. Esqueceu-se do perigo, mesmo tão próximo, e fechou os olhos para melhor desfrutar o momento inesperado.

Depois de trocarem algumas palavras, os dois hicsos deram meia-volta.

— Essa borboleta chama-se monarca — explicou Ahotep. — Os pássaros não a atacam, nem a comem. Depois que ela pousou em mim, ninguém conseguirá detectar-me!

Como haviam escapado de um grande perigo, os dois jovens, conforme o costume, beijaram a mão um do outro quatro vezes. Ficaram juntos até o pôr-do-sol, quando os soldados hicsos entraram na fortaleza.

— Está bem consciente do que disse, Seqen?

Dando provas de uma coragem de que não se achava capaz, o jovem voltou a pegar a mão da princesa.

— O que sinto por você se parece com todos os sóis. Um sentimento exaltante como o sol da aurora que restitui a vida, abrasador como o sol do meio-dia e suave como o sol da tarde. Assim que a vi, passei a amá-la.

— Amar... Ainda é possível amar enquanto o Egito sofre tão intensamente?

— Sem amor é possível ter força para lutar até a morte? Vou lutar pelo meu país, mas também por você.

— Vamos sair daqui — decidiu a princesa.

Vento do Norte deslizou os cascos tão delicadamente pelo chão que eles não fizeram nenhum ruído.

Com todos os sentidos em alerta, Ahotep e Seqen temiam encontrar uma patrulha de hicsos ou camponeses egípcios que, sentindo-se ameaçados, poderiam atacar, sem se preocupar com a identidade deles. Também era preciso manter-se atento às serpentes que saíam da toca para caçar.

Por várias vezes o burro parou e farejou o ar com as ventas.

Com os nervos à flor da pele, Seqen sentia-se capaz de derrubar gigantes para salvar a vida da princesa. Prometeu a si mesmo que, se voltasse são e salvo a Tebas, faria treinamentos tão intensos e rigorosos que se tornaria o melhor soldado do Egito.

Finalmente, os arredores da cidade de Amon.

Apesar do medo, Seqen lamentou que a viagem não durasse para sempre. Convivera com ela, perto dela, e nunca mais teria um privilégio como aquele. Como pudera ser tão insensato, ele, um homem do povo, revelar assim seus sentimentos a uma princesa! Chocada com essa imprudência, ela iria expulsá-lo do palácio.

Banhada pela luz da lua, Ahotep era de uma beleza divina.

Os guardas da residência real saudaram-na.

— Alimente Vento do Norte e vá descansar — disse ela a Seqen. — Preciso refletir.

18

O Afegão e seu braço direito, o Bigodudo, jogaram os cachos de uvas na cuba e, em seguida, entraram na tina para pisoteá-las. O suco começou a escorrer por uma abertura lateral, e um viticultor, membro da resistência, recolheu-o numa jarra de terracota.

Os participantes do pequeno grupo de resistência haviam saído de Avaris, onde a vigilância dos guardas era tão intensa que não podiam se reunir sem que corressem o risco de serem denunciados e presos. No entanto, o Afegão deixara informantes em todos os bairros, que ele contactaria em intervalos irregulares para não despertar a atenção dos guardas hicsos.

Na capital, controlada com punho de ferro pelos guardas de Khamudi, quase todos os egípcios, reduzidos a escravos, já haviam perdido as esperanças. Mas ainda restavam alguns decididos a lutar até o fim.

Nos campos do Delta, a crueldade da ocupação não era menor; porém, os camponeses mostravam-se mais difíceis de serem dominados do que os citadinos. O Afegão ficara surpreso com o fato de eles não aceitarem a tirania e com a vontade inabalável que tinham de ser livres. Infelizmente eles não eram soldados e só poderiam formar um exército insignificante diante dos regimentos hicsos.

Como repetia sempre para os membros da rede, a única estratégia razoável era a paciência, acrescida de uma vigilância sem falhas. Seria preciso convencer, aos poucos, os prefeitos dos povoados, os pequenos donos de plantações agrícolas, sondar cada candidato à resistência para saber se possuía a capacidade necessária e se não era um espião hicso tentando infiltrar-se.

Seguido por seus homens, o Afegão preferia um pequeno grupo unido e confiável do que um grande número de adeptos incontroláveis e fáceis de serem localizados.

Como prioridade, era importante eliminar o máximo de informantes hicsos para que, progressivamente, o imperador ficasse surdo e cego.

— Este será um bom vinho — profetizou o Bigodudo. — Infelizmente quase toda a produção é destinada ao invasor e à exportação. Os egípcios estão condenados aos trabalhos forçados, obrigados a produzir cada dia mais, e morrem de fome!

— Não se lamente, amigo.

— Apófis se fez coroar faraó, e nunca foi tão poderoso! Seu império não pára de crescer e seu exército está cada vez mais forte.

— É verdade.

— Como você pode ser assim, sólido como uma rocha?

— Se eu quiser recuperar minha fortuna e restabelecer um comércio normal entre o meu país e o Egito, não há outra solução senão derrubar os hicsos. E eu sou mais teimoso do que uma mula empacada.

— No fundo, sabe muito bem que não temos nenhuma chance.

— Nunca me fiz essa pergunta, e você devia imitar-me. Nosso homem chegou?

— Acabou de trazer os sacos.

— Possivelmente um belo recruta, não?

— Com toda certeza! Ele possui três barcos, duzentas vacas, um palmeiral, e emprega mais de cento e cinqüenta homens que lhe obedecem como um único homem. Ele nos ofereceu abrigo e uma forja onde poderemos fabricar armas.

O Afegão e o Bigodudo saíram do lagar. O Egípcio não resistiu à tentação de beber do suco da uva enquanto o companheiro se limpava.

Ao lado, uma cuba destinava-se a recolher o líquido que escorreria dos sacos nos quais se espremia o mosto, de acordo com uma técnica ancestral.

O futuro adepto da resistência era um sexagenário de cabelos brancos e semblante autoritário.

— É você, Afegão?

— Eu mesmo.

— E é você, um estrangeiro, que encabeça a rede de resistência egípcia!

— Isso o desagrada?

— Lamento que nenhum de nós tenha essa coragem... Você sabe o risco que corre?

— Não há nada pior do que a pobreza e a desonra. No meu país, eu era um homem rico e respeitado. Por causa dos hicsos, perdi tudo. Eles me pagarão caro por isso.

— Não está diante de uma partida muito difícil?

— Vê-se que não conhece os afegãos! Ninguém nunca os venceu e não os vencerá jamais. Bom... Devíamos continuar a trabalhar. O lugar parece tranqüilo, mas estou desconfiado.

O Bigodudo fixou o saco cheio de mosto nas extremidades de duas perchas.

— Qual é o procedimento? — perguntou o Afegão.

— Colocamos as duas perchas em cruz e as giramos em cima da cuba.

— E é preciso manter uma boa distância entre elas — especificou o sexagenário. — Há muito tempo que não me divirto com esse tipo de exercício... Assim, vamos parecer três perfeitos viticultores.

Com agilidade, ele subiu em cima das perchas que os dois homens da resistência seguravam, afastou-as encaixando bem os pés e manteve o equilíbrio agarrando-se a uma delas.

— Agora, girem-nas! O saco será espremido e servirá de filtro para o escoamento do mosto.

A princípio desajeitado, o Afegão acabou pautando-se pelo companheiro.

— E você — ele perguntou ao Egípcio —, está consciente dos riscos que corre? Você é uma pessoa ilustre, tolerado pelo invasor e, no entanto, pretende lançar-se numa aventura na qual tem mais probabilidades de perder tudo do que de triunfar.

— Temporizei até agora. Já chega. Compreendi que a ocupação vai levar o Egito à ruína e que eu, como os outros, acabarei esmagado sob o calcanhar dos hicsos. Cuidado, não gire muito rápido! Quase perdi o equilíbrio...

— Confia realmente nos seus camponeses?

— Essas famílias trabalham para a minha há muitas gerações e todos odeiam os hicsos. Admito que os egípcios não são guerreiros, mas o excesso de sofrimento dar-lhes-á a força que ainda lhes falta.

— Sua forja... Está à nossa disposição?

— Vamos ter de usar de astúcia. A milícia dos hicsos, que inspeciona as minhas terras, usa-a para consertar as armas; mesmo assim conseguiremos fabricar as nossas.

— Você tem o metal necessário?

— Um pequeno estoque.

— Como conseguiu?

O Egípcio hesitou.

— Se não falarmos abertamente e se não confiarmos totalmente um no outro — precisou o Afegão — não vale a pena continuar. Estou disposto a entregar-lhe o comando da rede, mas prove que é capaz de assumi-la.

As perchas, agora, giravam com uma bela regularidade, acompanhadas pelo escorrer do mosto.

— Eu tinha um contato em Avaris — confessou o Egípcio. — Um primo que trabalhava na grande forja da capital e que conseguia desviar um pouco de cobre. Depois de um controle imprevisto, ele foi preso.

— Como conseguiremos a matéria-prima? — preocupou-se o Bigodudo.

— Encontraremos uma solução — prometeu o compatriota. — Por exemplo, alterando a relação de entrega dos hicsos.

O Afegão foi incisivo.

— Você não recebeu há pouco tempo a visita de dignitário?

— Recebi... Mas, como sabe disso?

— Quando planejamos recrutar um novo resistente, nós o vigiamos. Questão de segurança...

— Claro, compreendo...

— O que não compreendo — insistiu o Afegão — é a sua entrevista com Khamudi, a alma-danada de Apófis.

— Muito simples — protestou o Egípcio. — Khamudi visitou todas as forjas da região para controlar rigorosamente a produção de armas.

— Mentira! Ele só visitou a sua e conversou longamente com você.

O Afegão soltou bruscamente a percha, e o proprietário das terras caiu, com todo o peso, no chão.

— Minha nuca... — gemeu ele. — Está doendo, doendo muito... Mas por quê...

— Porque você é um traidor.

— Está enganado... Juro que está enganado!

— Claro que não — retorquiu o Afegão, que pegou a percha para encostar uma das extremidades na garganta do ferido. — Você estava escondendo sua amizade com Khamudi... Foi ele quem deu ordens para você se infiltrar na minha rede; você é um dos colaboracionistas mais dedicados ao ocupante! Um pouco indiscreto demais, seu corrupto... Seu patrão acha que somos ingênuos, ele está enganado.

— Eu juro...

— Que valor se pode dar à palavra de um traidor?

Foi o Bigodudo que, com toda a força, enfiou a percha na garganta do espião hicso.

Com a laringe destruída, ele morreu em poucos minutos.

— A proposta deste sujeito era boa demais para ser verdade — comentou o Afegão. — Pelo menos, nosso sistema de segurança funcionou. Devemos continuar a reforçá-lo.

19

Com a língua enorme, o molosso lambeu o rosto de Seqen, que dormia ao lado do burro.

— Ah, é você, Risonho...

O cão tentou sentar em cima da barriga do rapaz. Com medo de ser esmagado sob o peso do animal, Seqen rolou de lado e se levantou.

O sol já ia alto no céu.

Desorientado, ele não sabia se devia ir ao palácio ou sair da cidade para escapar da fúria da família real. Se implorasse o perdão de Ahotep, talvez ela concedesse... Mas por que se humilhar assim? Por mais insensato que fosse, seu amor não tinha nada condenável! E ele não era homem de fugir como um covarde.

— Venha, Risonho, vamos ver sua dona.

Levemente maquiada, usando uma longa túnica verde pálido, a princesa lia os hinos compostos pelos sábios à glória das coroas reais, consideradas seres vivos que projetavam um fogo capaz de vencer as forças das trevas.

— Trouxe Risonho — declarou Seqen, com a fisionomia sombria. — Você me autoriza a permanecer em Tebas?

Ahotep não levantou os olhos do papiro.

— Seus sentimentos mudaram?

— Meus sentimentos...

— A longa noite não o fez esquecer as absurdas declarações?

— Não, claro que não!

— Poderia ter refletido e achado que é vítima de uma miragem.

— Você não é uma miragem, princesa, e sim a mulher que eu amo.

— Tem certeza?

— Pela vida do Faraó, eu juro!

— Não há nenhum faraó, Seqen.

— Aqueles que vivem no céu para sempre são testemunhas da minha sinceridade.

Ahotep pôs o papiro em cima da mesa baixa e olhou nos olhos do rapaz.

— Na noite passada eu não dormi, porque não parei de pensar em você — confessou ela. — Senti a sua falta.

O coração de Seqen disparou de emoção.

— Mas, então...

— É possível que eu o ame. Porém, o casamento é algo bem mais sério. Você já conheceu uma mulher?

— Não, Ahotep.

— Ainda não conheci nenhum rapaz. Você pode oferecer o presente de virgem a uma princesa; a saber, camas, cadeiras, baú de guardados, caixas de jóias e de maquiagem, braceletes e anéis, vasos preciosos e tecidos de primeira qualidade que, na morte, lhe servirão de mortalha?

Seqen ficou arrasado.

— Bem sabe que não.

— Paciência, ficarei sem eles. Minha mãe protestará, mas saberei convencê-la. Agora vou especificar o que exijo do meu futuro marido: que não seja interesseiro, nem vaidoso, nem estúpido, nem desonesto, nem pobre de espírito, nem condescendente consigo mesmo e nem surdo à voz dos deuses.

— Eu me comprometo a esforçar-me ao máximo, mas não sei se...

— Você se compromete, é o principal! Vamos ao mais importante: quero dois filhos, o mais rapidamente possível. A luta contra os hicsos será longa e vou ensinar-lhes o amor pelo país e a vontade de libertá-lo. Se nós dois morrermos, eles continuarão a nossa luta.

Seqen sorriu.

— Aceito todas as condições.

Os lábios deles se aproximaram.

— Não sou uma mulher como as outras, Seqen, e sou proibida de sê-lo. Mesmo que sejamos felizes juntos, nossa vida será um tumulto.

— Você já me ensinou a não ser um homem como os outros. Para viver com você estou disposto a qualquer sacrifício.

Eles deram o primeiro beijo, a princípio hesitante, depois ardente.

As mãos trêmulas de Seqen soltaram a túnica, que deslizou ao longo do corpo perfeito de Ahotep, ousaram tocar a sua pele perfumada e aventuraram-se numa primeira carícia que a fez estremecer por inteiro.

Ela, a conquistadora e lutadora, abandonou-se aos braços daquele amante que reinventava os gestos da paixão.

Deram-se um ao outro, esquecendo-se de tudo que não se relacionava ao seu desejo.

Embora ligeiramente indisposta, Teti, a Pequena, recebeu a filha na presença do intendente Qaris.

— Você nunca esteve tão radiante, Ahotep. Traz boas notícias da expedição?

— Infelizmente, não, Majestade. No sítio de Gebelein foi construída uma fortaleza que parece inexpugnável; no Nilo circulam, a bel-prazer, barcos de guerra hicsos; e o campo tebano não conta com nenhuma proteção militar.

— Chegou até Coptos? — perguntou Qaris.

— Encontrei o prefeito da cidade.

— Titi?

— Ele mesmo. Um homem curioso, muito desiludido, a quem espero ter dado o gosto pela luta.

— Ele é um dos nossos mais fiéis aliados — declarou o intendente —, mas a sua rede de resistentes foi destruída e Titi só escapou da morte por fingir-se de vassalo do imperador.

— Acha possível que ele tenha dado ordens para que milicianos pagos pelos hicsos me matassem cruelmente?

— Impossível, princesa!

— Em breve Coptos será uma cidade morta — profetizou Ahotep — e os hicsos provavelmente construirão lá uma fortaleza igual à de Gebelein. Titi só dispõe de uma pequena guarda pessoal e só pode celebrar a festa de Min se for em segredo.

Qaris estava acabrunhado.

— Como eu pensava, estamos cercados. O reduto tebano não tardará a sucumbir.

— Estou convencida do contrário: é preciso conseguir pessoas com vocação para a luta, organizar a resistência e, aos poucos, afrouxar o torno que nos prende.

— Tenho notícias de Avaris — revelou Qaris. — Apófis acabou de proclamar a si mesmo faraó e seus nomes de coroação foram inscritos na árvore sagrada de Heliópolis.

— Ele não ousaria... — balbuciou Teti, a Pequena, com o coração em pedaços.

— Em breve, Majestade, teremos de reconhecer a soberania dele e prestar juramento de fidelidade. Tebas, como o resto das Duas Terras, não pertence ao rei do Alto e do Baixo Egito?

A rainha estava à beira das lágrimas.

— Deixem-me a sós, os dois.

— Venha comigo, mãe. Vou provar-lhe que a esperança ainda existe.

Tomando a rainha pelo braço, Ahotep conduziu-a até seu quarto e abriu a porta com estrondo.

Deitado na cama, olhos voltados para o céu, Seqen ficou tão surpreso que mal teve tempo de cobrir-se.

— Ahotep! Isso não significa que...

— Sim, mãe. Seqen e eu fizemos amor pela primeira vez. Doravante viveremos juntos sob o mesmo teto e, portanto, seremos marido e mulher. Meu esposo vai contar-lhe como, com a ajuda do seu burro, ele matou quatro milicianos hicsos que queriam nos executar. Nossa primeira vitória, Majestade!

— Ahotep, você...

— Seqen não pertence a uma grande família, mas que importância tem isso? As princesas egípcias casam-se com quem elas amam, independentemente da origem. Ele não tem fortuna e não pode me oferecer o presente de virgem... Contudo, não estamos em tempos de guerra? Nossas almas e nossos corpos encontram-se em harmonia estamos decididos a lutar até a morte. Não é o essencial?

— Vocês... vocês querem filhos?

— Teremos dois filhos e eles serão guerreiros tão valentes quanto o pai.

— Bom, bom...

— Não nos dá sua aprovação, mãe?

— Quer dizer que...

Impetuosamente, Ahotep beijou a rainha no rosto.

20

De raiva, a senhora Tany jogou o espelho contra a parede na esperança de quebrá-lo. No entanto, o magnífico disco de cobre resistiu ao choque e a esposa do imperador dos hicsos resolveu pisoteá-lo.

Nascida no Delta, próximo a Avaris, Tany tivera a sorte de agradar o imperador, cuja feiúra a fascinava. Porém, não suportava que mencionassem sua própria feiúra ou que rissem dela pelos corredores do palácio. Pequena e gorda, tentara de tudo: remédios emagrecedores, produtos de beleza, aplicações de lama... Uma sucessão de fracassos, cada um mais pungente do que o outro.

Como só apreciava comidas gordurosas, pratos com molho e bolos, Tany não admitia que precisava deixar de comê-los e tratava os médicos do palácio por charlatães.

Muito ocupado com o poder, o marido onipotente não ligava muito para as mulheres. O sangue gelado que corria em suas veias não o incitava aos jogos do amor e, se de tempos em tempos violentava alguma jovem egípcia nobre reduzida a escrava, era só para mostrar que exercia um poder absoluto sobre os súditos.

De origem modesta, Tany sentia enorme prazer em martirizar as grandes damas que passaram a servi-la, das quais teria sido, sem a invasão dos hicsos, a humilde serva. Ela não perdia nenhuma oportunidade de humilhá-las e difamá-las. Ninguém podia desobedecê-la e, menos ainda, revoltar-se, porque bastava uma simples palavra da esposa do imperador para que a insolente fosse chicoteada e, em seguida, decapitada. Não se passava uma semana sem que a senhora Tany desfrutasse, com imenso prazer, o espetáculo desse tipo de execução.

O único senão do quadro era a chegada da esposa de Khamudi ao palácio, uma loura desbotada, de formas opulentas, que, todo o tempo, fazia trejeitos e balançava a cabeça como um ganso, principalmente na presença do imperador. Mas Yima, aquela peste, sabia que o marido não suportaria nenhuma afronta, por menor que fosse. Khamudi não havia estrangulado com as próprias mãos a primeira esposa que ele surpreendera em casa nos braços de um amante?

A senhora Tany, a quem Apófis negava os títulos de imperatriz e rainha do Egito, apreciava Khamudi. Ele era violento, ambicioso, impiedoso, calculista e mentiroso. Em resumo, tinha as qualidades indispensáveis para tornar-se um dignitário hicso. É bem verdade que nunca chegaria aos pés do mestre Apófis e que tinha interesse em permanecer como seu imediato. Caso contrário, Tany se encarregaria, pessoalmente, de dar um fim na brilhante carreira.

— Maquie-me corretamente — ordenou secamente a uma das servas, cuja família havia sido uma das mais ricas da cidade de Saís.

Apesar da habilidade da maquiadora, o resultado foi desastroso. Ao querer atenuar os traços desagradáveis e as características viris do rosto, a infeliz só conseguira acentuá-los.

— Está zombando de mim! — gritou a senhora Tany, batendo na moça com o espelho.

Ferida, a serva caiu no chão.

— Livrem-me disso — ela exigiu das outras, mudas de pavor — e lavem-me o rosto. Tenho de ir ao encontro do imperador.

— Seja rápida e concisa, Tany. O grande conselho está à minha espera.

— Não me envolvo com política, mas tenho uma informação interessante.

— Ah, bom, pare de resmungar e fale.

— Uma das minhas servas confessou sob tortura: os egípcios continuam a dar presentes sem declará-los ao fisco. Fiz uma lista dos culpados.

— Bom trabalho, Tany.

O imperador saiu do escritório e sentou-se numa liteira que o levou ao templo de Seth, sob a rigorosa vigilância da sua guarda pessoal. Sob a proteção do deus da tormenta, ele anunciaria aos altos funcionários hicsos as diretrizes econômicas que deveriam ser energicamente aplicadas.

Graças à esposa, ele constatou que as regras da antiga economia egípcia ainda vigoravam e que precisaria de tempo para derrubá-las. Quanto mais rico, mais se deve dar, afirmavam os faraós, aplicando essa lei a eles próprios. A generosidade era uma obrigação social e o lucro não podia ser uma finalidade. Um indivíduo com poder que não fosse generoso destruía a própria reputação, deixava de pertencer ao círculo de Maât e, fatalmente, tornava-se medíocre, condenado a perder o que pensava ter adquirido.

A qualidade de um produto era considerada mais importante do que seu valor de mercado, e cabia aos templos verificá-la, garantindo o bom andamento das doações, para que fosse realizado um dos primeiros deveres do Estado faraônico: a coerência social ligada ao bem-estar de cada indivíduo.

Todos eram livres para fabricar o que precisavam, em função da habilidade manual de cada um, e conseguiam o resto graças à troca que se estendia aos serviços. Por exemplo, um escriba que quisesse construir uma casa redigia a correspondência do pedreiro em troca das horas de trabalho desse operário.

Assim, na comunidade egípcia das Duas Terras, todo indivíduo era devedor e, ao mesmo tempo, credor de vários outros atores da economia. O faraó zelava pela reciprocidade das doações e pela manutenção da generosidade. Aquele que recebesse deveria dar, mesmo que fosse em quantidade menor, mesmo com atraso. E o rei, que tanto recebera dos deuses, devia dar ao seu povo a prosperidade espiritual e material.

Apófis execrava essa lei de Maât, essa solidariedade que unia os seres aqui e no além. Os hicsos achavam que ela era um obstáculo ao pleno exercício do poder e ao enriquecimento da casta dirigente.

No átrio do templo de Seth, Khamudi aguardava o chefe.

— Senhor, todas as medidas de segurança foram tomadas.

Um silêncio profundo reinava no interior do edifício. Todos os generais, governadores de província e chefes do serviço administrativo estavam presentes. Espremidos e ansiosos, temiam a sorte que o imperador lhes reservava.

Saboreando o medo que inspirava, o imperador não se apressou para revelar suas decisões.

— A lei de Maât está definitivamente abolida — declarou. — Conseqüentemente, não precisamos mais de vizir, nem de magistrados. A justiça será exercida por mim e por meus ministros, dos quais o mais importante portará o título de Grande Tesoureiro do Baixo Egito. Essa função maior vou confiar ao fiel Khamudi, que também será meu porta-voz. Ele mandará redigir meus decretos nos papiros e irá propagá-los por todo o império, para que ninguém os ignore.

Khamudi sorriu de alegria. Tornava-se, oficialmente, o segundo personagem do Estado e já imaginava as fabulosas rendas que obteria, controlando o ramo dos papiros. Divulgar, por escrito, as diretrizes do chefe não era uma tarefa exaltante? No futuro, todos os súditos do império pensariam como se devia pensar, e os contestatários não teriam direito à palavra.

— Fomos tolerantes demais com os vencidos — prosseguiu o imperador —, e essa tolerância precisa acabar. A nova lei é simples: ou colaboram ou serão condenados à escravidão, isto é, aos trabalhos forçados nas minas. Os ricos proprietários de terras, os artesãos e os comerciantes deverão declarar ao Grande Tesoureiro tudo que possuem, e estou sendo bem claro, tudo, até o mais modesto objeto ou o menor pedaço de tecido. Vamos cobrar um imposto sobre a fortuna, e aqueles que mentirem serão severamente castigados. As brigadas de Khamudi executarão verificações freqüentes e aprofundadas. Evidentemente, os membros do clã dirigente não terão de pagar esse imposto.

Os dignitários reprimiram um suspiro de alívio.

— Não quero que a palavra "liberdade" seja pronunciada no meu império — decretou Apófis. — Leis serão promulgadas para reger o comportamento social e individual, e todos deverão agir de acordo com o novo código, pelo qual vocês serão responsáveis. Exijo relatórios detalhados sobre todas as pessoas que exerçam algum cargo de responsabilidade, a fim de ser informado, sem demora, sobre aquele que faltar com sua lealdade para comigo. Enquanto vocês, altos funcionários do império hicso, me obedecerem cegamente, serão ricos e poderosos.

Um cananeu pediu a palavra.

— Majestade, podemos aumentar os impostos em todas as províncias?

— Na verdade, isso é indispensável. Vou fixá-los em vinte por cento de todos os rendimentos.

— Perdoai-me, Majestade... Não é muito alto?

— Iremos mais longe, acredite. E o povo pagará, sob pena de represálias. Saibam, também, que todos os navios deverão dar para o palácio dez por cento da carga: esse é o preço pelo direito de circular no Nilo e nos canais.

Khamudi já estava com água na boca.

— Mais perguntas?

— Sim, Majestade — interveio um general sírio. — O que sobrou da resistência?

— Foi quase toda eliminada. É verdade que ainda subsistem alguns insensatos, mas foram tomadas as medidas necessárias.

— Por que não destruir Tebas?

— Tebas está sob controle — especificou Apófis. — Está sendo usada como armadilha para atrair os últimos resistentes e dar uma falsa esperança aos egípcios. Um escravo sem esperanças é menos produtivo do que aquele que acredita no futuro, mesmo longínquo. Devo acrescentar que a imigração maciça e os casamentos impostos modificarão profundamente a população. Dentro de algumas décadas, a antiga civilização terá sido apagada e o Egito será definitivamente hicso.

21

O sumo sacerdote de Karnak não conseguia dormir.

Por isso decidiu levantar, sair da casinha construída à beira do lago sagrado e dar uma volta pela propriedade do deus Amon.

Como desejava que fossem empreendidas grandes obras, como gostaria de ver o templo ser aumentado e embelezado! Mas Tebas estava exangue e eles não tinham mais um faraó. Karnak afundava num sono mortal.

A noite estava esplêndida.

O décimo quarto dia da lua crescente, o olho esquerdo de Hórus, estava terminando; mais uma vez Seth tentara, em vão, cortá-lo em pedaços. Thot, deus do conhecimento, pescara o olho com a rede no oceano de energia, para que ele voltasse a brilhar e fizesse com que os minerais e as plantas se desenvolvessem. A lua reconstituída não era a imagem do vigor vivificante e o símbolo do Egito harmonioso, com todas as suas províncias?

O sumo sacerdote esfregou os olhos.

O que ele via só podia ser miragem. Mas estava bem acordado e não sofria de nenhum distúrbio ocular.

Para ter certeza de que não se enganava, contemplou a lua cheia por um longo tempo.

Absolutamente seguro, dirigiu-se ao palácio, andando tão rápido quanto lhe permitiam suas velhas pernas.

— Perdoe-me por acordá-lo, intendente, mas é muito importante!

— Eu não estava dormindo, sumo sacerdote.

— É preciso alertar Sua Majestade.

— Ela está muito cansada — revelou Qaris — e precisa de repouso.

— Olhe a lua, olhe bem!

De uma das janelas do palácio, Qaris viu o incrível espetáculo.

Perturbado, correu ao quarto da rainha e acordou-a com deferência.

— O que está acontecendo, Qaris?

— Um fato extraordinário, Majestade! O sumo sacerdote e eu somos testemunhas, mas só vós podeis decidir se nossos olhos não nos estão enganando. Basta observar a lua cheia.

Por sua vez, Teti, a Pequena, contemplou a mensagem do céu.

— Ahotep — murmurou estupefata —, é o rosto de Ahotep!

A rainha e o intendente foram ao encontro do sumo sacerdote.

— O oráculo manifestou-se, Majestade; que a princesa também o veja, e saberemos como interpretá-lo.

— Risonho vigia os aposentos da princesa — lembrou Qaris. — Não deixará ninguém entrar.

— É muito importante... Vou arriscar, fiquem atrás de mim.

Assim que o sumo sacerdote se aproximou, o molosso abriu os olhos e levantou a cabeça enorme, até então apoiada numa confortável almofada.

— O céu falou, é preciso que sua dona sua essa voz.

Risonho soltou uma espécie de lamento, que a princesa reconheceu imediatamente. Depois de beijar Seqen ternamente na testa, ela pôs uma túnica e abriu a porta do quarto.

— Sumo sacerdote... O que faz aqui?

— Olhe a lua cheia, princesa.

— Está esplêndida, é o olho pleno de novo, o sol da noite dissipa as trevas.

— Nada mais?

— Esse não é o sinal da esperança que nos estimula a continuar a luta?

Teti, a Pequena, e Qaris apareceram.

— Olhe bem — insistiu a rainha.

— Mas o que preciso ver?

— O oráculo manifestou-se — repetiu o sumo sacerdote — e agora conhecemos a vontade do céu. Cabe a você avaliar as conseqüências.

— Não aceito — declarou Ahotep. — Você é a rainha e deve continuar a sê-lo.

— Nós três vimos o seu rosto na lua cheia — explicou Teti, a Pequena —, só você não se reconheceu. O significado de um sinal tão extraordinário não dá margem a nenhuma dúvida: seu papel consiste em encarnar na terra o poder regenerador da lua. Chegou a hora de eu me afastar, Ahotep; sinto-me velha e cansada. Provavelmente só uma jovem rainha, dotada da magia dessa função, dará a Tebas o vigor que lhe falta.

— Não quero tomar o seu lugar, mãe!

— Trata-se de uma coisa bem diferente. O invisível manifestou-se, o sumo sacerdote autenticou o oráculo. Seria capaz de revoltar-se contra a palavra do céu, onde vivem as almas dos faraós que você venera?

— Quero consultar a deusa Mut.

Olho da luz divina, portadora da coroa dupla, esposa do Príncipe, nutrida por Maât, fêmea e macho a um só tempo, Mut apareceu para Ahotep no lugar do silêncio.

Ahotep ousou olhar a estátua, fracamente iluminada por um raio de luz que passava por uma pequena abertura no teto da capela.

— Você me permitiu tocar no seu cetro e fez-me provar a sua força. Graças a você, travei meus primeiros combates e sinto-me apta a continuar a luta, quaisquer que sejam os perigos. Mas o sol da noite exige mais: que eu me torne rainha do Egito. Esse fardo eu não desejo. Ele parece pesado demais para os meus ombros. Acontece que desafiar o oráculo e não aceitar a vontade dos deuses agravariam ainda mais a desgraça de Tebas, e os resistentes perderiam a esperança. Nesse momento, não sei que direção tomar e preciso de você para traçar o meu caminho. Então, responda a minha pergunta: devo aceitar a decisão da lua cheia?

Os olhos da estátua ficaram vermelhos, o sorriso da leoa acentuou-se.

E a cabeça de granito mexeu-se de trás para a frente, bem lentamente, por três vezes.

Do terraço do palácio, Teti, a Pequena, e Ahotep contemplavam a margem oeste de Tebas, onde o sol não tardaria a se pôr, para enfrentar a prova da morte e preparar sua própria ressurreição. A lua já surgira, e seu brilho tinha uma luminosidade rara.

— O que é uma rainha do Egito, minha filha? É a soberana das Duas Terras, de rosto bonito, cheia de graça, é a meiguice do amor que apazigua a divindade, é aquela que possui o encanto, que tem uma voz amorosa quando canta os ritos, aquela que tem as mãos puras quando toca o sistro, a maga que enche o palácio com seu perfume e seu orvalho e que não pronuncia palavras inúteis... Ela é a única capaz de ver Hórus e Seth reconciliados, a única que conhece os segredos do eterno combate que travam os dois irmãos no cosmo. Todos passam a vida a ouvir a rainha, porque ela consegue conciliar os opostos e faz reinar Maât e Hathor, a retidão e o amor.

— São tarefas impossíveis, mãe!

— No entanto, são as que os sábios do tempo das pirâmides confiavam à rainha do Egito. Muitas daquelas que me precederam conseguiram executá-las; eu fracassei. Você, que me vai suceder, nunca as perca de vista. Quanto mais subimos na hierarquia, maiores são os deveres; você, que ocupará o topo, não terá mais descanso, nem o perdão.

Ahotep sentiu medo.

Um temor mais intenso e mais profundo do que todos que já sentira até o momento. A princesa preferia estar diante de muitos soldados hicsos do que daquela mulher frágil, cuja grandeza acabava de descobrir.

— A Casa da Rainha está morrendo, minha filha. Precisa reconstruí-la, cercar-se de pessoas competentes e fiéis, governar sem ferir, tornar próspero tudo que tocar. Lamento que o céu seja tão impiedoso com você ao conceder-lhe função tão árdua na hora em que o país está a ponto de desaparecer. Você é a nossa última chance, Ahotep.

Subitamente, a deslumbrante morena quis voltar a ser criança, prolongar a adolescência, aproveitar sua beleza, gozar os prazeres da vida antes que as trevas assassinas cobrissem Tebas.

— Tarde demais — disse a rainha, que lia os pensamentos da filha. — O oráculo falou, você obteve o consentimento da deusa Mut e o seu destino está gravado na pedra da estátua da deusa. Existe um único senão que o impediria de realizar-se.

— Qual, mãe?

— Você não sobreviver à iniciação.

22

Quando a princesa Ahotep se aproximou do lago sagrado de Karnak, milhares de andorinhas dançaram no céu azul. Entre elas estavam as almas dos ressuscitados, vindas do outro lado da vida para saudar a iniciação de uma rainha do Egito.

A jovem estava tão compenetrada, que cada palavra ritual ficava gravada no seu coração, e o sumo sacerdote, de tão emocionado, gaguejava. Nunca poderia supor que os deuses decidissem confiar àquela selvagem uma função tão perigosa. Mas a profundidade do olhar de Ahotep provou-lhe que os deuses não se haviam enganado.

— Faça a oferenda, princesa.

Ahotep ajoelhou-se de frente para o Oriente, onde o sol acabara de travar um combate vitorioso na ilha da chama. Dos seus lábios saiu a antiga oração do amanhecer, hino ao milagre da vida que uma vez mais vencera a morte e o dragão das trevas.

— Que a purificação seja realizada.

Duas cantoras de Amon tiraram a roupa branca de Ahotep. Nua, ela desceu lentamente a escada da extremidade do lago sagrado e entrou na água calma, imagem terrestre do *Nun* celeste, o oceano de energia onde nascem todas as formas de vida.

— O mal e a destruição afastam-se de você — disse um ritualista. — A água divina purifica-a, você passa a ser filha da luz e das estrelas.

Ahotep desejou que o tempo parasse. Sentia-se protegida, a salvo de qualquer perigo, em comunhão perfeita com a força invisível que a fazia renascer.

— Seus membros foram purificados no círculo das oferendas — prosseguiu o ritualista —, nenhum deles se apresenta imperfeito ou privado de alguma coisa. Você rejuvenesceu, sua alma pode voar pelo céu. Agora você deve entrar na sala de Maât e fazer seu coração ser reconhecido como justo.

Contra a vontade, a princesa saiu do lago sagrado. Depois que o sol secou sua pele, as cantoras de Amon vestiram-na com uma túnica antiga de linho, de um branco imaculado.

Hesitante, ela seguiu o ritualista, que lhe abriu a porta de uma capela. Como Ahotep poderia ter certeza de nunca haver violado a lei de Maât?

Numa parede, estava a representação do deus Osíris, o juiz supremo. À frente da princesa, a rainha segurava na mão direita uma pluma de avestruz de ouro, símbolo da justiça celeste.

Ahotep sentiu que não se dirigia à mãe e sim à representante terrestre da deusa da retidão.

— Você, que me julga — declarou —, conhece o meu coração. Nunca quis praticar o mal e só tenho um desejo: libertar o Egito e seu povo, para que Maât seja, novamente, nosso leme.

— Está preparada, Ahotep, para enfrentar a injustiça, a violência, o ódio, a mentira e a ingratidão, sem deixar que eles ocupem um espaço no seu coração?

— Estou.

— Sabe que no dia do julgamento seu coração será pesado e ele deverá ser tão leve quanto a pluma de avestruz?

— Sei.

— Que a pedra de Maât seja a base sobre a qual você construirá seu reinado. Alimente-se de Maât, viva dela e com ela. O céu e a terra não a rejeitarão; as divindades moldarão o seu ser. Vá na direção da luz, Ahotep.

Embora os gestos rituais fossem realizados lentamente, a princesa tinha a impressão de que os episódios da sua iniciação se desenrolavam numa velocidade sufocante. Ela atravessou a matriz estelar e desceu nas profundezas onde o artesão divino, Ptah, modelou seus membros, subiu na barca de Osíris, viu Rá no levante e Atum no crepúsculo, bebeu a água da inundação e o leite da vaca celeste.

Depois de vestida com a túnica de cerimônia tecida pela deusa Tayt, Ahotep foi perfumada e enfeitaram-na com um grande colar e pulseiras.

— Como o vento, você atravessou o espaço — constatou o sumo sacerdote — e uniu-se à luz no horizonte. Que Hórus, o protetor da realeza, e Thot, o mestre do conhecimento, lhe dêem a vida, na qualidade de rainha.

Ahotep foi convidada a ficar em pé em cima da mesa de oferendas. Dois sacerdotes, um com a máscara de falcão e outro com a de íbis, levantaram os vasos acima de sua cabeça.

Dois raios saíram deles e banharam a jovem com uma luminosidade irreal.

Seu coração dilatou-se e conseguiu ver ao longe, como uma ave de rapina.

As sacerdotisas cobriram-lhe a cabeça com um adorno feito de um tecido que imitava as penas de um abutre, símbolo da mãe cósmica, e, em cima, puseram a coroa tradicional das rainhas do Egito, composta de duas penas altas.

Teti, a Pequena, entregou-lhe o cetro floral de cabo flexível, insígnia do poder feminino.

Qaris organizara um modesto banquete no pátio do templo, longe dos olhares indiscretos.

— Perdoe-me a falta de brilho desta cerimônia — disse ele a Ahotep —, mas sua coroação deve permanecer em segredo tanto quanto possível. No palácio há muitos ouvidos curiosos. Se os hicsos souberem que Tebas escolheu uma jovem rainha para governá-la, poderão reagir com violência.

— Eu também — acrescentou Teti, a Pequena — deploro essa coroação clandestina; mas fazemos parte da resistência e tornou-se indispensável que assim fosse.

Trazendo um arco e quatro flechas, o sumo sacerdote caminhou na direção de Ahotep.

— Estamos num lugar de paz, Majestade, mas o nosso país foi ocupado e, doravante, representais a esperança de uma libertação. Ao oferecer-vos estas armas, peço que encarneis a deusa da cidade de Tebas, para que ela, enfim, retome a luta.

Ahotep nunca manejara o grande arco. Porém, a fé que possuía permitiu-lhe descobrir, espontaneamente, os gestos adequados. E ela atirou a primeira flecha para o norte, a segunda para o sul, a terceira para o leste e a quarta para o oeste.

— Espero que tenhais conquistado os quatro orientes, Majestade; eles sabem quem sois e o que desejais. Que o espaço atravessado pela lua, vossa protetora, inspire vossas ações.

Sensíveis à gravidade do momento, os poucos convivas quase não tinham vontade de provar a refeição preparada pela cozinheira do sumo sacerdote.

Acompanhado de Risonho, Seqen foi autorizado a sentar-se perto da esposa. O molosso foi o único a apreciar os pombos assados e as percas do Nilo.

— Nada anormal no palácio? — perguntou Teti, a Pequena.

— Está tudo calmo. Corre o boato de que vós e vossa filha suplicais ao deus Amon que proteja a cidade da fúria dos hicsos.

O assistente do sumo sacerdote trouxe uma jarra de vinho.

— Eis um vinho de uma excelente safra que data do ano anterior à invasão — revelou ele. — Ainda tem o gosto da liberdade. Mas, antes de bebê-lo, gostaria de cantar uma antiga poesia, acompanhado da harpa.

A voz elevou-se, quase alquebrada, mas precisa na entonação:

> "*Quando uma forma encarna, ela está condenada a desaparecer. Os espíritos luminosos farão viver o seu nome e você terá um belo lugar no Ocidente. Mas a corrente do rio não se interrompe jamais e todos se vão quando chega a sua hora. As tumbas dos nobres desapareceram, suas paredes desabaram como se nunca houvessem existido. Faça desse dia um dia feliz, rainha do Egito, regozije-se com esse momento, siga o seu coração durante toda a sua vida, perfume-se, orne o pescoço com guirlandas de lótus, esqueça a tristeza, porque aqueles a quem você ama estão sentados a seu lado. Lembre-se dessa felicidade até o momento de ir para o país do silêncio eterno.*"

Todos ficaram aflitos com o caráter sombrio dessas palavras, que tirou toda a alegria da sóbria festividade. Mesmo assim, o vinho foi servido nas taças e Seqen tinha a esperança de que a bebida dissipasse a melancolia do ambiente.

Risonho ergueu-se nas patas traseiras e, com uma patada, derrubou a taça que Ahotep levava aos lábios. Depois, virou-se para o harpista, rosnando.

Indiferente ao incidente, o homem bebeu com altivez.

A jovem rainha levantou-se.

— Você envenenou este vinho, não é?

— Sim, Majestade.

— Está a serviço dos hicsos?

— Não, Majestade. Simplesmente julgo insensato vosso empreendimento, porque estou convencido de que só provocará desgraça e destruição. Por isso desejava que morrêssemos juntos ao término do banquete, poupando o país de novos sofrimentos. Mas o cão não deixou que assim fosse...

Os lábios do harpista ficaram brancos, o ar faltou-lhe, os olhos imobilizaram-se e a cabeça caiu de lado.

Ahotep olhou para o céu.

— Observem a lua... Seu nome, *iâh,* é masculino, porque o gênio que nela mora é o deus do combate. De agora em diante, o disco de prata em cima da barca será o sinal de ligação dos resistentes.

Na palma da mão esquerda, a rainha fez um desenho que era, a um só tempo, o início do seu nome e o programa do seu reinado:

23

Facilmente reconhecível pelo barrete em forma de cogumelo que lhe envolvia a cabeça pontuda e o cabelo encaracolado, o asiático Jannas não estava descontente por voltar a Avaris no seu barco almirante. Nomeado chefe da marinha de guerra dos hicsos, ele comandava com punhos de ferro piratas anatólios, fenícios e cipriotas, cuja reputação de valentia e crueldade não era alcançada por nenhum outro povo.

Quem encontrasse Jannas pela primeira vez não sentia nenhum receio, muito pelo contrário. De estatura mediana, mais para fracote, de palavras e gestos lentos, ele passava a imagem de um homem pacífico, em quem se podia confiar.

Aqueles que se fiaram nessa aparência enganosa estavam mortos. Dotado de uma agressividade ainda mais temível porque só se manifestava em combate, Jannas era considerado o maior herói dos hicsos. Ele triunfara nos quatro cantos do império e escalara os degraus da hierarquia militar antes de ser nomeado por Apófis para o comando da frota, cuja melhoria incessante era sua obsessão. Conhecia cada um dos marinheiros, inspecionava pessoalmente todos os barcos, exigia manobras diárias e não tolerava nenhum esmorecimento da disciplina.

Convencido de que o império continuaria a crescer porque se fundamentava no exército, única instituição que merecia ser valorizada, Jannas demonstrava fidelidade absoluta a Apófis. Ele não transformara a capital numa gigantesca caserna onde era agradável viver?

O almirante raramente descansava, porque verificava pessoalmente qualquer alerta, independentemente do lugar onde seus informantes assinalassem uma tentativa de sedição, por menor que fosse. O aparecimento da marinha dos hicsos era suficiente para apagar a chama cada vez mais oscilante da revolta. Com a submissão de Creta, Apófis conseguira uma vitória decisiva, prelúdio de outras conquistas das quais Jannas seria a ponta de lança.

Durante uma semana, a não ser no caso de algum incidente imprevisível, o almirante poderia desfrutar a quietude da sua vila funcional e aproveitar para receber massagens. Mas logo ficaria entediado e não deixaria de ir diariamente ao porto.

— Almirante — disse-lhe um capitão cipriota, no momento em que Jannas punha os pés no cais —, está havendo alguma coisa estranha.

— Onde?

— No entreposto desativado. Gritos agudos, como se torturassem mulheres... Coloquei lá um cordão de isolamento e estamos aguardando suas ordens.

"Resistentes que capturaram alguns hicsos e que lhes infligem sevícias", supôs Jannas, radiante com a idéia de prendê-los pessoalmente e fazê-los pagar, na mesma hora, pelo seu crime.

Nas proximidades do entreposto, um cheiro de carne queimada.

— Arrombem a porta! — exigiu o almirante.

Uma única investida de dez marinheiros empunhando uma viga foi suficiente.

O espetáculo que Jannas encontrou deixou-o boquiaberto.

Quatro jovens, nuas e imobilizadas, estavam deitadas no chão. Sentada sobre uma caixa, uma mulher loura e rechonchuda dava gargalhadas intermitentes enquanto um homem marcava as vítimas com um ferrete de bronze aquecido no fogo, demonstrando com isso um prazer evidente.

E esse homem não era qualquer um.

— Você é... o Grande Tesoureiro?

Khamudi não se mostrou perturbado.

— Em pessoa. E apresento-lhe minha esposa Yima.

A loura fez um trejeito com a cabeça e sorriu para o almirante como se quisesse seduzi-lo.

— Está interrogando as suspeitas, suponho.

— Suspeitas? De jeito nenhum, almirante! Minha mulher e eu estamos nos divertindo com essas escravas vindas do campo. Meu intendente encontrou uns velhos ferretes de bronze em forma de ganso, o animal sagrado do deus Amon, e em forma de cabeça de leoa. Quis experimentar se ainda funcionavam e estou marcando a pele dessas jovens idiotas. Elas gritam muito, mas é essa a graça do jogo.

— O imperador está a par dessas práticas?

— Mande seus homens saírem, almirante.

Ao sinal de Jannas, eles desapareceram.

— Nosso bem-amado Apófis não ignora nada do que faço — explicou Khamudi, irritado.

— A tortura é indispensável para fazer os resistentes falarem — reconheceu o almirante —, mas você mesmo disse que essas moças...

— Eu me divirto como bem entender, Jannas. Está claro?

— Bem claro, Grande Tesoureiro.

— Se está chocado ou não, estou pouco ligando. Mas não tente usar essa situação contra mim, pois vai se arrepender amargamente. Ainda estou sendo claro?

Jannas balançou a cabeça afirmativamente.

— Continue a se divertir, querida — disse Khamudi à esposa. — Preciso ouvir o relatório do almirante.

Yima imprimiu o ferrete em forma de cabeça de leoa nas nádegas da camponesa mais moça, cujos gritos rasgaram os tímpanos de Jannas.

— Vamos para o cais — propôs ele.

Khamudi vestiu-se sem pressa.

— Como está a nossa base de retaguarda na Palestina, almirante?

— A cidade de Sharuhen está muito bem fortificada. Situada na desembocadura de rios e de *uadis*, ela controla a região, cuja submissão ao imperador é total. A guarnição é formada por soldados de elite, e mandei construir um grande porto para nossos barcos de guerra que estão preparados para intervir a qualquer hora. Se me autorizar, o canteiro naval que pretendo organizar construirá outros desses barcos.

— Você a tem. Seu relacionamento com o chefe da guarnição é bom?

— Excelente. Ele é um cananeu cuja competência e fidelidade não podem ser postas em dúvida.

— Quem você nomeou como responsável da frota local?

— Um dos meus imediatos, que não fará nada sem ordem formal da minha parte... e, portanto, da sua.

— Você garante a solidez de Sharuhen?

— Essa cidade é um dos pilares indestrutíveis do império — garantiu Jannas.

— Passemos a Mênfis.

— No que se refere à antiga capital dos faraós, sou bem mais reservado.

— Quais as razões?

— Sharuhen é uma cidade que nós formamos, e os cananeus são inimigos ancestrais dos egípcios. O caso de Mênfis é bem diferente.

— Está criticando as medidas que tomei?

— É evidente que não, Grande Tesoureiro, pois são eficazes. A administração funciona, os guardas esquadrinham todos os bairros, o arsenal produz armas de primeira qualidade e a marinha controla os movimentos de todos os barcos, por menore que sejam.

— O que quer mais?

— O que me preocupa são os relatórios de nossos informantes. Não se passa um dia sem que se prenda um ou vários revoltosos.

— Resistentes? — perguntou Khamudi.

— Não, pessoas simples, mas que se recusam a aceitar o fato consumado e ousam protestar contra o que chamam de ocupação.

— Por que esses imbecis se recusam a entender?

— Nada pode convencê-los de que o Egito deles está morto e que, a partir de agora, serão súditos do faraó Apófis.

— Você mandou executá-los, espero.

— As execuções são realizadas em público e o exército obriga os menfitas a assistirem. Infelizmente os focos não foram extintos.

Khamudi levou a sério o relatório do almirante Jannas. Como já discutira longamente com o imperador sobre o fato, ele não ficara surpreso. A capacidade de resistência de Mênfis revelava-se maior do que o previsto e, portanto, como pressentira, seria preciso recorrer a um tipo de ação mais radical.

— Essa situação é inadmissível, almirante. Na sua sabedoria, o imperador havia imaginado que alguns egípcios seriam desmiolados o bastante para acreditar na glória passada; por isso você vai retornar imediatamente a Mênfis, com as instruções que vou lhe dar.

Ao escutar as ordens, Jannas não manifestou nenhuma emoção. No entanto, o que o Grande Tesoureiro exigia tinha um caráter monstruoso. Mas um hicso e, além de tudo, almirante, não se podia prender a esse tipo de consideração.

Satisfeito, Khamudi voltou ao entreposto de onde ainda irrompiam os gritos. Com certeza sua doce Yima guardara-lhe uma última marca com o ferrete para que ele arrematasse o trabalho.

24

— Estou grávida — declarou Ahotep.

— Já? Mas como pode ter certeza? — perguntou Teti, a Pequena. — Precisa fazer os testes e...

— Os testes vão confirmar: estou grávida e é um menino.

— Bom, bom... Você precisa comer carne vermelha, repousar bastante e...

— Concordo com a carne vermelha, mas não com o repouso. Um trabalho enorme espera por mim, você sabe muito bem, e meu filho precisa se acostumar com o esforço. Reformar a Casa da Rainha, como você pediu, não parece ser fácil... E é ainda mais difícil porque devemos agir em segredo!

— Não se exalte tanto, Ahotep, não...

— Sou ou não a rainha do Egito?

Teti, a Pequena, viu um novo fulgor brilhar nos olhos da filha.

— Minha primeira decisão consiste em reabilitar a tradição dos ancestrais; portanto, em exercer plenamente a minha função, cumprindo o primeiro dever que me cabe.

A rainha-mãe achou que compreendera mal.

— Você não quer dizer que...

— Sim, é exatamente o que você está pensando.

Sob o olhar plácido do seu burro, Seqen entregava-se aos exercícios militares que, em algumas semanas, fariam dele um soldado aceitável.

Arqueiro medíocre em razão de um grande nervosismo que o instrutor ensinava a controlar progressivamente, em contrapartida ele possuía uma habilidade inata no manejo do machado leve e da clava. Muito rápido, esquivava-se dos ataques maliciosos e surpreendia os adversários pela prontidão das respostas.

A musculatura do jovem magricela desenvolvia-se a olhos vistos. Levantar peso, correr, nadar... Nada desencorajava Seqen, que a cada noite apreciava mais o momento divino em que Ahotep lhe cobria o corpo com um ungüento de virtudes mágicas. Não só o medicamento acabava com qualquer vestígio de fadiga como ainda lhe dava a energia necessária para lançar-se em novos jogos amorosos, nos quais não havia vencedor, nem vencido. Loucamente apaixonado pela jovem rainha, Seqen agradecia aos deuses, todas as manhãs, pela felicidade que lhe proporcionavam.

— Você poderia fabricar uma arma diferente? — perguntou ele ao instrutor.

— Descreva-a para mim.

— Uma clava com uma extremidade oval, mais longa do que a média. No cabo, seria solidamente fixada a lâmina de um cutelo.

— Você poderia quebrar cabeças e cortar gargantas... Nada mal. Vou preparar um modelo de madeira que você poderá experimentar num camponês que queira alistar-se na milícia tebana. Mas não o machuque muito. Os recrutas estão cada vez mais raros.

O modelo agradou a Seqen.

Diante dele, no pequeno pátio da caserna, estava um sujeito robusto, de ombros largos, cabeça baixa.

— Como vai, amigo? Quer aprender a lutar?

— Se quiser. Você é mesmo o príncipe Seqen?

— Sou eu mesmo.

— Dizem que você quer lutar contra os hicsos.

— E você, não?

— Não exatamente, meu príncipe.

O homem brandiu uma espada curta.

— Nos exercícios — lembrou Seqen — você deve usar uma arma de madeira.

— Isso não é um exercício, meu príncipe, e sim o seu primeiro e último combate.

Seqen virou-se para pedir ajuda ao instrutor, mas ele havia desaparecido.

Para fugir, teria de escalar um muro. Seqen não tinha tempo para isso.

— Está com medo, meu príncipe? É normal... Não é nada engraçado morrer tão jovem.

O matador aproximou-se lentamente, Seqen recuou.

— Quem é você?

— Um bom soldado, pago para eliminá-lo.

— Se me der o nome do mandante e me poupar, ficará rico.

— Os hicsos não me deixariam aproveitar por muito tempo essa fortuna... que você não é capaz de me dar! Deveria ter continuado a ser um camponês, meu príncipe, e não se meter no que não é da sua conta.

Seqen parou de recuar.

— Ajoelhe-se diante de seu superior, soldado.

O agressor ficou estupefato.

— Enlouqueceu, meu príncipe?

— Já que você pertence ao exército tebano, do qual eu assumo o comando, deve-me respeito e obediência. Concordo em esquecer essa insubmissão desde que me entregue imediatamente a sua arma.

— Vou enfiar a espada na sua barriga!

O agressor investiu, Seqen esquivou-se.

De passagem, acertou-lhe a nuca com sua clava de madeira. Mal o soldado se virou; o rapaz, enraivecido, quebrou-lhe o nariz com um murro certeiro e, em seguida, cortou-lhe a garganta com o cutelo fixado no cabo.

— Devia ter escutado o seu príncipe, seu incapaz.

Como era mais rápido do que o desertor, Seqen conseguira pegar o instrutor, cuja pista foi indicada por pessoas atônitas, surpresas por verem um homem sair da caserna em disparada. Com um golpe de espada, ele lhe transpassara a coxa, deixando-o imobilizado.

Diante da fúria daquele que ameaçava matá-lo, o instrutor contou tudo: sim, havia pago um soldado para eliminá-lo; não, não fora mandado pelos hicsos e sim por vários nobres tebanos que pregavam a colaboração com o invasor e queriam impedir, no começo, qualquer veleidade de resistência.

Com a anuência da rainha, Seqen prendeu pessoalmente os traidores, que um destacamento de soldados fiéis à família real conduziu ao deserto do Oeste, ao cair da noite. Sem armas e sem provisões, os miseráveis seriam as presas sonhadas pelos monstros ávidos de sangue, que assombravam aquelas regiões perigosas.

— Sua segunda vitória! — constatou Ahotep. — E você não contou com a ajuda de ninguém...

— Tebas está gangrenada. Antes de qualquer ação, precisamos verificar se as pessoas que nos cercam e os que querem combater ao nosso lado são confiáveis.

— Essa será, efetivamente, nossa segunda decisão.

— E... a primeira?

— Vamos ao templo.

— Ao templo... Quer explicar-me?

— Não é hora para explicações.

Intrigado, Seqen seguiu a rainha até Karnak.

Na capela de Mut só estavam presentes Teti, a Pequena, e o sumo sacerdote de Amon. Uma lamparina iluminava o santuário.

— Como soberana das Duas Terras — declarou Ahotep — vejo Hórus e Seth reunidos num único ser. Para que a reconciliação se complete, esse ser precisa encarnar na pessoa do Faraó. Por isso, eu o reconheço como tal, *Seqen-en-Rá,* "o Valente da luz divina". Seu segundo nome será "o grande pão", sinônimo de "a grande terra", para que nos dê um e outro. Você será, ao mesmo tempo "o da abelha", que conhece os mistérios do fogo e do ar, e "o do junco", que é da água e da terra.

Ahotep coroou o esposo com o *nemes*, um dos mais antigos adereços reais. Ele permitia que o pensamento do Faraó atravessasse o céu e realizasse a união da vida com a morte, da luz do dia com a da noite, de Rá com Osíris.

Seqen estava tão atordoado que nenhum protesto passou pela barreira de seus lábios. Evidentemente, não era ele quem estava na capela e logo despertaria do incrível sonho.

— A cerimônia foi reduzida ao mínimo e sua coroação permanecerá em segredo o tempo que for necessário, porém isso não modifica a extensão da sua função, rei do Alto e do Baixo Egito. Que você seja, a um só tempo, o arquiteto, o legislador, o guerreiro e aquele que torna a terra fértil. Espalhe o fogo criador, graças ao qual vivemos, e o fogo destruidor contra os nossos inimigos. Que você seja o dique e a muralha protetores, a sala fresca no verão e quente no inverno. Faça Maât reinar, rejeite a injustiça e a tirania.

O sumo sacerdote desenrolou o papiro que, conforme os escritos do deus Thot, anunciava um novo reino.

Teti, a Pequena, e Ahotep magnetizaram o jovem faraó ao pronunciarem as fórmulas mágicas que lhe insuflaram a energia indispensável para realizar o programa de governo contido no nome de Seqen: valentia e capacidade de vencer.

— O Faraó ressuscitou — declarou Teti, a Pequena —, mas o segredo deve ficar bem guardado até que Tebas volte a se tornar segura.

— Tudo mudou — constatou o sumo sacerdote, emocionado até as lágrimas. — Tudo mudou, pois o Egito tem novamente um casal real. É ele quem vai nos dar a força para, finalmente, reagirmos.

25

É verdade que não havia motivo para regozijo, mas os resultados das últimas semanas levantavam o moral dos mais desapontados.

Em Avaris, nenhum resistente havia sido preso. Os que permaneciam na capital para colher informações só podiam transmiti-las com infinitas precauções, mas a rede de comunicações estabelecida pelo Bigodudo, mais desconfiado do que um felino, revelou-se eficiente. Eliminados os elementos suspeitos, as senhas e os códigos mudavam freqüentemente.

Em Mênfis, as perspectivas melhoravam. Vários informantes hicsos haviam sido identificados; as pequenas células de resistentes mostravam-se, enfim, impenetráveis. Sentiam falta de armas, de estratégia e de chefes, mas falavam de futuro e convenciam-se de que a liberdade não estava totalmente morta.

O Afegão continuava com seu método: deixar o imperador sem olhos e sem ouvidos. Assim que um delator hicso era localizado, o resistente organizava uma emboscada com dois ou três camaradas e eliminava o cancro. Prudente, ele não tinha pressa e não hesitava em adiar uma operação em caso de dúvida, mesmo pequena; meticuloso, não deixava nenhuma pista atrás de si. A princípio impaciente, o Bigodudo acabara reconhecendo a eficácia desse trabalho de formiga.

Graças ao progresso conseguido, os líderes da rede puderam instalar-se no centro da cidade, próximo ao grande templo de Ptah. O Afegão, o Bigodudo e seus tenentes habitavam uma velha casa de dois andares, cercada por ateliês de marceneiros.

Quando os guardas dos hicsos iam inspecionar o bairro, os resistentes eram imediatamente avisados por um espião instalado no terraço da casa de esquina da ruela, ou então por um velho sentado em frente, que levantava a bengala. Como última medida de segurança, um cão latia de uma maneira especial.

Apesar da vigilância do invasor, a resistência conseguia tecer sua teia. Cada vez mais oprimida, a população de Mênfis odiava os hicsos. A maioria tinha medo demais para revoltar-se, mas todos se dispunham a ajudar aqueles que estavam decididos a reconquistar a liberdade. Tanto entre os idosos quanto entre os jovens surgiam pessoas dispostas a participar. Mas quais delas teriam uma vocação para a luta realmente sólida?

— Um sacerdote de Ptah deseja se encontrar conosco — disse o Bigodudo.

— Quem o recomendou?

— Um padeiro do templo. Contato de toda confiança.

— Mandou seguir o sacerdote?

— Evidentemente.

— Que o padeiro marque o encontro na primeira ruela ao norte do templo. Eu irei ter com ele e você ficará escondido com dois dos nossos homens. Ao menor imprevisto, mate o sacerdote. Se os hicsos forem muito numerosos, fuja.

— Não o abandonarei.

— Se for uma emboscada, será preciso que o faça.

Embora não percebesse nada anormal, o Afegão manteve-se vigilante. Deu meia-volta, fingiu afastar-se, depois caminhou na direção do homem sentado numa banqueta, de olhos fechados.

— É você o sacerdote?

— Três são os deuses. Conhece o deserto?

— Só gosto da terra escura.

As senhas de identificação haviam sido corretamente trocadas. O Afegão sentou-se à esquerda do Egípcio, que lhe ofereceu cebolas para comer.

— Qual é a proposta, sacerdote?

— Uma rebelião no bairro norte de Mênfis e da maioria dos estivadores. Vamos entrar no arsenal, pegar uma boa quantidade de armas e, em seguida, tomar posse de vários barcos hicsos.

— Muito perigoso... Mesmo que tenhamos êxito, será um banho de sangue.

— Estou consciente disso.

— Quem vai comandar?

— O sumo sacerdote de Ptah em pessoa. Ele precisa da sua rede para eliminar as sentinelas dos hicsos que vigiam o arsenal e para provocar distúrbios no bairro sul. Os guardas, em massa, irão até lá e nós atacaremos o porto.

— Podemos ser eliminados.

— Seremos de qualquer forma, algum dia... Embora só tenhamos uma chance em mil de tomar Mênfis, vale tentar.

— Tem razão, sacerdote. Data da operação?

— Dentro de três dias, ao crepúsculo.

— Hoje mesmo, à noite, vou reunir os principais membros da rede. Vamos marcar outro encontro aqui, amanhã, ao nascer do sol, e darei os detalhes do plano.

Na casa habitada pelos resistentes, a noite havia sido longa e entusiástica. Apesar dos avisos de cautela do Afegão e do Bigodudo, seus camaradas tinham pressa em lutar com os hicsos e infligir-lhes uma pungente derrota. A decisão do sumo sacerdote de Ptah tinha uma importância maior: os outros Servos dos deuses iriam imitá-lo e, em pouco tempo, a revolta se estenderia por todo o país.

Tentando manter a cabeça fria, o Bigodudo elaborou minuciosamente as manobras diversionárias e a eliminação das sentinelas. Precisara acalmar alguns resistentes exaltados que já se viam aniquilando o próprio Apófis. Todos acabaram por aceitar as ordens rigorosas e dispersaram-se com o coração cheio de esperança.

— Vamos tomar um pouco de ar no terraço — propôs o Afegão.

O leste tornava-se cor-de-rosa, algumas nuvens retardavam o novo triunfo do sol ressuscitado.

— O espião da esquina não está no posto — notou o Afegão.

O Bigodudo inclinou-se.

— O velho também não... Foram dormir.

— Os dois ao mesmo tempo? É contra as ordens de segurança!

Latidos cortaram o silêncio.

Foram seguidos por gemidos de dor do cão ferido gravemente.

— Eles mataram o cão e os vigias... Vamos sair daqui, Bigodudo, fomos delatados! Não, pela ruela, não... Só nos resta o telhado.

O almirante Jannas havia decidido atacar ao nascer do sol, quando os sacerdotes celebravam os primeiros rituais, invocando a presença de um faraó que não relacionavam a Apófis. Uma vez que o clero se aprofundava nessa dissidência espiritual e fornecia ajuda material para os terroristas, a melhor solução seria acabar com esse ofício.

Jannas achava que algumas prisões e o fechamento de templos seriam suficientes, mas Khamudi, porta-voz do imperador, exigira bem mais: a morte dos religiosos e a destruição dos edifícios sagrados da antiga capital.

Sem que ele compreendesse por quê, essa ordem chocara o almirante. No entanto, como um guerreiro hicso, ele estava acostumado a semear o terror e a desolação. Provavelmente as vitórias muito fáceis e a tranqüilidade da vida egípcia o tivessem amolecido. Talvez não devesse ficar chocado com o comportamento de Khamudi em relação às escravas.

Pôr a orgulhosa Mênfis na linha apagaria suas hesitações.

— Almirante, como é feita a distinção entre sumos sacerdotes e subordinados? — perguntou-lhe um oficial.

— Não faça distinção. Mate todos os que encontrar nos templos e queime os cadáveres.

— Pilhagem autorizada?

— Obviamente. Não quero ver nenhum templo de Mênfis de pé.

— E... as mulheres?

— Os soldados podem usá-las. Ao pôr-do-sol, relatório de todos os oficiais.

Suado, o Bigodudo não conseguia recuperar o fôlego.

Localizados pelos guardas hicsos o Afegão e o Egípcio precisaram saltar de um telhado para outro, com o risco de cair e morrer. Uma flecha chegara a raspar a têmpora do Bigodudo, mas os dois resistentes mostraram-se mais ágeis do que os perseguidores e conseguiram livrar-se deles.

— Lá, Afegão, olhe lá! São chamas, chamas gigantescas!

— O grande templo de Ptah está pegando fogo.

O Egípcio soluçou.

— O grande templo de Ptah... Não é possível, como eles ousaram!

— Muitos egípcios vão morrer hoje e Mênfis será arrasada. Precisamos procurar uma outra base, depois de achar os companheiros que escaparam ao massacre.

— Exatamente três dias... Mas como esse demônio do Apófis sabia que precisava lançar esse ataque preventivo?

— Exatamente porque ele é um demônio.

— Então é inútil continuarmos.

— Até os demônios têm suas fraquezas, amigo. Nas minhas montanhas estamos acostumados a combatê-los. Acredite, nem sempre eles saem vencedores.

26

Bem abrigados do sol, embaixo de um quiosque cujo teto era sustentado por duas colunetas em forma de lótus, o faraó Apófis e Khamudi, o Grande Tesoureiro, saboreavam a refeição preparada pelo cozinheiro pessoal do imperador, um egípcio obrigado a provar cada prato na sua presença. Apófis exigira antílope ao molho, acompanhado de lentilhas e de ervilhas secas e partidas ao meio.

Três escravos movimentavam abanos com cabo de acácia e as plumas de avestruz para que o soberano e seu hóspede não se sentissem incomodados com o calor, nem fossem importunados pelas moscas.

— Excelente esse vinho tinto — avaliou Apófis, que salpicava a comida com cominho para melhor digeri-la.

Khamudi preferia fazer uso do zimbro, estimulante, laxante e diurético.

— Esta jarra veio da adega do sumo sacerdote de Ptah, Majestade; as grandes safras estão, agora, no palácio.

— Uma operação satisfatória, é o que me parece.

— Sucesso total! — afirmou Khamudi. — Mênfis está definitivamente de joelhos. Os templos foram incendiados e desmantelados; os sacerdotes e seus cúmplices, executados. Agora todos sabem qual é o castigo aplicado aos revoltosos.

— O almirante Jannas trabalhou bem. Mande trazer os blocos dos templos para Avaris, eles serão usados para construir os cais. Quero que Mênfis seja uma cidade morta, e a atividade econômica transferida para a minha capital.

O cozinheiro serviu a sobremesa: uma compota de tâmaras ao mel.

— Prove — ordenou o imperador.

O egípcio aparentou um mal-estar.

— Será que o purê está ácido? — ironizou Apófis.

— De jeito nenhum, senhor... Eu dormi mal e estou cansado. O purê está excelente, garanto.

O cozinheiro recuperou a cor.

— O imperador não pode correr nenhum risco. Mande executar este incapaz, Khamudi, e ponha alguém em seu lugar.

Ao sinal do Grande Tesoureiro, dois piratas cipriotas levaram o infeliz, indiferentes aos seus protestos.

— Os egípcios são uns choramingões — avaliou o imperador. — É por isso que são incapazes de lutar. A quantas anda o novo ministério da Informação?

Khamudi passou a mão no cabelo preto, besuntado com óleo de rícino e de moringa.

— Progrediu bastante, Majestade! Os meios clássicos de correspondência estão todos sob controle, evidentemente, mas inventei um outro que deverá agradar-vos. Antes que eu o descreva, permiti que vos ofereça este presente.

Khamudi deu a Apófis um magnífico escaravelho de ametista, montado num anel de ouro, que o imperador enfiou no dedo mínimo da mão esquerda.

— Bonita peça... Explique-se.

— Para os egípcios, este escaravelho é um símbolo de sorte. Ele encarna as metamorfoses incessantes, tanto na terra quanto no além. É, também, um hieróglifo que significa "nascer, tornar-se, transformar-se". E este que usais pertenceu a um ilustre faraó cuja glória não é mais do que uma ilusão perto da vossa. Graças a esta jóia, sois confirmado como o soberano que leva felicidade aos súditos. Só de ver este símbolo, muitos dos altos dignitários ficarão convencidos de que sois o único a encarnar o futuro. E eis a minha idéia: vamos produzir milhares de escaravelhos e reutilizar os antigos como suporte das mensagens oficiais!

De um saquinho, Khamudi tirou cinco escaravelhos de diferentes tamanhos e materiais, que iam do calcário à faiança.

— Na parte chata — prosseguiu o Grande Tesoureiro — meus escribas escreverão os textos que vou ditar. Fáceis de serem transportados, esses pequenos objetos inundarão o império com as informações que quisermos fornecer. E os egípcios considerarão as mensagens do escaravelho como símbolos da sorte.

— Brilhante, Khamudi, muito brilhante... Mas quero ler cada uma das mensagens. Nenhuma delas será emitida sem a minha anuência explícita.

— Esse é o meu modo de pensar, Majestade.

— A propaganda é uma arma tão decisiva quanto um carro de guerra, amigo. Com ele matamos os corpos; com ela, as almas. Mande substituir os abanadores... Esses preguiçosos estão ficando fracos, estou com falta de ar.

Felizes por não terem sido condenados, os escravos cederam o lugar a uma nova equipe.

Apófis passou a mão no seu cântaro, no qual estava desenhado um mapa do Egito.

— Apesar da destruição dos templos de Mênfis, ainda existem pequenos grupos de resistentes, ainda mais perigosos porque se deslocam muito. Reduzidos ao desespero, eles podem cometer atos terroristas que me irritariam no mais alto grau. Como esses indivíduos não se entregarão e são difíceis de serem identificados, é preciso forçá-los a sair da toca e a se reunirem.

— De que maneira, Majestade?

— Dando-lhes informações erradas, Khamudi. Vamos fazê-los crer que Tebas representa uma esperança real e que eles devem ir o mais cedo possível para a cidade do deus Amon. Você vai redigir uma carta nesse sentido e entregá-la a um mensageiro especial que irá de taberna em taberna proclamando, sob o efeito da embriaguez, que é portador de uma mensagem muito importante para a fortaleza de Gebelein.

— Em que região devemos começar?

Apófis olhou firmemente para o cântaro.

— Ao sul de Mênfis... É lá que eles se escondem! E, um pouco mais abaixo, na altura da antiga cidade de Heracleópolis, os soldados de elite aguardarão os resistentes que se encaminham para Tebas. Pressinto que entre eles deve haver alguém perigoso.

Khamudi ficou perplexo.

— Ninguém é capaz de vencer-vos!

— Aprenda que, às vezes, um indivíduo é mais temível do que um exército. Esse homem deve ser eliminado o mais rapidamente possível.

Seqen sofreu um abalo tão grande com a sua coroação, duplicado com o anúncio da futura paternidade, que Ahotep lhe concedeu algumas horas de repouso nos arredores tebanos. Protegidos por Risonho, os dois jovens desfrutaram de um longo passeio no campo e chegaram a um canal com grandes salgueiros nas margens.

— Não era preciso, Ahotep, não era preciso...

— Claro que sim! Como eu poderia viver com um medíocre? O primeiro dever de uma rainha é providenciar um faraó. Então, eu providenciei. E ele será o pai do meu filho.

— Mas você sabe muito bem que...

— Se você não fosse capaz de assumir essas responsabilidades, eu teria desistido. Mas você é capaz, Seqen! Não há dúvida de que precisa de um tempo para desenvolver todas as suas capacidades de ação, e não vamos pular nenhuma etapa. Pelo menos, algumas delas.

Ele a beijou com paixão, inflamado de desejo.

— Vamos nos deitar à sombra dos salgueiros — propôs ela.

O recanto tranqüilo era um pequeno paraíso, propício aos jogos do amor. Seqen tirou a tanga e estendeu-a na margem do rio. A cama improvisada agradou à jovem, que recebeu, deliciada, o corpo de um amante ardente. Como ela, Seqen era uma pessoa ativa, que não sabia o que significava desânimo. E essa pessoa possuía as qualidades de um rei.

— Não quer pescar? — propôs ela.

Seqen fez uma vara de pesca rudimentar com junco e usou uma minhoca bem gorda como isca.

— Segundo minha mãe, o último homem forte de Tebas é o ministro da Agricultura. Descendente de uma antiga e rica família, ele possui muitas terras e só tem um ideal: preservar a fortuna. Por isso ordena aos camponeses que não se alistem no exército e continuem a trabalhar para ele. Por várias vezes, minha mãe tentou convencê-lo de que esse imobilismo condenava, Tebas ao desaparecimento, levando-o junto. Mas ele não acreditou numa única palavra e não muda de opinião. Como todos os nobres o ouvem, tudo continua igual e nós nos comportamos como fiéis súditos do imperador.

— O que pensa fazer, Ahotep?

— Ou bem ele me obedece, ou vou demiti-lo das suas funções.

— Parece que o homem é tão pretensioso quanto teimoso... Ele nunca se submeterá a uma mulher!

— É indispensável eliminar esse obstáculo. Enquanto esse ministro estiver no posto, seremos impotentes.

Embora parecesse profundamente adormecido, com a cabeça apoiada nas patas cruzadas, Risonho mobilizou todas as suas energias num minuto e pulou em cima de Seqen.

Sob o impacto, o rapaz foi empurrado para longe do local onde estava um segundo antes.

E foi no vazio que se fechou a mandíbula de um crocodilo. Sem a intervenção do cão, ele teria moído as pernas do rei.

Contrariado, o crocodilo só queria atacar, mas os latidos do molosso e as pedras que Ahotep jogava acabavam dissuadi-lo.

— Você teria pescado o maior de todos os peixes — constatou Ahotep.

— Os prepostos encarregados de cuidar dos canais não estão fazendo o trabalho deles — deplorou Seqen. — Em outros tempos, nenhum crocodilo poderia aventurar-se por aqui.

— E há algo pior, bem pior... É que a agressão desse monstro prova que o olho mau está sobre nós. Precisamos afastá-lo sem demora.

27

— Tem razão, Ahotep — constatou Teti, a Pequena. — O olho mau está voltado para nós e, mais particularmente, para o novo rei.

— Como livrá-lo disso?

— É preciso que você e ele possuam o *heka,* o poder mágico que desvia os efeitos perniciosos dos acontecimentos. Sem ele, não haverá sucesso possível. O olho mau não permite que se tenha êxito... Por sorte, o modo como ele se manifestou traiu sua origem! O salgueiro é a árvore sagrada do templo de Dendera. Sem dúvida, a árvore deve ter sofrido graves danos, e os deuses julgam o faraó responsável.

— Vamos repará-los — decidiu a rainha.

— Dendera é uma zona ocupada, Ahotep!

— Um casal de camponeses e um burro não provocarão a desconfiança dos hicsos.

Sem proteção, o casal real no caminho controlado pelo invasor! Uma loucura à qual Teti, a Pequena, não tinha força para se opor.

Nas proximidades da alfândega de Coptos, Vento do Norte não diminuiu o passo. Isso significava que os alfandegários não causariam nenhuma dificuldade aos viajantes.

De fato, apáticos sob o sol do meio-dia, eles se contentaram em vistoriar rapidamente os sacos que o burro carregava e retirar dois pares de sandálias novas como montante do pedágio.

Construído no tempo das pirâmides e perdido nessa luta malograda, o templo de Dendera era dedicado à deusa Hathor. O estado de abandono dos jardins que cercavam a construção provava que não havia sacerdotes e empregados suficientes para mantê-lo adequadamente.

Vento do Norte parou e cheirou o ar por longo tempo. Tranqüilo, começou a andar novamente.

— Nenhum hicso por perto — concluiu Ahotep.

Uma mulher idosa saiu no átrio.

— Sou a grande sacerdotisa do templo — declarou ela. — Atualmente ele é muito pobre para acolher e alimentar os viajantes. Por isso, peço que continuem viagem.

— Não estamos mendigando — respondeu Ahotep. — Queremos ver o salgueiro.

— A árvore sagrada está morrendo, como todo o país. Nem vocês, nem eu podemos fazer coisa alguma.

— Essa não é a minha opinião, grande sacerdotisa.

— Mas quem são vocês?

— Ahotep, soberana das Duas Terras.

— Teti, a Pequena, morreu?

— Minha mãe está bem viva, mas legou-me o poder.

— O poder, Majestade... Mas que poder?

— Talvez o de regenerar o salgueiro de Dendera.

— Impossível, infelizmente! Não podem nem se aproximar dele.

— Eu insisto, grande sacerdotisa.

Com um passo cansado, a anciã guiou os dois visitantes até a parte de trás do templo.

No meio do lago, o grande salgueiro de folhas murchas estava tão inclinado que não tardaria a cair.

Quando Ahotep foi pular a mureta para ver a árvore de perto, a água começou a borbulhar e a boca de um crocodilo ameaçou a intrusa, que bateu em retirada.

— Nosso gênio protetor virou-se contra nós — revelou a grande sacerdotisa. — Quando o salgueiro cair, o olho mau terá triunfado.

— Vou reerguê-lo — decidiu Seqen, movido por uma força imperiosa.

— Não arrisque a sua vida — recomendou a grande sacerdotisa.

— Você ainda sabe as fórmulas de erigir um salgueiro? — perguntou Ahotep.

— Claro, mas trata-se de um rito real que há muito não é praticado.

— Recite-o. Eu vou magnetizar Seqen.

Ahotep assumiu a postura das deusas cujas mãos emitiam ondas vivificantes para os protegidos, enquanto a grande sacerdotisa fazia vibrar os sons dos textos antigos. Eles celebravam o momento em que, sob o efeito do sol no zênite, a árvore sagrada erguia-se inteira em direção ao céu.

Rechaçando o medo, Seqen entrou no lago.

Se o crocodilo atacasse, Ahotep voaria em seu socorro.

Mas o réptil* desistiu. Furiosamente, ele chicoteou a água com a cauda; depois, o movimento parou e Seqen conseguiu chegar ao pé do salgueiro.

Ele se inclinou, mergulhou a mão e tirou do lago um pequeno crocodilo de madeira.

— Eis o monstro vencido!

— Olhem a árvore! — exclamou a grande sacerdotisa.

O salgueiro erguia-se lentamente, as folhas viravam-se para oferecer à luz suas faces internas, de bela cor prateada.

— O olho mau foi vencido — constatou Ahotep.

— Como é possível? — surpreendeu-se a grande sacerdotisa. — Só um faraó legítimo poderia realizar tal feito!

Silenciosos e recolhidos, Ahotep e Seqen olhavam para ela.

— Você, rainha do Egito... E você, o esposo, o rei... É verdade, não é? Mas vocês não têm escolta, nem servos, e parecem dois camponeses!

— De outra forma, seria impossível andar na zona ocupada — explicou Ahotep. — Uma vez que o malefício foi rompido, dê-nos o *heka*.

— Vocês devem ir a Heliópolis para conseguir o mais poderoso.

— Essa cidade santa está muito próxima da capital dos hicsos — objetou Ahotep. — Seríamos presos antes de chegarmos lá.

* Os egípcios classificavam os crocodilos como peixes.

— Então, Majestade, é preciso contentar-se com o *heka* da deusa Hathor. Por causa do mau olho e da fraqueza do salgueiro, essa energia não chegava sequer ao templo. Esperemos que a recuperação da árvore restabeleça a harmonia.

O casal seguiu a grande sacerdotisa ao interior do santuário, até a capela do oriente que abrigava um *naos* de granito rosa. Assim que ela abriu as portas do *naos,* uma luz suave irrompeu da estatueta de ouro da vaca Hathor.

— Deixem-se banhar pelo *heka* — aconselhou a grande sacerdotisa. — Ele é o poder da luz que o Princípio criou quando pôs o universo em ordem. Graças a essa força as ações de vocês serão úteis e poderão desviar os ataques do destino.

De mãos dadas, Ahotep e Seqen esqueceram-se do tempo e vivenciaram o amor da deusa.

O Afegão, o Bigodudo e uma dezena de resistentes comiam peixe seco e pão amanhecido num refúgio no campo, ao sul de Mênfis. Nenhum movimento de tropas dos hicsos havia sido assinalado depois da incursão devastadora do almirante Jannas.

— Uma sentinela está anunciando a aproximação de um amigo — preveniu o Bigodudo.

Todos pegaram as armas.

— É o filho do taberneiro.

O rapaz estava entusiasmado.

— Um tipo estranho foi tomar cerveja na taberna — declarou. — Ele diz ser mensageiro e que foi encarregado de levar uma missiva especial.

— Vamos cuidar disso.

Os resistentes esperaram que o mensageiro saísse da taberna e se afastasse o suficiente para saber se ele era protegido a distância.

Parecia estar sozinho.

Quando ele pegou o caminho que levava à próxima cidade, o Bigodudo atacou-o, derrubando-o com um único soco.

A revista foi rápida.

— Uma carta de Avaris fechada com um lacre!

O Egípcio quebrou-o e desenrolou o papiro.

— Impressionante — constatou o Bigodudo —, uma mensagem de Khamudi endereçada ao comandante da fortaleza de Gebelein! Ele revela que Tebas continua livre e lá se agrupam os revoltosos. Fabuloso! Agora sabemos o que vamos fazer. Vamos reunir os resistentes e partir para a cidade de Amon. Todos juntos, seremos mais fortes!

— Não vamos sair daqui — decretou o Afegão.

— Mas... você não me ouviu?

— Ao contrário, escutei-o com a maior atenção.

— Então, por que hesitar?

— Porque é uma armadilha. Um mensageiro hicso que viaja sozinho, se faz notar numa taberna e não tem nenhuma proteção militar... Isso não o deixa surpreso?

— Visto desse modo...

— Não temos nenhuma notícia de Tebas, que, provavelmente, teve a mesma sorte de Mênfis. O imperador quer atrair-nos para lá e eliminar os últimos resistentes, que cairão numa emboscada no caminho que leva à cidade de Amon.

Com raiva, o Bigodudo rasgou o papiro em mil pedaços.

28

O médico examinou a cor dos olhos de Ahotep, depois a pele e, por fim, assegurou-se de que os condutos do tórax estavam firmes e não relaxados.

— A gravidez transcorre maravilhosamente — concluiu — e o parto não vai adiantar, nem atrasar. O principal é continuar a ser massageada diariamente.

— E... o resultado dos testes? — perguntou a rainha.

— A urina fez germinar a cevada antes do trigo e o frumento antes da espelta. Portanto, não há dúvida: será um menino.

Ahotep saiu do quarto e atirou-se nos braços de Seqen.

— Um filho... Um filho que lutará ao seu lado!

— Preferia uma filha, tão bonita quanto a mãe.

— Decidi que teremos dois filhos, lembre-se disso; no momento, Tebas precisa de guerreiros e de chefes. Volte à caserna, eu vou ao mercado.

— Não devia repousar mais, Ahotep? A gravidez...

— Quem faz a criança sou eu, e ela será robusta, acredite! Vá, depressa, treinar nossos homens.

No mercado de Tebas, semelhante ao de uma aldeia de província, as alegres e intermináveis conversas haviam desaparecido há muito tempo. Ainda se discutiam os preços por hábito, mas a preocupação era com os rumores que anunciavam um ataque hicso. Algumas pessoas diziam que Mênfis havia sido arrasada e que a mesma sorte estava reservada à cidade de Amon.

Só os vendedores de sacos de trigo e de legumes exibiam um sorriso satisfeito. Eles dispunham de mercadoria abundante e, mais dia, menos dia, a clientela acabaria comprando seus produtos, os mais caros do mercado.

Para pesá-los, eles usavam uma série de pesos de calcário, de tronco em formato de cone, que variavam de cinqüenta gramas a vários quilos.

Sentindo-se observado por Ahotep, um deles, de rosto corado, interpelou-a:

— Aproxime-se, jovem! O que deseja?

— Verificar seus pesos.

O rubicundo quase sufocou.

— Ora, vamos... Quem você pensa que é?

— Você e os seus colegas trabalham para o ministro da Agricultura?

— Isso a incomoda?

— Tenho vários padrões de medida, cada um pesa noventa gramas e vou controlar os seus pesos.

— Dê o fora imediatamente, garota!

Rompendo a multidão de curiosos que se juntava, Risonho aproximou-se da dona. Com o beiço arreganhado, mostrou as presas e rosnou de um jeito que gelou o sangue do rubicundo.

— Não faça besteira, hein... Não deixe esse monstro atacar!

Prontamente, Ahotep colocou três lingotes de cobre num dos pratos da balança e, no outro, um peso com a marca "270 gramas".

Para estupefação geral, os pratos não ficaram equilibrados.

— Seu peso está adulterado — constatou Ahotep. — Você vende uma quantidade menor do que a anunciada e está roubando os compradores. Vamos verificar os outros pesos.

Os mercadores quiseram opor-se, mas as exigências da multidão enraivecida obrigaram-no a ceder.

Todos os pesos estavam adulterados.

— Estou reconhecendo, ela é a princesa Ahotep, filha da rainha Teti, a Pequena! — exclamou um empregado do palácio. — Graças a ela, nunca mais seremos roubados!

A jovem foi aclamada.

— Você — disse ela a uma camponesa idosa que vendia alho-poró — será a controladora dos pesos usados neste mercado. Quem tentar trapacear deverá oferecer gratuitamente seus produtos durante um mês. Em caso de recidiva, será excluído do círculo dos comerciantes.

Heray também pensava em desistir. Considerado o melhor padeiro tebano, ele gostava tanto da profissão que, até então, havia conseguido produzir pães e bolos com uma qualidade aceitável, apesar da falta de mão-de-obra e dos pagamentos cada vez mais irregulares.

Porém, naquela manhã, havia sido dado o golpe de misericórdia.

O ministério da Agricultura entregara-lhe uma farinha tão medíocre que Heray não poderia usá-la.

Em desespero de causa, ele alertara o intendente do palácio. Como sempre, responderiam que hierarquia era hierarquia e que o ministro tinha plenos poderes nessa área.

Heray soltou seus cem quilos numa banqueta, tão desgastada quanto ele.

Naquele dia não acenderia o forno.

Ele ouviu barulhos insólitos vindos da ruela. O padeiro saiu e deu de frente com um burro colossal.

— Você é Heray? — perguntou-lhe uma esplêndida jovem morena.

— Princesa Ahotep! Sim, sou eu mesmo.

— Eis a resposta do palácio: Vento do Norte está trazendo farinha de primeira qualidade.

— De onde... de onde ela vem?

— Dos celeiros do ministro da Agricultura. Em breve chegarão outros burros e você terá a quantidade necessária para o palácio e para a caserna. Contrate, a partir de agora, outros padeiros e prepare-os para substituí-lo.

— Substituir-me, mas por quê?

— Porque você foi nomeado chefe dos celeiros.

Numa grande cuba, os cervejeiros misturavam pedaços de cevada, licor de tâmaras e água para obter uma fervura que deixariam descansar até que fermentasse. Em seguida, filtrariam-na antes de derramá-la nas jarras que tinham a parte interna revestida de argila, de modo a garantir a conservação da cerveja.

Mas os cervejeiros não cessavam de clamar seu descontentamento. Como produzir uma boa cerveja com cevada medíocre? Além disso, quase todas as jarras precisavam ser trocadas. E ninguém tinha gosto em fabricar uma cerveja intragável.

Um chute nas costelas acordou o mestre dos cervejeiros.

— Essa não! Mas o que é isso?... Uma mulher...

— Sou a princesa Ahotep.

Impressionado, o artesão levantou-se.

— Desculpai-me, estava descansando um pouco, eu...

— Você tem muito trabalho pela frente e deverá dobrar as equipes. O novo chefe dos celeiros, Heray, mandará entregar uma cevada de excelente qualidade e, a partir de amanhã, você receberá novas jarras que o Ministério da Agricultura pôs a sua disposição. O palácio exige uma cerveja boa.

— Com prazer, princesa!

O ministro da Agricultura tinha a cabeça em forma de ovo de pata. Todas as manhãs, debaixo de um pára-sol, ele prolongava suas noites dormindo à beira do lago de lótus. À tarde, ouvia os relatórios de seus intendentes. Radiante, constatava, dia após dia, que nada mudara e que ele continuaria a ser o dignitário mais rico de Tebas.

Como o cozinheiro fazia todas as suas vontades, ele tendia a engordar. Doravante só comeria um prato que levasse molho, à noite.

Desde que fora nomeado, sua política continuava a mesma: preservar as vantagens conseguidas. Graças à falta de energia da rainha, não tinha nenhuma dificuldade em consegui-lo.

Fato insólito, o secretário particular pediu para vê-lo antes do almoço.

— Preciso relatar alguns incidentes de extrema gravidade.

— Não nos exasperemos, vamos manter a calma!

— O padeiro Heray foi nomeado chefe dos celeiros.

— Que importância tem isso? É preciso distribuir títulos honoríficos de vez em quando.

— O senhor não entendeu bem... Ele passou a ser o chefe de todos os celeiros, incluindo os seus!

— Espero que esteja brincando!

— Infelizmente, não. Por ordem do palácio, grandes quantidades de cevada foram retiradas dos seus estoques e entregues na padaria e na cervejaria principal.

O ministro perdeu toda a vontade de cochilar.

— Teti, a Pequena, ousou desafiar-me!

— Não, trata-se da filha dela, a princesa Ahotep.

29

Fora de si, o ministro da Agricultura andava de um lado para outro diante da porta da sala de audiências da rainha. Teti, a Pequena, pagaria caro pela nova afronta. Não só ela restituiria seus bens, como a obrigaria a dar-lhe terras cultiváveis à guisa de compensação. Se a filha dela havia ficado louca, ele não tinha nada com isso; a soberana oficial de Tebas devia cuidar melhor da sua progenitura.

— Sua Majestade o aguarda — anunciou o intendente Qaris, muito calmo.

— Já não é sem tempo!

O ministro percebeu que a pequena sala havia sido repintada.

Sentada num trono de madeira dourada, cujos pés imitavam os cascos de um touro, estava a princesa Ahotep, vestindo uma túnica branca. Nos braços, usava pulseiras de ouro.

— Não é com você que eu quero falar e sim com a rainha!

— Está diante dela.

— O que significa isto?

— Incline-se diante da soberana das Duas Terras.

— Soberana...

— Incline-se ou mandarei prendê-lo por injúria ao cargo real!

O tom de voz da jovem era tão imperioso que o ministro ficou com medo.

— Eu não sabia, Majestade, eu...

— Agora já sabe. Eis minhas primeiras resoluções: vou suprimir vários postos que se tornaram inúteis em tempos de guerra. Heray, o chefe dos celeiros, cuidará da agricultura.

— Quer dizer... que não sou mais ministro?

— Você me ouviu bem.

— Esse Heray não é ninguém, Majestade. Ele é um simples padeiro, incapaz de gerir as riquezas da província!

— Heray é um homem honesto. Para apoiar o esforço para a guerra, suas terras e seus bens serão requisitados. Vou lhe deixar somente uma vila, a mais modesta. Você deverá criar aves para nossos soldados. E trate de se dedicar ao trabalho se não quiser decair ainda mais.

— Majestade...

— A audiência está terminada.

O ex-ministro reuniu seus conhecidos, a fim de preparar um violento contra-ataque. Mas nenhum deles desejava seguir-lhe os passos.

— Por que esse pânico? — enfureceu-se o alto dignitário. — Ahotep está sozinha e é inofensiva!

— Nem tanto — objetou o secretário particular. — Ahotep tem o apoio incondicional de Teti, a Pequena, que todos os tebanos veneram, e ela está ressuscitando a caserna, na qual se engajaram inúmeros camponeses que, até então, trabalhavam para o senhor. Não passa de um exército de miseráveis, é verdade, mas são mais bem pagos do que nas suas terras, e obedecem a ela.

— Sinto deixá-los tão cedo — lamentou o ministro da Economia —, mas fui convocado ao palácio no fim da manhã, e Ahotep não gosta de esperar.

Os outros funcionários imitaram-no, cada um deles alegando uma tarefa urgente.

— Que bando de covardes! Felizmente você, meu secretário particular, ainda é fiel. Juntos, vamos elaborar uma contra-ofensiva.

— Estou desolado, mas sou escriba e não tenho a menor inclinação para a criação de aves. Heray me ofereceu um posto mais de acordo com a minha capacidade.

— Saia daqui, canalha!

À beira de um ataque de nervos, o ministro tomou metade de uma pequena jarra de vinho de tâmaras.

Como é que essa garota conseguira tão rapidamente destruir suas posses e mudar para o lado dela os homens experientes por cuja carreira ele era o responsável?

Recuperando o controle, chegou a uma conclusão inquietante: a jovem rainha era realmente perigosa e, portanto, capaz de outros feitos.

Precisava informar, o mais rapidamente possível, seus amigos hicsos, para quem há muito tempo mandava notícias sobre o que se passava em Tebas.

A Tebas que ele não considerava como seu lar e cuja destruição veria com imenso prazer.

Foi com um alívio evidente que o ministro da Economia recebeu a notícia da supressão do seu cargo. O velho homem não desejava nada além de uma tranqüila aposentadoria e agradeceu à rainha por concedê-la.

Em menos de uma semana, Ahotep conseguiu desmantelar um governo-fantoche e para concentrar o poder num círculo estreito formado por sua mãe, o marido, o intendente Qaris e o chefe dos celeiros Heray. Ela não escolhera este último por acaso: ele sempre protestara contra a ocupação dos hicsos, e Qaris adotara-o como assistente.

Faltava resolver o problema apresentado pelo general-de-exército tebano, relacionado a um exército tão fantasmagórico quanto as camadas matinais de nevoeiro no outono, rapidamente dissipadas pelo sol.

Mesmo sendo o mais velho dos dignitários, o oficial superior ainda tinha um belo porte.

— Estou às vossas ordens, Majestade.

— De quantos homens dispomos?

— Em teoria, de quinhentos. Na realidade, não mais do que uns quarenta soldados de verdade. Por que eu recrutaria outros se Tebas não pensa em resistir aos hicsos?

— Agora, a situação mudou — retificou Ahotep.

— Tanto melhor, Majestade! Posso dar-vos um conselho?

— Pode falar.

— Mantenhais à mostra um bando de incapazes que se exibirão como sendo o exército oficial. Esse engodo continuará a deixar os hicsos contentes. Criai uma unidade secreta na qual serão formados verdadeiros guerreiros, aptos a manejar todos os tipos de arma. Isso será demorado, mas eficaz. E não vejo outro meio de preparar um autêntico exército de libertação.

— Quer encarregar-se dessa tarefa?

— Não tenho mais forças, Majestade. A doença me corrói, e eu resisti até agora com a louca esperança de que alguém devolveria a Tebas a altivez perdida. Agora que estais aí, posso morrer tranqüilo.

Na mesma noite, o velho general exalou o último suspiro, e Seqen foi nomeado chefe do exército.

Depois de hesitar por muito tempo, o ex-ministro da Agricultura tomou a única decisão possível: ir pessoalmente a Avaris e transmitir a informação ao imperador. A insignificante revolução tebana, com certeza, não iria longe, mas Apófis seria grato a ele por sua plena e total fidelidade.

Depois da derrocada, o ex-ministro havia sido abandonado por todos e não confiava em mais ninguém. Entregar a correspondência a um mensageiro, mesmo generosamente pago, seria perigoso demais. Deixar Tebas, suas terras e seus bens exasperava-o, mas voltaria logo com o exército hicso e se vingaria com uma crueldade que a orgulhosa Ahotep de imaginar.

— Posto de controle à vista — anunciou um dos carregadores.

— Parem — ordenou o ex-ministro, que desceu da cadeira e avançou na direção dos soldados.

Tão perto de Coptos, deviam ser elementos pró-hicsos; caso contrário, o desertor retrocederia e iria por outro caminho.

— A milícia do imperador — declarou um sujeito corpulento, armado com uma azagaia.

— Sou o ministro tebano da Agricultura e preciso chegar o mais rapidamente possível a Avaris para encontrar nosso soberano.

— Você, um tebano, reconhece a autoridade de Apófis?

— Trabalho para ele há muito tempo! Sou os olhos e os ouvidos dele em Tebas. Se me escoltarem até a capital, receberão uma bela recompensa.

— Então — disse Seqen com voz grave, surgindo atrás do ex-ministro —, Ahotep tinha razão: você é mesmo um traidor.

30

O ex-ministro estava a ponto de desfalecer.

— Não somos milicianos hicsos — explicou Seqen — e sim fiéis servos da rainha. Nós o seguimos desde a saída para saber aonde você ia e interceptá-lo antes que passasse para o lado inimigo.

O traidor ajoelhou-se.

— Não me faça mal, eu suplico! Estou arrependido, muito arrependido...

— Dê-me os nomes dos seus cúmplices.

— Eu... eu não tenho cúmplices!

— E ainda ousa mentir!

— Não, eu juro... Era eu, e ninguém mais, que mandava as informações para o imperador, mas só relatava as pequenas coisas, coisas muito pequenas, e para o bem de Tebas.

Seqen e seus homens arrastaram o ex-ministro até a margem do Nilo.

O faraó jogou na água um crocodilo de cera.

Menos de um minuto depois, a água borbulhou. E surgiu a boca escancarada de um enorme réptil.

— Se não falar, este será o seu carrasco.

Tremendo de medo, o traidor denunciou todos os cúmplices, entre os quais figuravam um lavadeiro do palácio e um oficial que servia de mensageiro.

— Que o deus Sobek decida a sua sorte.

Os tebanos pegaram o traidor pelos tornozelos e jogaram-no no rio, que não demorou a ficar vermelho de sangue.

Seqen tomou Ahotep nos braços.

— Você estava certa. Os membros da rede dos hicsos em Tebas foram presos e executados. Doravante o imperador ficará surdo e cego.

— Mas há um senão: ele deve pensar que o ministro ainda está vivo e em atividade. Regularmente enviaremos mensagens informando que Tebas continua a morrer lentamente, sem nenhuma vontade de resistir.

Teti, a Pequena, interrompeu-os.

— Uma carta oficial de Avaris: Apófis exige que Tebas lhe envie uma estela afirmando que a cidade do deus Amon o reconhece como faraó do Alto e do Baixo Egito.

— Nunca! — exclamou Seqen. — Uma declaração de guerra é o que vamos enviar-lhe.

— Ainda não estamos preparados — lamentou Ahotep. — Se quer uma estela, ele a terá. Mas o escultor modificará a maior parte dos hieróglifos com tanta habilidade que só uma pessoa avisada antecipadamente poderá notar. Ele deverá quebrar as asas dos pássaros, pregar no chão as serpentes e impedir que os sóis brilhem. Ninguém abrirá a boca dessa estela, ninguém a tornará viva. O imperador receberá uma pedra morta.

Apófis contemplou a estela com um muxoxo de desdém.

— A arte dos Sesóstris está mesmo desaparecida... Os escultores de Tebas não têm nenhum talento. O que você acha, Tany?

A esposa do imperador comia um bolo pesado e gorduroso.

— Detesto a arte egípcia, em qualquer das suas formas! É, realmente, a arte de um povo escravo.

— No entanto, foi dele que você veio — lembrou Ventosa*, a magnífica irmã caçula de Apófis.

Alta, magra, de tipo eurasiano, Ventosa estava encarregada de mobiliar o palácio de Avaris com obras-primas provenientes das cidades do Delta. Taças de faiança azul decoradas com flores de lótus, perfumadores, lamparinas com o formato de flor-de-lis, camas ornamentadas com as divindades protetoras do sono, cadeiras de sicômoro de elegância inigualável... Embora indiferente a essas maravilhas, Apófis podia considerar-se um verdadeiro faraó.

— Agora pertenço ao povo hicso — protestou a rainha Tany. — Graças a mim, os egípcios ricos e arrogantes não passam de escravos. Esses pretensiosos prosternam-se diante de mim.

Ventosa deu de ombros. Desprezava a horrenda esposa de Apófis.

---

* Tradução hipotética do egípcio *Tjarudjet*.

— Os egípcios foram pervertidos pela liberdade que usufruíam — lembrou o imperador. — Nossa lei exige que toda mulher seja submissa a um macho, o único capaz de tomar decisões.

— Não é a leoa que vai à caça e traz o que comer?

— Não me desafie, querida irmã, está tomando a defesa dos escravos?

— A política não me interessa. Só me preocupo com o que é belo.

— Perfeito. Continue assim.

Lançando um olhar desdenhoso para a gorda Tany, Ventosa saiu, deixando um rastro de perfume de lótus.

— Sua irmã me detesta — queixou-se ela. — Deveria mandá-la de volta para a Ásia.

— Ela me presta serviço — revelou o imperador.

— Ah!... De que jeito?

— Ventosa ama o amor, e nenhum homem resiste a ela. Como gosta do Egito, impus minhas condições para que possa permanecer aqui: dormir com os principais dignitários do império e conseguir que eles lhe façam confidências na cama. Assim, fico ciente dos vícios e das ambições deles. Se algum desses homens vier a criticar-me, será eliminado.

— Então, ela vai ficar muito tempo em Avaris!

— Ficará enquanto eu estiver satisfeito com ela.

— O meu trabalho não é menos eficiente!

— Eu sei, Tany, eu sei... E não diminua seus esforços.

A esposa do imperador exibiu um sorriso selvagem.

— Ontem, minha grande amiga Abéria prendeu a viúva do prefeito de Saís, que se escondia sob os andrajos de uma serva. Há meses procurávamos essa terrorista, denunciada por uma das antigas servas.

— Ela pertencia a uma rede de resistência?

— Não. A senhora Abéria torturou-a com as próprias mãos antes de estrangulá-la, e a mundana não lhe escondeu nada, pode ter certeza. Disponho de uma lista de nobres egípcios que ainda se ocultam, com a esperança insensata de escapar. Mas Abéria irá encontrá-los.

A estela proveniente de Tebas ficou exposta no templo de Seth, onde se reunia o grande conselho cujos membros eram portadores de excelentes notícias. A expansão do império hicso prosseguia sem que seus exércitos lutassem, as novas práticas comerciais enriqueciam os ambiciosos e mantinham o povo num estado de submissão do qual não sairia mais, o Ministério da Informação fabricava quantidades impressionantes de escaravelhos que levavam os desígnios do imperador às menores localidades.

O mundo tornava-se hicso.

Esse triunfo os conquistadores deviam a Apófis, que inspirava a todos os seus interlocutores um medo visceral. Qualquer um que o desagradasse via a carreira interrompida e, às vezes, a vida. Até os mais corajosos tremiam ao ouvir a voz rouca do imperador anunciar suas decisões, que ninguém ousava contestar.

Khamudi bebia as palavras do chefe e apressava-se a traduzir o desejo dele em atos. Cada dia mais rico, graças à indústria do papiro e do escaravelho, a alma-danada do imperador constatava prazerosamente o poder da fortuna. Podia comprar todos que queria e quando queria.

— Quais foram os resultados da emboscada? — perguntou Apófis.

— Vários resistentes foram interceptados e decapitados em Heracleópolis, Majestade. Eles tentavam chegar a Tebas.

— Que a armadilha continue preparada — ordenou o imperador. — Não estou certo de que o homem mais perigoso tenha caído na cilada.

— A estela enviada por Tebas prova que a veleidade de insubmissão desapareceu — regozijou-se Khamudi. — Aliás, a última carta do ministro da Agricultura confirma que Teti, a Pequena, não é capaz de agir.

— Vamos controlar a arrecadação fiscal, Grande Tesoureiro; tenho o pressentimento de que algumas províncias estão atrasadas.

31

O Afegão e o Bigodudo precisaram de muitas semanas para agrupar os resistentes que haviam escapado do massacre de Mênfis. Todos estavam com o moral abalado, a maioria queria voltar para casa e submeter-se ao invasor. O Bigodudo conseguiu convencê-los de que, assim, estariam assinando a própria sentença de morte e que ela só lhes seria concedida depois de longas torturas.

Aos poucos, o corporativismo acabara vencendo. O Afegão não deixava ninguém descansar e submetia o grupo a um treinamento físico intensivo, no qual a luta sem armas desempenhava o papel principal. Durante o exercício, não se pensava em nada, além de realizar o movimento certo, evitando ferimentos e golpes baixos.

Os resistentes não ficavam mais do que uma semana na mesma fazenda. Explorados e maltratados pelo invasor, os camponeses acolhiam calorosamente aqueles que ainda acreditavam na liberdade. O

Afegão começava a tecer a teia desfeita em Mênfis e verificava os lugares seguros para comer e repousar. Ele insistia na essencial diferença existente entre os simpatizantes e os verdadeiros membros da rede. Os primeiros pareciam ser cada vez mais numerosos, mas contar com eles em caso de conflito era uma ilusão; e para formar os outros, seriam necessários vários meses.

Tão desconfiado quanto o Afegão, o Bigodudo submetia os postulantes a múltiplas provas antes de aceitá-los no grupo. Também tomava o cuidado de compartimentar a rede para evitar sua destruição no caso de algum espião de Apófis conseguir infiltrar-se.

E a informação chegou até ele: os hicsos haviam organizado uma emboscada na altura de Heracleópolis. Todos os que tentavam ir a Tebas eram detidos.

— E nós — lamentou-se o Bigodudo — estamos encurralados com hicsos tanto no norte, como no sul! Vamos morrer como feras selvagens, no fundo do covil.

— Claro que não, meu amigo. Estamos ampliando o covil. E, se morrermos, será em combate.

— Ainda crê nisso?

— No íntimo você também acredita. Atualmente, o adversário é mil vezes mais forte do que nós, e seria loucura enfrentá-lo diretamente. Mas não será sempre assim... Aprenda a ter paciência, é a única virtude que lhe falta.

Um dos tenentes do Bigodudo interrompeu-os.

— Está acontecendo uma coisa estranha na cidade vizinha: guardas hicsos pegaram um viajante e preparam-se para torturá-lo na forja. Talvez devêssemos intervir...

— É muito arriscado — avaliou o Afegão.

— E se o infeliz pertencer a uma rede que tenta contactar-nos?

— Ele tem razão — disse o Bigodudo. — Eu vou lá.

— Não sem mim — retorquiu o Afegão.

Os seis guardas hicsos eram especialistas em interrogatório. Designados para vigiar a estrada à beira do deserto, haviam interpelado o estranho viajante que vinha do sul.

De aparência franzina, o rapaz revelara-se mais duro do que o previsto. Nem a sucessão de golpes, nem os profundos ferimentos causados pelo chicote fizeram-no falar. Entretanto, o chefe do destacamento conhecia um método que transformava um mudo em tagarela.

— Está vendo o fogo desta forja, seu espião repugnante? Ainda há algumas brasas... Se continuar calado, vai provar deste fogo! Depois, você não terá mais rosto.

O prisioneiro levantou os olhos aflitos para o carrasco.

— Eu não sei nada, nada mesmo!

— Pior para você.

O cheiro da carne queimada foi acompanhado de gritos tão insuportáveis que um hicso resolveu estourar a cabeça do supliciado com uma pedra.

— Você o matou, imbecil! — protestou o chefe. — Como quer que ele fale agora?

O torturador não teve tempo de responder, porque foi atingido por uma flecha no peito.

O Afegão abateu sozinho dois outros hicsos, enquanto o Bigodudo enfiava a azagaia nos rins do quarto homem, antes de estrangular o quinto, dando vazão à raiva.

O chefe, único sobrevivente, ficou frente a frente com o Afegão, cujo olhar o deixou aterrorizado.

— Sou um guarda do imperador... Se me tocar, será condenado!

— Deixe-o para mim — exigiu o Bigodudo.

O guarda tentou fugir, mas o Egípcio era muito mais rápido do que ele. Pegando-o pelo cabelo, arrastou-o até a forja.

— É a sua vez de provar o fogo.

O chefe do destacamento hicso debatia-se em vão. Com o rosto enfiado na brasa, sua língua foi queimada ao abrir a boca para gritar.

Indiferente à horrível agonia, o Afegão examinava o cadáver do egípcio.

— Venha ver, Bigodudo... Ele tem um pedaço de linho costurado na túnica. E um sinal estranho desenhado com tinta vermelha.

— Parece o disco da lua em cima da barca.

— Sem dúvida uma mensagem... Mas esse infeliz não pode revelar o significado. Em todo caso, ele assumiu um grande risco para transmiti-la.

— Quem seria o destinatário?

— Com certeza não eram os hicsos.

— Então — aventou o Bigodudo —, ele procurava pelos resistentes! Imagino que seja um enviado de Tebas!

— Nada de muito otimismo, mas vamos guardar esse sinal na memória.

O Afegão rasgou o pedaço de linho e queimou-o. Se, por acaso, fosse um código de adesão, deveria permanecer secreto tanto quanto possível.

— Será que há outro mensageiro? — preocupou-se o Bigodudo. — Talvez a cidade de Amon esteja mandando um último pedido de socorro.

— Será que a lua é o símbolo da cidade?

— Não que eu saiba.

— Vamos esquecer Tebas e pensar que pode ser um pequeno grupo de insubmissos que tenta dar-se a conhecer.

— Como encontrá-los?

— Só há uma opção: ir mais ao sul.

— Vamos dar de encontro com as patrulhas dos hicsos!

— Assim saberemos onde elas estão.

A despeito da barriga que aumentava a cada dia, Ahotep ainda continuava ativa. Ao ressuscitar os circuitos econômicos tradicionais no enclave tebano e ao castigar os fraudadores, ela havia restabelecido a confiança. Os tebanos não mais se espionavam uns aos outros, nem se fechavam com medo do amanhã, os laços de amizade foram restabelecidos e elogiados os méritos de Ahotep, que visitava os doentes e conseguia comida para os mais desfavorecidos. Consciente de que não era hora para grandes discursos, a jovem rainha preocupou-se primeiro com o dia-a-dia do povo.

— Teve notícias dos mensageiros? — perguntou ela a Qaris.

O semblante do intendente ficou sombrio.

— Infelizmente, nenhuma, Majestade. Com certeza nenhum deles sobreviveu. Temo que seja impossível atravessar as sucessivas barreiras implantadas pelos hicsos. É provável que não haja nenhum resistente ao norte de Coptos.

— Estou convencida do contrário, Qaris! Que os covardes, os medrosos e os colaboradores sejam a maioria, eu concordo... Mas alguns, mesmo oprimidos, mesmo perseguidos, nunca se curvarão. São esses que precisamos contactar.

— Enviar outros homens para a morte certa parece-me impensável, Majestade.

— É preciso romper o nosso isolamento e saber com quem podemos contar. Sem comunicação com o exterior, Tebas irá definhar.

Qaris hesitou.

— Talvez um dos nossos últimos aliados, se é que ele ainda faz parte deste mundo, possa nos ajudar... Mas não quero lhe dar muitas esperanças.

— Em quem está pensando?

— Em Babay, o velho sábio de El-Kab que, antigamente, dispunha de excelentes mensageiros. Se ainda estiverem aptos a cumprir as missões, eles nos serão muito úteis.

— Vou imediatamente para El-Kab.

— Majestade, no vosso estado...

— Só um estado me preocupa, Qaris: o estado do meu país.

32

Ahotep e Seqen tomaram o caminho que ladeava as terras cultivadas para ir a El-Kab*. Eram escoltados por dez jovens soldados, dispostos a dar a própria vida para salvar a rainha que, quando vencida pelo cansaço, aceitava sentar-se numa liteira de madeira de sicômoro.

Durante a viagem, em marcha forçada, o pequeno grupo não foi vítima de nenhuma surpresa desagradável. Só cruzou com alguns camponeses amedrontados, que se abstiveram de fazer perguntas e refugiaram-se nos miseráveis casebres de barro.

Era evidente que a província havia sido quase totalmente abandonada e que os hicsos a desdenhavam, a ponto de não deixar ali nenhuma unidade de ocupação.

* Antiga Nekhen, 80 quilômetros ao sul de Tebas.

As cercanias da velha cidade de El-Kab não tinham nada atraente: árvores abatidas, pastos abandonados, cadáveres de vacas... A ventura parecia ter abandonado definitivamente o lugar.

— Vamos voltar — recomendou Seqen. — Esta cidade não deve ter nada além de ruínas.

— Vamos nos certificar — exigiu Ahotep.

— Provavelmente os saqueadores ocupam o local e não somos numerosos.

— Quero saber se Babay ainda está vivo.

Seqen foi o primeiro a atravessar a grande porta aberta do muro que cercava a cidade. Os batentes haviam sido arrancados, o posto da guarda fora devastado.

No meio da rua principal, um cachorro morto.

— Dois batedores — ordenou Seqen. — Um à esquerda, outro à direita.

Aqui e ali, uma casa incendiada. Por toda a parte, cacos de cerâmica, pedaços de móveis destruídos a machadadas, farrapos de roupas.

Porém, não encontraram vivalma.

O antiqüíssimo templo da deusa Nekhbet, mãe do faraó, e de quem ele usava os títulos não fora poupado. Estátuas quebradas e colunas degradadas davam o testemunho dos sofrimentos.

— Lá, alguém! — gritou um batedor.

Sentado no umbral do templo coberto, um homem bem velho lia um papiro.

Ele nem levantou a cabeça com a aproximação dos visitantes, indiferente à sorte que o aguardava.

— Você é Babay, o sábio? — perguntou Ahotep.

O velho não respondeu.

— Afastem-se — ordenou ela aos soldados.

Quando eles estavam a uma boa distância, a jovem usou seu maior argumento.

— O faraó Seqen e a rainha Ahotep precisam da sua ajuda para salvar o Egito.

Com uma lentidão quase insuportável, o ancião começou a enrolar o papiro.

— A luz divina pôs o faraó na terra para trazer harmonia em vez de desordem, para que os deuses permanecessem favoráveis, para fazer justiça e rejeitar a injustiça — lembrou Babay. — Ele não está acima de Maât e deve ser seu servo, protegendo os que a praticam. Era assim antes da invasão. Agora, não há mais faraó algum na terra do Egito.

— Está enganado — objetou Ahotep. — Seqen foi coroado em Karnak.

O velho sábio lançou um olhar duvidoso ao jovem casal.

— Os hicsos destruíram Karnak.

— Asseguro que não, Babay! Minha mãe, Teti, a Pequena, preservou a independência de Tebas, cujo templo está intacto. Os hicsos acreditam que somos submissos e inofensivos, mas trabalhamos na surdina para reconquistar o Egito.

— Rainha Ahotep... O deus lua vos protege e dá o sentido do combate. Então sois o novo casal real, sem exército, nem país.

— Formaremos nossos soldados, um a um — prometeu Seqen.

O velho rasgou o papiro.

— Ajudai-me a levantar.

Apesar da idade, Babay era robusto e pesado.

— O faraó Seqen e a rainha Ahotep... Antes de morrer, pude ter o mais belo dos sonhos!

— O que aconteceu a El-Kab? — perguntou Ahotep.

— Três embarcações de guerra dos hicsos acostaram aqui há dois meses. Os invasores devastaram os campos e a cidade, mataram os poucos resistentes e levaram a população para o norte, onde ela será reduzida à escravidão. Eles me pouparam para que eu escrevesse o texto do castigo infligido a quem ousar manifestar-se contra o imperador. Acabei de destruir esse texto. Vamos à minha casa.

Babay conduziu o casal real até a sua residência, uma pequena casa de dois andares situada nas proximidades do templo.

Antes de entrar, o velho contemplou a cidade devastada.

— Se sois realmente um rei e uma rainha, não deveis negociar com os bárbaros que destruíram esta cidade e martirizaram seus habitantes.

Os saqueadores só haviam deixado uma esteira e uma paleta de escriba usada.

Babay sentou-se.

— Estou cansado... muito cansado para pegar em armas.

— Qaris, o nosso intendente, acha que você pode nos ajudar — expôs Ahotep. — De acordo com ele, você tem excelentes mensageiros.

Babay sorriu.

— Excelentes e eficientes, é verdade... Mas provavelmente estão mortos.

— Você não tem certeza?

— Há muito tempo que não recorro a eles. Vamos subir ao terraço, vou chamar o chefe.

O ancião assobiou baixinho uma ária ritmada, com os graves e os agudos bem marcados.

Logo apareceu um magnífico pombo, branco e bege, que pousou aos pés de Babay.

— Você ainda está vivo, Filu! Traga-me os outros.

O pássaro saiu voando para o céu. Pouco tempo depois, voltou com outros seis pombos-correios.

— Todos vivos! — exclamou Babay, emocionado. — Então os deuses não nos abandonaram... Levei mais de um ano para treiná-los e preciso ensinar-vos a dar as ordens corretas. Quando o vosso espírito entrar em comunicação com o deles, os pombos irão aonde mandardes e voltarão ao ponto de partida.

Desde as primeiras experiências, Ahotep percebeu que a inteligência dos pássaros era excepcional. Eles compreenderam rapidamente que a rainha substituiria Babay e que, doravante, deviam executar as ordens dela.

— Concedei-lhes uma semana, Majestade, e esses pombos serão fiéis mensageiros que nunca vos trairão.

Capazes de percorrer mil e duzentos quilômetros de uma vez, os alunos de Babay voavam à velocidade de oitenta quilômetros por hora, sem perder o norte, graças à capacidade inata de orientação, em função do magnetismo terrestre. O fato de serem poucos era uma deficiência passageira, porque uma fêmea punha dois ovos dez dias depois do acasalamento, e em menos de um mês, depois que nasciam, o aprendiz de pombo podia começar a trabalhar.

— Que recrutas formidáveis! — entusiasmou-se Seqen. — Graças a eles, o bloqueio dos hicsos será ineficaz!

— Você não deve ficar aqui — disse Ahotep ao velho. — Vamos levá-lo para Tebas.

— Isso está fora de cogitação, Majestade. Eu nasci aqui e aqui passei toda a minha vida. Para mim não existe lugar mais belo. Algum dia, se respeitardes a lei de Maât e fordes suficientemente poderosa para vencer os obstáculos, as derrotas e as traições, devereis voltar a El-Kab e devolver-lhe o esplendor do passado.

— Não podemos abandoná-lo — insistiu Seqen.

— Dai-me um pouco de vinho, Majestade.

O ancião bebeu no gargalo da ânfora, devolveu-a e apoiou a cabeça nas almofadas.

Sereno, Babay acabava de morrer.

33

O Gordo, o Magro, o Barbudo, o Sangüíneo, o Impaciente e seus colegas tinham um ponto em comum: todos praguejavam contra Ahotep, que os arrancara da rotina para atribuir-lhes a função de lavadeiros. Precisavam mergulhar as roupas, os esfregões e tecidos diversos em grandes caldeirões, enxaguá-los em água limpa, torcê-los, bater neles com pás de madeira, pendurá-los para secar, dobrá-los de modo impecável e, às vezes, até perfumá-los. As donas de casa tebanas haviam recuperado o gosto pela limpeza, e a cidade inteira voltou a ficar impecável, até mesmo os bairros populares.

O trabalho era tão penoso que os lavadeiros esqueceram a ameaça dos hicsos e só pensavam nas condições de trabalho, que queriam melhorar, reclamando com o contramestre.

— Vamos parar — decidiu o Sangüíneo.

— Eu não assumo esse tipo de risco — declarou o Magro. — A princesa é capaz de mandar os guardas atrás de nós.

— Vamos parar porque não temos sabão. Logo, é impossível lavar direito.

— Ele está certo — acrescentou o Gordo.

O Impaciente deixou de lado a pilha de roupa suja das mulheres. Como delegado do pessoal, transmitiu os veementes protestos que o contramestre, encarregado das túnicas de linho delicadas, escutou com atenção.

— Isso estava previsto — revelou ele.

— O que estava previsto... Nosso legítimo protesto?

— Não, a falta de sabão!

— Já que é assim, não vamos voltar ao trabalho.

— Podem descansar até que seja feita a entrega. Ah! Já está chegando.

Com um passo tranqüilo, Vento do Norte trazia para os lavadeiros uma boa quantidade de sabão à base de calcário e de gorduras vegetais.

O burro não vinha sozinho. Bem atrás dele estava Ahotep, resplandecente na túnica amarelo-claro.

Ao vê-la, até o Impaciente ficou boquiaberto.

— Por todos os deuses, como ela é bonita — murmurou o Sangüíneo.

De um dos sacos que o burro carregava, Ahotep tirou uma jarra.

— Eis uma boa cerveja para o almoço. Como o palácio está satisfeito com o trabalho de vocês, todos serão aumentados. Além disso, o contramestre está autorizado a contratar aprendizes, para tornar o peso da tarefa suportável.

Ninguém mais pensou em protestar.

— Beberemos à vossa saúde, Majestade — prometeu o Gordo —, e à saúde do filho que carregais!

Ahotep havia estabelecido rigorosas regras de higiene. Do ponto de vista dela, isso era a base da luta armada. Quando a sujeira vencia, o moral esfacelava-se e o medo e a preguiça invadiam as almas. A cada dia, os tebanos deviam ir reconquistando sua dignidade, e ela dependia da limpeza do corpo, das roupas e das casas. Equipes de limpeza das ruas e das ruelas completavam o trabalho de particulares, e logo se percebeu a transformação. De novo, os tebanos residiam numa cidade formosa.

A modesta vitória contra a desesperança dava um novo sentido à vida deles. Em vez de ficarem entediados aguardando algum desfecho, eles voltavam a se falar e a ajudar uns aos outros.

— As mulheres voltaram a maquiar-se e a embelezar-se — disse Teti, a Pequena.

— Melhor assim! — julgou Ahotep. — A beleza também ajuda a recuperar a vontade de ser livre.

— Infelizmente, em breve faltarão cosméticos. As reservas do palácio estão quase esgotadas e os fabricantes trocaram Tebas por Edfu.

Edfu, uns cem quilômetros ao sul, agora uma zona ocupada...

— O governador Emheb era um dos nossos sustentáculos mais fiéis — indicou Qaris. — Como saber se ainda está vivo? Supondo que esteja; de que autonomia dispõe? Impossível usar os pombos sem um contato preliminar.

— Só há uma solução: verificar pessoalmente.

— Você não, Ahotep! — protestou Teti, a Pequena.

— Quem desconfiaria de um pobre pescador e sua mulher grávida?

A barca era modesta, a vela remendada, os remos danificados, mas o vento do norte soprava com regularidade, permitindo que Seqen e Ahotep avançassem numa boa velocidade em direção a Edfu.

O jovem faraó mudara muito.

À força de treinamentos e de exercícios intensivos, o rapaz fracote havia adquirido envergadura de um atleta.

— Sente-se preparado para ser pai?

— Graças a você, sinto-me preparado para vencer todos os combates.

O jovem casal passou uma noite de encantamento na barca desconfortável, escondidos num bosque de papiros. Sozinhos no mundo por algumas horas, sabiam que o amor que sentiam um pelo outro, violento como a tempestade e delicado como a luz do outono, dava-lhes uma força que nenhuma provação poderia corroer.

Ao amanhecer, eles continuaram a viagem.

Nas proximidades de Edfu, um barco de guerra hicso intimou-os a parar. Seqen amainou a vela e curvou-se, como um escravo submisso.

— Quem é você e de onde vem? — perguntou um oficial de olhos puxados.

— Sou um pescador de Edfu e estou voltando para casa.

— Esta é sua mulher?

— Sim, senhor, e espera o nosso filho.

— Mostre-me o que pescou.

Seqen abriu um cesto de vime, onde havia três percas de tamanho médio.

— Precisa pagar o pedágio.

— Mas, senhor...

— Não discuta e dê-me esses peixes.

— Vamos ter um filho e preciso vendê-los...

— Não discuta, já disse! No futuro, mantenha-se mais perto da cidade.

A pequena barca acostou entre dois esquifes, presos por cordames de papiro enrolados em estacas plantadas na margem.

Seqen ajudou Ahotep a descer em terra firme.

Um homem simples e ríspido interpelou-os.

— Quem são vocês?

— Pescadores.

— Muito me admira! Eu sou um deles e conheço todos os pescadores do lugar. Vocês não são daqui.

O que leu nos olhos do interlocutor incitou Ahotep a revelar uma parte da verdade.

— Viemos de Tebas.

— Tebas... Mas a cidade do deus Amon foi destruída!

— Os hicsos mentem. Tebas está intacta e não aceita a opressão.

— Intacta... Então a vida ainda existe!

— Edfu foi ocupada?

— O exército de Jannas massacrou a milícia local e pilhou nossas riquezas, depois partiu em direção ao norte. O almirante deixou guardas no local. Faz mais de três meses que não ouso ir à cidade, com medo de ser preso.

— O governador Emheb foi poupado?

— Não sei. E não tentem entrar em Edfu. Jamais sairão de lá.

— Qual é o acesso menos vigiado?

— A porta leste. Mas não cometam essa loucura!

— Aceita ajudar-nos?

— Eu, não. Minha vida não é das melhores, mas sou apegado a ela. Talvez meu irmão consinta em acompanhá-los, como se vocês fossem pescadores que se dirigem ao mercado para vender os peixes. Ele dá dinheiro aos guardas para poder trabalhar.

O irmão concordou.

Ao ver o casal afastar-se com o irmão em direção à cidade, aquele homem ríspido fez uma cara de quem nada entendia. Por que aquele jovem robusto e sua bela esposa grávida se jogavam assim na goela de um monstro?

34

Os subúrbios de Edfu estavam praticamente em silêncio. As mercadorias eram trocadas, reduzindo-se ao mínimo os procedimentos de troca, e mantinha-se permanentemente um olho nos guardas hicsos que percorriam todo o tempo as ruelas e praças. Eles detinham qualquer um por qualquer pretexto, e ninguém regressava ileso dos interrogatórios. Na melhor das hipóteses, o suspeito saía com os membros quebrados; na pior, ele era deportado para uma mina de cobre.

O irmão do pescador deixou Ahotep e Seqen perto do templo de Hórus. Traves de madeira obstruíam a entrada, porque o imperador proibira a celebração do culto ao falcão divino, protetor do Faraó. Doravante apenas Seth de Avaris devia ser considerado como tal.

Um vendedor de amuletos, tão feios quanto ineficazes, aproximou-se do casal.

— Eles não são caros e protegerão seu filho. Dou-lhes quatro pelo preço de dois.

— Procuramos o governador Emheb — disse Seqen.

O vendedor afastou-se, apressado.

— Por que todos se recusam a falar de seu governador? — interrogou Ahotep. — A não ser que ele tenha se vendido aos hicsos.

— Encontrarmos a resposta que viemos buscar — concluiu Seqen. — Vamos embora.

O casal passou ao lado do muro sul do templo e se dirigiu para os subúrbios.

Mas, desta vez, na porta leste, havia guardas hicsos armados com espadas e bastões. Qualquer tentativa de fuga fatalmente resultaria em fracasso.

Alguns camponeses saíram da cidade sem qualquer interrogatório. Seqen e Ahotep seguiram atrás deles.

— Vocês dois — perguntou um guarda —, aonde vão?

— Para a nossa barca — respondeu Seqen. — Somos pescadores.

— Parece que andaram fazendo perguntas sobre o governador...

— Gostaríamos de encontrá-lo — reconheceu Ahotep.

— Qual o motivo?

— Suplicar que nos dê uma nova barca. A nossa está avariada.

— Essa história não tem lógica. Sigam-nos.

Seqen talvez conseguisse eliminar os três guardas que os levavam para o centro de Edfu, mas temia que Ahotep fosse ferida na escaramuça. Por isso, adotou outra estratégia: quando fosse levado à presença de Emheb, iria pegá-lo como refém.

O rei havia jurado a si mesmo que a rainha e ele sairiam incólumes daquela cidade.

O palácio do governador se assemelhava ao de Titi de Coptos. Escribas preenchiam papiros nos seus escritórios vetustos, guardas limpavam preguiçosamente suas armas e gatos errantes procuravam por qualquer pedaço de comida.

— Entrem ali.

Um depósito, escuro e sujo.

— Quando veremos o governador? — perguntou Seqen.

— Você é bem obstinado! Tranqüilize-se, você o verá.

A porta foi fechada.

Amontoados no chão de terra batida, viam-se sandálias gastas e trapos sujos.

Seqen examinou o local e notou um buraco na parede do fundo.

— Posso aumentá-lo. Fugiremos por ali!

— Nem pense nisso — retorquiu Ahotep. — É preciso enfrentar esse Emheb.

— E se eles nos tirarem daqui para nos executar?

— O governador nos receberá, tenho certeza. Vou me ajoelhar diante dele, pegar sua arma e ameaçar de cortar a garganta dele se não nos der um barco que leve nós três a Tebas. Esse traidor ainda não sabe, mas já é nosso prisioneiro.

Seqen abraçou a esposa. A suavidade da pele perfumada fez com que ele esquecesse a prisão malcheirosa.

Quando a porta se abriu, ainda estavam enlaçados.

— Sigam-me, pombinhos! — ordenou o guarda.

— Finalmente vamos ver o governador? — perguntou Seqen, com uma voz fraca e tímida.

— Andem, e rápido!

No centro do pátio, um cepo com um machado espetado.

Será que Seqen teria tempo para pegá-lo para abater o carrasco?

— Por aqui!

Eles se afastaram do lugar de suplício e foram empurrados para uma sala de audiências com quatro colunas, cuja pintura estava desbotada.

Um homem de corpulência impressionante parou diante dos prisioneiros. Tudo nele era grande: os olhos, o nariz, os ombros e até as orelhas! Barrigudo, ele dava a impressão de um *bon vivant,* mas o olhar duro desmentia essa aparência.

— É a mim que procuram, meus jovens?

— Se você for o governador Emheb, sim! — respondeu Seqen.

— Você, moça, mostre-me suas mãos.

Ahotep obedeceu.

— Elas são delicadas, bonitas, e não cheiram a peixe.

— É meu marido quem pesca.

Com uma vivacidade surpreendente num homem tão volumoso, Emheb rasgou a parte de cima da túnica de Seqen.

— Isto também não cheira a peixe! Quem são vocês realmente?

O governador não estava armado, os guardas se mantinham muito longe de Seqen para que ele pudesse pegar uma arma sem lutar. Eles teriam tempo de alertar os colegas e, se fossem muitos, o rei morreria. Além do mais, considerando o tamanho do pescoço de Emheb, seria impossível estrangulá-lo!

— Por que traiu seu país? — perguntou Ahotep, circunspecta.

A intensidade do olhar abalou o governador.

— Vocês são tebanos, não é?

— Hoje é o seu dia de glória, Emheb. Você e seus hicsos vão assassinar Ahotep, soberana das Duas Terras. Só peço um favor: poupe este camponês que foi obrigado a me acompanhar.

Ahotep queria salvar Seqen, mas este não deixaria os soldados hicsos porem as mãos em sua esposa.

O governador de Edfu ajoelhou-se.

— Sou vosso servo, Majestade. Mandai e obedecerei.

Os guardas imitaram Emheb.

— Eles não são hicsos — explicou —, e sim egípcios. Mandei eliminar um por um todos os esbirros do ocupante para substituí-los pelos meus homens, deixando o imperador acreditar que a cidade era totalmente submissa. Uma vez proclamado seu aliado, ele me delegou a tarefa de explorar a região e pagar-lhe impostos cada vez mais pesados. Minha única esperança consistia em lançar uma ofensiva, é bem verdade que destinada à derrota, mas que nos permitiria morrer dignamente.

— Levante-se, governador.

A emoção de Emheb era perceptível.

— Devo entender, Majestade, que Tebas está intacta e preparada para lutar?

— Esqueça o seu ataque suicida. Para formar um verdadeiro exército, precisamos de paciência e manter segredo.

— Sou o homem de que precisais, Majestade!

— Não só eu, Emheb. Você está na presença de meu marido, o faraó Seqen.

Ahotep pensou que o corpulento governador fosse desmaiar.

— Um rei... Nós temos um rei! Majestade, sois portadora de milagres!

— De imediato, precisamos de ungüentos, maquiagem e técnicos capazes de produzi-los.

Um largo sorriso animou o rosto aliviado de Emheb.

— Apesar das investigações, os hicsos nunca encontraram meus esconderijos de incenso e de estoraque! Também disponho de uma bela reserva de ungüentos de diversas qualidades, e podereis abastecer tanto os templos quanto as pessoas em particular. Quanto aos fabricantes, os melhores do Egito residem em Edfu. Muitos partirão para Tebas convosco. Vinde ver meus tesouros... Só estavam esperando por um novo casal real!

Com um entusiasmo comunicativo, o governador mandou abrir para os visitantes as criptas do santuário onde estavam guardados turíbulos, vasos e potes para ungüentos.

— Não vamos mudar nada — decidiu Ahotep. — Os hicsos devem continuar acreditando que El-Kab está morta e que Edfu agoniza.

35

Seqen andava de um lado para outro defronte à ala de parto.

— As parteiras são mesmo competentes? — perguntou a Qaris, quase tão nervoso quanto ele.

— São as melhores de Tebas, Majestade. Não deveis ficar preocupado.

— Ahotep estava sofrendo muito! Ela devia ter repousado nas últimas semanas. A ida a Edfu esgotou-a.

— Com todo o respeito, Majestade, a viagem foi coroada de tamanho sucesso que já podemos ver uma luz no futuro!

— Eu sei, Qaris, eu sei... Contudo, a rainha deveria poupar-se mais.

— Uma rainha do Egito é uma rainha do Egito — lembrou Qaris, fatalista. — E quando ela se chama Ahotep...

— Um parto não pode ser tão demorado!

— Nossos especialistas sabem enfrentar as situações mais difíceis.

— Se fosse no tempo das pirâmides, eu não teria dúvidas, mas garanto que na Tebas de hoje é bem diferente! Se surgir alguma dificuldade séria, nem Ahotep, nem nosso filho sobreviverão.

O intendente não teve coragem de desmenti-lo.

Seqen recomeçou suas idas e vindas.

Na hora em que o sol chegou ao ponto mais alto do céu, Teti, a Pequena, saiu da sala de parto carregando um bebê nos braços.

— É um menino magnífico!

Seqen não ousou tocá-lo.

— Ahotep?

— Está radiante de felicidade.

Elas eram três, uma morena, uma ruiva e uma de cabelos castanhos. Três viúvas cujos maridos, grandes proprietários de terras no Delta, haviam sido deportados pelos hicsos. Como tantas outras, elas poderiam ter sido vencidas pela tristeza. Entretanto, para honrar a memória dos desaparecidos, resolveram agir como autênticas egípcias.

Primeiro, elas próprias haviam assumido a função de sacerdotisas funerárias para que o *ka* dos esposos continuasse a viver. Em seguida, cuidaram da gestão de seus bens, unindo suas forças. Apesar do aumento dos impostos, as três mulheres conseguiram manter todo o seu pessoal e garantir para ele uma vida decente. Sua reputação estendeu-se por todo o Baixo Egito e acabou chegando aos ouvidos da esposa do imperador.

Quando a escultural Abéria, de mãos maiores do que as de um robusto camponês, apresentou-se na entrada da grande vila onde moravam as três viúvas, o porteiro ficou impressionado.

— Suas patroas estão aqui?

— Claro. Está procurando emprego?

— E você perdeu o seu.

As mãos da senhora Abéria fecharam-se em volta do pescoço do porteiro e partiram sua laringe. Abandonando o cadáver do bode expiatório, ela esbarrou em dois colonos.

— Vimos tudo, você é uma criminosa!

Uns cinqüenta soldados hicsos invadiram a propriedade. Massacraram todos que tentaram fugir e chicotearam os outros.

Calma, Abéria entrou no escritório onde as três viúvas, desatinadas, apertavam contra o corpo os papiros da contabilidade.

— Então são vocês, as últimas mulheres de negócios do país dos vencidos... Não sabem que essas práticas são contrárias às nossas leis? Mulheres como vocês devem ser submissas a um homem e não podem tomar nenhuma iniciativa. A partir deste instante, suas propriedades e seus bens estão confiscados!

— Pagamos regularmente os impostos — protestou a ruiva —, e nós...

Abéria esbofeteou-a tão violentamente que ela caiu semidesmaiada.

— Catem essa perdida — ordenou às outras duas viúvas — e sigam os soldados. O imperador atribuiu-lhes um outro trabalho.

A idéia da esposa agradara muito a Apófis: reunir em Avaris belas egípcias, outrora ricas, encerrá-las numa prisão formada de quartos com um conforto sumário e oferecê-las aos altos funcionários que quisessem deliciar-se com uma mulher, por um minuto ou um dia.

Ter acesso ao harém imperial passaria a ser um dos favores mais apreciados.

A senhora Tany efetuara pessoalmente a seleção, eliminando as mais velhas, que a senhora Abéria ficava radiante de estrangular antes de queimar seus cadáveres.

O regulamento do harém era simples: as aristocratas egípcias deviam satisfazer todos os desejos da casta dirigente. Aquela que choramingasse, protestasse ou ficasse doente acabaria entre as mãos de Abéria.

A esposa do imperador, sempre à cata de uma maquiagem que atenuasse sua feiúra, sentia imenso prazer em ver assim aviltadas a juventude e a beleza dessas mulheres, das quais ela deveria ser a serva.

Apófis sofria do fígado, seus tornozelos grossos tendiam a inchar. Os dissabores eram conseqüência de uma forte contrariedade, devida ao relatório de Khamudi sobre a Núbia.

O povo de guerreiros negros era submisso, é verdade, e regozijava-se com a queda de um Egito detestado. Porém, as tribos haviam escolhido um jovem rei, Nedjeh, cuja reputação de bravura e crueldade chegara a Avaris.

Levando a sério esses ecos desagradáveis, o imperador havia convocado o embaixador que, com regularidade, enviava para ele informações sobre a evolução dos aliados negros. O diplomata era um espião de peso e sabia tudo que se passava no Sul longínquo. Ex-general de infantaria, ele tinha tanto sangue nas mãos que nenhuma ação brutal o chocava.

Não havia sido um inimigo que o deixara caolho e sim uma pestinha. Uma garota que apanhara até a morte porque não lhe dera bastante prazer. A núbia tivera força suficiente para espetar um alfinete de osso em seu olho esquerdo antes de morrer.

— Uma idéia fabulosa, esse harém! — exclamou o Caolho quando o imperador entrou na sala de recepções onde o embaixador esvaziava sua segunda jarra de vinho branco. — Não saí de lá por três dias e presenteei-me com não sei quantas sublimes egípcias, tão refinadas que pensei estar sonhando. Isso realmente me tirou da rotina! Majestade, sois um gênio.

A lisonja não desagradava a Apófis, mas ele estava muito preocupado para apreciá-la.

— O relatório de Khamudi não é muito pessimista?

— Ele não fez mais do que repetir minhas palavras. Vosso braço direito é eficiente e impiedoso, entendemo-nos às mil maravilhas.

— Melhor assim, Caolho, melhor assim... Porém, já o vi menos temeroso em relação às tribos negras.

— Tenho um princípio: nunca atacar quando não estou certo de ganhar. Para exterminar esses animais selvagens, eu precisaria de tropas mais numerosas e mais aguerridas do que as do adversário. Atualmente, o caso é outro.

— E você se deixou dominar pela fúria?

— De alguma forma, sim, Majestade. Não vi esse Nedjeh crescer, pois meus agentes de espionagem diziam que ele não tinha futuro. Empalei um deles, pessoalmente, diante dos companheiros, para mostrar que eu não estava nada contente. Ao me apresentar diante de vós, sei que serei condenado à morte, e com razão. Foi por isso que me regalei no harém até a exaustão.

Apófis refletiu.

É fato que seus subordinados não tinham o direito de fracassar. Mas substituir o Caolho não seria nada fácil. Além disso, ele ficaria atento para não cometer outro erro. Então, a versão oficial seria uma adaptação da realidade: se Nedjeh havia sido nomeado chefe dos núbios, foi porque recebera a bênção do imperador.

— Você sairá daqui vivo — anunciou Apófis. — Como embaixador hicso, felicitará da minha parte o homem que federou os clãs.

O Caolho não acreditou no que ouvia.

— Vai dar-me um exército para liquidá-lo, Majestade?

— Combater os núbios no território deles apresenta inúmeras dificuldades, você sabe melhor do que eu. E não tenho nenhuma razão para declarar guerra aos meus súditos do extremo Sul.

— Ao norte do território, Nedjeh só controla Elefantina, mas não vai parar por aí.

— Será que ele é imbecil?

— Não creio.

— Ora, vamos, Caolho, ele sabe que provocar a fúria dos hicsos seria um erro fatal. Sem dúvida ele irá procurar reforçar seu poder na Núbia. Algum dia usaremos os talentos dele. Se ele vier a incomodar, vamos intervir. Volte para lá, procure agradá-lo e informe-me sobre todos os atos e gestos dele. E desta vez nenhum passo em falso!

Estupefato por sair da situação sem sofrer nada, o embaixador jurou a si mesmo que passaria mais uma noite no harém antes de partir em seu barco.

36

O faraó Seqen estava arrasado.

Os impostos exigidos pelos hicsos eram ainda mais pesados do que os do ano anterior. O imperador não se contentaria com uma nova estela em sua glória, e os controladores fiscais verificariam cada saco de grãos com o prazer sádico de condenar os tebanos à miséria. Aqueles que pensassem festejar o novo ano deviam desistir das comemorações.

É verdade que, graças à reorganização da agricultura tebana, que lhe tomava todo o tempo, Seqen conseguia satisfazer as exigências do invasor. Porém, os consideráveis esforços só estavam conduzindo ao desastre, porque a população do último enclave livre começava a perder as esperanças.

Fazia mais de dois anos que a rainha Ahotep morria lentamente de uma doença que os médicos tebanos eram incapazes de curar. A jovem dormia mais de quinze horas, tentava se levantar, cambaleava e era obrigada a se deitar novamente. Sua mente ficava confusa ao fim de alguns minutos, e ela afundava numa letargia da qual saía cada vez mais esgotada.

Só a esfuziante alegria do pequeno Kamés ainda trazia um pouco de felicidade ao palácio, que afundava na desesperança. Ahotep acertara ao escolher o nome dele, que significa "Aquele que nasceu da força vital", porque a criança engordava a olhos vistos.

Às vezes Seqen achava que a saúde da esposa havia passado para o corpo do filho, mas como poderia recriminá-lo? Houve tanta felicidade por ocasião do nascimento, sinônimo de futuro!

Na companhia de Qaris, Seqen olhava a maquete. Quase todo o Egito se tornara hicso, e a existência de pequenos grupos de resistentes no Norte ainda era uma ilusão.

— Provavelmente não será neste palácio que meu filho irá comemorar o próximo aniversário... Mas para onde ir? Não para o norte, menos ainda para o sul! Segundo as informações do governador Emheb, os núbios torturam e executam os egípcios que se recusam a colaborar. Eles tomaram posse das nossas antigas fortalezas, e o rei, Nedjeh, deve pensar em aumentar seu território.

— Apófis vai impedi-lo!

— Agora entendo por que ele não arrasou a nossa cidade: ela é uma armadilha para Nedjeh. Se o núbio atacar Tebas, será aniquilado pelo exército hicso.

Teti, a Pequena, interrompeu os dois homens.

— Venha rápido, Seqen. Ahotep quer vê-lo.

Pálido, o faraó correu para o quarto da esposa.

Ahotep expirava.

Ele apertou a mão da rainha com tanta força que um pouco de luz voltou aos olhos dela.

— É esse demônio que me rouba a vida... Apófis, o imperador das trevas.

— Vou atacar Avaris e matá-lo!

— Leve-me a Karnak... Amanhã é Ano-novo, não é?

— É, mas...

— Desenhe o símbolo da lua no meu coração e entregue-me àquele que pode me salvar.

O Nilo borbulhava, a cheia subia numa velocidade inquietante, e a violência do sol obrigava animais e homens a se protegerem.

Ao meio-dia, levando a mulher nos braços, Seqen subiu lentamente a escada que levava ao telhado do templo de Osíris, senhor da morte e da ressurreição. Ele pôs sobre a laje o corpo nu da rainha do Egito, expondo-o aos raios de Rá, o único capaz de vencer as trevas.

Ahotep dera tanto de si mesma que os canais do seu organismo estavam vazios de energia. Como os objetos rituais que os sacerdotes recarregavam a cada novo ano, depois de doze meses de uso, a rainha esperava ser revivificada. Ela, a filha da lua, implorava ao sol para realizar o impossível casamento de onde surgiria uma vida nova.

Entregar a esposa à violência de uma irradiação tão intensa não seria insensato? Rei sem coroa, Seqen não seria capaz de continuar a luta sem Ahotep. Ela era a alma do combate.

Inteiramente tomado pela presença do sol, o corpo da rainha transformou-se em luz.

Temendo ter os olhos queimados, Seqen virou-se. Revoltado com a própria covardia, correu para ela, com a intenção de acabar com o suplício.

A pele de Ahotep estava em brasa.

— Você não deve continuar aqui — disse ele.

— Tenha confiança, Seqen.

Implacável, o sol continuaria a brilhar até que os canais da jovem estivessem cheios da seiva.

Enfim, Ahotep levantou-se.

— O imperador das trevas não me matou. Esse foi o primeiro ferimento que lhe infligi.

Apófis deu um grito de dor.

O barbeiro acabara de cortá-lo.

Aflito, ele se ajoelhou.

— Mil perdões, Majestade... Não foi nada sério, eu garanto!

— Trabalhar no palácio demanda excelência.

— Esse incidente nunca mais ocorrerá, eu juro!

— Os juramentos não passam de mentiras — afirmou o imperador. — Um cão que mordeu, morderá; um incapaz será sempre um incapaz. As minas de cobre são grandes consumidoras de pessoal... Você terminará seus dias lá.

Dois guardas pegaram o barbeiro, cuja choradeira deixava Apófis exasperado. O assistente do infeliz cobriu a pequena ferida com um pedaço de linho e, em cima, pôs uma compressa de mel.

— A cicatrização será rápida, Majestade.

— Descubra rapidamente outro barbeiro.

O dia começava mal. Irritado, o imperador aguardava notícias da expedição que enviara à Síria para queimar um povoado que ousara protestar contra os impostos excessivos. Quanto à marinha de guerra, ela perseguia piratas cipriotas, loucos o bastante para atacarem os barcos mercantes dos hicsos.

Contente, Khamudi pediu uma audiência.

— Triunfo total, Majestade! Os sírios revoltosos e os piratas cipriotas foram exterminados. Mais uma vez o almirante Jannas provou sua eficiência. Ordenei que os cadáveres dos sírios fossem exibidos nos povoados vizinhos, com o objetivo de evitar outras desordens.

O imperador estava satisfeito com seu braço direito. Rico, depravado e odiado, Khamudi venerava o chefe todo-poderoso e obedecia-o sem pestanejar. Enquanto ele se mantivesse no lugar, Apófis encobriria suas piores exações.

O império continuava a crescer, mesmo assim, uma extrema vigilância era necessária. Aqui e acolá, insensatos esboçavam movimentos de revolta que Khamudi reprimia com a máxima crueldade. Em todos os territórios controlados por Apófis, erguiam-se fogueiras em que ardiam os corpos de homens, mulheres, crianças e animais. Mesmo quando uma província parecia apaziguada, Khamudi organizava um ataque preventivo. Ver a tortura de altos funcionários locais e o desaparecimento de uma aldeia em chamas acalmariam o ardor de eventuais dissidentes.

— Não podemos nos esquecer de vigiar os cretenses, Majestade. Não tenho provas, mas talvez eles tenham comandado a agressão contra os nossos barcos. Todos os meus informantes estão em estado de alerta.

— Que a frota de Jannas esteja aparelhada para partir.

Ansioso, Khamudi já imaginava a destruição da grande ilha.

— Recebeu algum relatório do Caolho?

— Segundo o nosso embaixador na Núbia, Majestade, o reizinho negro parece tranqüilo. Entretanto, ainda estou convencido de que acabará avançando sobre Tebas. A presa é muito tentadora.

— Primeiro ele terá de eliminar os guardas que controlam Edfu.

— Essa é a razão pela qual não mando reforços para lá — explicou Khamudi. — Edfu é o último bloqueio defensivo antes de Tebas. Ao acabar com ele, Nedjeh acreditará ser mais forte do que os hicsos, a quem, então, a guerra terá sido declarada. Iremos destruí-lo na batalha de Tebas, que será riscada do mapa, e colonizaremos a Núbia como quisermos.

37

— Estou com medo — confessou Cara de Rato.

— Eu também — reconheceu o Nariz Atravessado —, mas não há perigo. Sabe muito bem que não teremos problemas com a família real. A rainha Teti está decrépita, a filha está morrendo e Tebas agoniza. Pegamos as riquezas e vamos embora. Realmente, não há nada a temer.

— Certo, mesmo assim... Saquear uma tumba... Estou com medo!

— Não corremos nenhum risco, estou dizendo! Aqui, na margem oeste de Tebas, só ficaram alguns camponeses que estão morrendo de fome e túmulos bem escondidos cheios de tesouros. Já imaginou o que poderemos conseguir?

— E se formos detidos?

— Impossível! Venha, não vamos perder tempo.

O delator esperava-os ao pé de uma colina.

— A melhor tumba está ali — apontou ele, hesitante. — Vocês têm tudo o que é necessário?

— Não se preocupe e mostre-nos o caminho.

Os primeiros degraus da escada que levavam à sepultura de um nobre estavam à mostra.

— Eu os desenterrei — explicou o delator. — Meu pai conhecia a localização e prometeu ao morto nunca revelá-la a ninguém. Mas os tempos são estão duros...

— Os tempos são o que são. Vamos!

Com uma barra de cobre usada nas minas, Cara de Rato e Nariz Atravessado demoliram a mureta protetora, seguiram por um corredor e acenderam uma tocha. A porta da tumba não resistiu por muito tempo e eles entraram na câmara funerária.

Ao lado do sarcófago havia cadeiras e baús com jóias, roupas, sandálias e objetos de toalete que Nariz Atravessado enfiou nos sacos.

— Vamos, rápido — recomendou Cara de Rato. — Tenho certeza de que a alma do morto está nos observando.

— Falta o mais importante: o sarcófago!

— Não, isso não!

— Inevitavelmente, ele deve conter um colar de ouro e belos amuletos... Vamos ficar ricos!

Nariz de Rato quebrou a tampa do sarcófago.

A múmia estava em perfeito estado de conservação. No peito, um colar de flores secas.

Nariz Atravessado atacou as faixas.

Horrorizado, o cúmplice voltou pelo corredor para não assistir à profanação. Quando ouviu as exclamações de felicidade, o remorso desapareceu.

— Amuletos de ouro, um grande escaravelho de lápis-lazúli e anéis! Ajude-me a encher os sacos.

Mesmo sem ter coragem de olhar para a múmia profanada, Cara de Rato decidiu ajudar.

Ao sair da tumba, levou um susto.

— Até que enfim voltaram! Boa pilhagem? — perguntou o delator.

— Fabulosa! Vamos dividir agora?

— Claro.

Enquanto Nariz Atravessado exibia um amuleto com a forma de uma perna, o delator enfiou-lhe um punhal na barriga e tentou dar o mesmo destino ao seu companheiro. Porém, Cara de Rato teve um reflexo rápido, que o salvou, e só foi ferido no quadril.

Embora estivesse perdendo muito sangue, conseguiu fugir, com a esperança de que o agressor não o alcançasse.

— O homem morreu — disse o intendente Qaris. — Chamava-se Cara de Rato e, apesar da gravidade do ferimento, conseguiu atravessar o Nilo e chegar ao palácio para contar-nos tudo.

— Saqueadores de tumbas! — surpreendeu-se Ahotep. — Como é possível ser tão vil... Esses criminosos não sabem que a alma do morto vai castigá-los?

— A ganância é tão grande que nada pode impedi-los. E tem mais...

— A rainha ainda está fraca — lembrou Seqen. — Vamos poupá-la de um novo choque.

— Não me escondam coisa alguma! — ordenou a jovem.

— Então, cabe a mim dizer-lhe: Cara de Rato revelou a identidade do homem que lhes garantiu impunidade. Esse criminoso é apenas o responsável pela caserna, em quem eu tinha inteira confiança.

A informação deixou a rainha consternada.

— E o que é mais grave ainda — acrescentou Qaris —, o partido dos colaboracionistas continua em atividade. A certeza da vossa morte deixou-o ainda mais forte.

— Em outras palavras — concluiu Seqen —, todos os meus esforços para criar um verdadeiro exército tebano foram reduzidos a nada. Nunca poderemos lutar contra o imperador.

— Claro que sim! — protestou Ahotep. — Precisamos, simplesmente, mudar de estratégia. O ex-general, agora falecido, deu-nos a solução: criar uma base secreta.

— No enclave tebano, inevitavelmente, ela será descoberta.

— Já que a energia voltou a circular nas minha veias — declarou Ahotep —, vou cuidar ostensivamente do bem-estar dos tebanos. A caserna continuará a ser o que é e só abrigará guardas que garantirão a ordem. Assim, os que são a favor do colaboracionismo ficarão convencidos de que as nossas ambições, muito limitadas, não os ameaçam. Você, Seqen, terá toda a liberdade para recrutar novos soldados e formá-los.

— Mas... onde?

— Na margem oeste, evidentemente! A população será informada de que alguns ladrões tentaram saquear as tumbas dos nossos ancestrais. Em conseqüência, espalhamos forças de segurança em torno da necrópole e proibimos a entrada no local de quem quer que seja. Só as almas dos mortos, magicamente protegidas, poderão ali habitar.

A rainha inclinou-se sobre a maquete de Qaris.

— Por precaução, estabeleceremos nossa base secreta aqui, no deserto, ao norte de Tebas*. No caso de algum curioso conseguir entrar no local, será eliminado pelas sentinelas.

— Majestade — objetou Qaris —, é uma operação árdua e de longa duração!

— Levaremos muitos anos, estou consciente disso. Se tivermos sucesso, lutar não será impossível.

Em doze horas, a caravana proveniente do oásis de Bahariya deveria sair do deserto e chegar às fronteiras verdejantes do oásis de Fayum, um pequeno paraíso onde os homens e os animais repousariam antes de retomar o caminho para Avaris.

O chefe dos caravaneiros, Adafi, o Ladrão, sempre recebera dinheiro dos hicsos. Inimigo jurado dos egípcios que humilhavam seu povo desde tempos remotos, ele se alegrava a cada dia com os benefícios da ocupação. Pouco a pouco a terra dos faraós perdia suas características para tornar-se uma das províncias do imperador.

Adafi, o Ladrão, admirava Apófis. Ele também só acreditava no uso da força. Não fora assassinando três outros caravaneiros que se apoderara dos burros para mostrar-se como um dos comerciantes mais ricos da Líbia?

Um prazer suplementar: capturara recentemente um egípcio que vinha do sul e cortara-lhe pessoalmente as orelhas e a língua. Como um nobre, ele o fazia carregar suas sandálias e o abano, que o escravo devia movimentar constantemente para fornecer ar fresco ao seu mestre.

* Trata-se do sítio de Deir el-Ballas.

Adafi entregava em Avaris jarras do bom vinho, sal e tâmaras de qualidade excepcional. Tudo era destinado ao Grande Tesoureiro, Khamudi, que não pagava nada para ele, mas autorizava o líbio a retirar para si uma parte da produção dos oásis.

Apesar da hora matutina, o calor já estava opressivo.

— Mais ar, preguiçoso!

O escravo egípcio aproximou-se do burro no qual estava instalado o chefe para melhor abaná-lo. Trabalhava duro, com a esperança de que o coração ficasse debilitado mais rapidamente e que a morte pusesse um fim ao seu martírio.

De repente, a caravana parou.

Adafi, o Ladrão, apeou. O assistente veio imediatamente ao seu encontro.

— O burro da frente não pode continuar — explicou ele. — Há um cadáver atravessado na estrada.

— Que importância tem isso? Passamos por cima e continuamos o caminho!

— O cadáver tem um colar e pulseiras. Além do mais, a tanga e as sandálias parecem de boa qualidade.

— Eu cuido disso.

Seguido do porta-abano, o líbio percorreu a coluna. Com pilhagem não se brincava. O chefe era sempre o primeiro a se servir.

Deitado de costas, o morto aparentava ser jovem. Usava um belo bigode e, principalmente, belas jóias.

Babando de contentamento, Adafi, o Ladrão, inclinou-se para arrancar o colar.

Subitamente ressuscitado, o Bigodudo pegou um punhal escondido na areia e cortou a garganta do salteador de cadáveres.

— Ao ataque! — gritou ele, levantando-se.

38

Seguindo as ordens, os resistentes não se haviam aquartelado. Há mais de dois anos que atacavam pequenas caravanas, tanto no deserto do oeste quanto no do leste. As operações não eram fáceis de ser montadas porque precisavam obter informações seguras e correr o mínimo de riscos. Quando o comboio era muito grande ou protegido por soldados hicsos, o Afegão e o Bigodudo achavam melhor desistir.

Mesmo assim, eles haviam inscrito algumas belas presas no quadro de caça, acumularam reservas de alimentos, roupas e diversos objetos que podiam usar para trocas, em caso de necessidade. Essa caravana era a presa maior de todas.

— A resistência está rica! — constatou o Bigodudo. — Por que está fazendo essa cara, Afegão?

— Porque fomos com muita sede ao pote. No cadáver do saqueador que você matou encontrei um escaravelho assinado por

Khamudi. Essa caravana lhe era destinada e ele vai pedir uma investigação.

A alegria do Bigodudo desapareceu.

— Ele não pode saber da nossa existência... Talvez pense que se trata de um ataque de beduínos.

— Os aventureiros do deserto são aliados dos hicsos e nunca ousariam assaltar uma caravana oficial. Se houvesse algum engano, a primeira atitude seria levar o saque para Avaris e implorar o perdão das autoridades.

— Estamos em maus lençóis!

— Só há uma solução — decidiu o Afegão: fazer crer que os mercadores se mataram uns aos outros. Deixaremos aqui quase todos os víveres e só levaremos alguns burros.

Os resistentes arrumaram os corpos de modo a parecer uma briga generalizada.

— Olhe este aqui — disse o Bigodudo para o Afegão. — A orelha e a língua estão cortadas. E o mais interessante é que ele foi circuncidado à maneira egípcia e, abaixo da axila esquerda, há uma tatuagem com o símbolo da lua em cima da barca!

— Um símbolo de identificação, é evidente. O pobre sujeito foi feito prisioneiro, deveríamos tê-lo poupado.

— Como podíamos saber?

— Com certeza há uma outra rede de resistência em algum lugar — avaliou o Afegão.

— Tebas agoniza, Edfu está nas mãos dos hicsos e Elefantina acha-se sob o jugo núbio. Gostando ou não, estamos sozinhos.

— Esse símbolo de identificação existe realmente, e é a segunda vez que o vemos.

O Bigodudo hesitou.

— Você quer ir para o sul, depois de acabar com a barreira de Heracleópolis?

— Ainda não chegamos a esse ponto, mesmo que o balanço de nossas atividades não seja ruim. A rede aumenta mês a mês, temos várias bases seguras, os camponeses apóiam-nos e dão-nos informações, temos à disposição uma forja para fabricar armas e não passamos fome. Nosso domínio é pequeno, é verdade, mas nele estamos em segurança. Quando estivermos prontos, pode ter certeza, vamos cuidar de Heracleópolis.

— Venha para perto de mim, meu querido — suplicou Yima, que havia descolorido o cabelo para parecer ainda mais loura.

Com os seios descobertos, vestida apenas com um xale, tentava atraí-lo para a cama.

Khamudi esbofeteou-a.

— Você não passa de uma cadela no cio... O imperador espera-me.

Yima fingiu que chorava. Sabia muito bem que seus sortilégios cativavam seu macho e que ele não ficaria sem ela por muito tempo. Na noite seguinte, ofereceria a ele uma jovem cananéia que, depois do êxtase, serviria de comida para os crocodilos. Yima prestava-se a qualquer passatempo, desde que fosse a organizadora.

Khamudi dirigiu-se, com seu andar desajeitado, para a pequena sala da fortaleza onde podia conversar com Apófis sem que ninguém os ouvisse. A ridícula história da caravana não o deixou contrariado; os ladrões imbecis haviam se matado, sem dúvida devido à rapacidade de Adafi, mas as mercadorias acabaram chegando às suas mãos. Bem mais séria era a situação no mar de Creta.

Segundo um de seus espiões, haviam sido os cretenses que tinham comandado os piratas cipriotas com a firme intenção de apoderar-se de vários barcos hicsos de mercadorias. É fato que ainda não havia uma prova formal, porém não seria melhor Apófis reagir o mais rápido possível?

A frota de guerra do almirante Jannas encontrava-se ancorada diante da grande ilha, pronta para atacar. Antes do ataque, receberia a ajuda das tropas que para lá estavam sendo transportadas.

Khamudi detestava os cretenses. Arrogantes, imbuídos do seu passado e da sua cultura, não se comportavam como verdadeiros vassalos. Por algum tempo ele pensara em organizar um falso atentado contra Jannas e atribuir a autoria do ato aos cretenses; mas a montagem exigia muitos cúmplices, e o Grande Tesoureiro não tinha o direito de errar.

Porém, os próprios cretenses erraram sozinhos! Conhecendo Apófis, Khamudi sabia que sua cólera fria seria terrível e que só a destruição da ilha iria acalmá-lo.

Um novo barbeiro, que cuidava do imperador, mal conseguia reprimir um ligeiro tremor ao deslizar o fio da navalha na face do dono do mundo.

— Boas novas, Khamudi?

— A situação é delicada, Majestade.

— Termine logo, barbeiro.

Nervoso, este se apressou, com medo de cometer algum erro. Felizmente, barbeou o imperador com perfeição, sem feri-lo, e saiu com seu material.

— O almirante Jannas deveria atacar Creta — preconizou Khamudi. — Essa ilha orgulhosa merece ser castigada.

— Então, você tem certeza de que são os cretenses que ameaçam a nossa frota comercial.

— Efetivamente, não tenho nenhuma dúvida.

— Então a ação é necessária.

— Transmitirei imediatamente vossas ordens ao almirante Jannas!

— Antes, espere conhecê-las... Os cretenses são fortes guerreiros que não venceremos facilmente.

Khamudi ficou surpreso.

— Seriam esmagados, pois estamos em maior número!

— Evidentemente, e eles sabem disso. Portanto, devem ter interesse em satisfazer as minhas exigências. Que os seus tributos sejam dobrados, que eles me enviem dois mil mercenários e cinqüenta barcos, e que seus melhores pintores venham para Avaris decorar o meu palácio.

Khamudi ficou radiante.

Os cretenses nunca aceitariam essa humilhação.

Afável e simpático, o chefe dos celeiros, Heray, conhecia cada tebano e, de acordo com as instruções de Ahotep, fornecia gratuitamente pão e cerveja para as famílias mais pobres. Graças à sua diligência, ninguém passava fome. E por ser amado pelos subordinados que ele tratava com respeito, as tarefas eram cumpridas sem falhas. Os celeiros tebanos nunca haviam sido tão bem administrados.

Quem não confiaria em Heray? Ele acalmava as angústias, apaziguava as brigas e tinha um grande repertório de histórias engraçadas que desanuviavam as almas mais tristes. As famílias ricas ficavam honradas em recebê-lo e acatavam suas opiniões. Ele ganhara a confiança tanto das mulheres quanto dos homens, tanto dos jovens quanto dos idosos, tanto dos crédulos quanto dos céticos.

— Tenho a impressão de que a cidade não possui mais segredos para você — disse Ahotep, enquanto andava com ele pelos jardins do palácio, protegidos por Risonho.

— Majestade, identifiquei os principais partidários da colaboração com os hicsos. São uns fracos, é verdade, mas confesso minha decepção e minha preocupação, porque são bem mais numerosos do que eu supunha. Tebas está minada pelo medo, pelo egoísmo e pela covardia.

— O contrário me surpreenderia. Agora, sabemos com certeza que só a base secreta possibilita a preparação de um exército. Conto com você para fazer os colaboracionistas acreditarem que desistimos de qualquer iniciativa perigosa. Explique bem a eles que a minha ambição é ter um segundo filho e viver tranqüilamente no palácio, usufruindo de meus últimos privilégios.

— Saberei enganá-los, Majestade.

Risonho farejou o ar.

A princípio vigilante, ele acabou se deitando no chão, com as patas dianteiras bem estendidas, preparado para brincar. O cão ganiu de alegria ao ver o pequeno Kamés correr em sua direção.

Quando o cão lambeu a testa da criança, esta começou a rir, fingindo estar com medo.

— Mamãe, mamãe, me salve!

Ahotep pegou a criança no colo e levantou-a bem alto, acima da sua cabeça.

— Algum dia, meu filho, nós seremos livres.

Núcleo Espírita Investigadores da Luz

NEIL

FRACASSO

Se o fracasso aparece
Não te aflijas. Trabalha.
Não te lastimes. Pensa.
Não te afastes. Insiste.
Fracasso é o modo certo
De mostrar onde erramos.
Não pares. Segue à frente
Nas mudanças precisas.
A perda aproveitada
É luz de experiência.
Deus permite o fracasso
Por auxílio e lição.

Livro: ALGO MAIS- Médium: Francisco Cândido Xavier – Espirito: EMMANUEL

Reuniões Públicas: 3ª e 5ª, das 20 às 21h
Evangelização Infantil: sábados, a partir das 14h30min

www.investigadoresdaluz.blogspot.com investigadoresdaluz@gmail.com
Rua da Boa Esperança, nº91/93, São José, Recife / PE-
Fone: 9-9889-5220 (WhatsApp)

39

Ao sair do estábulo onde acabara de nascer um bezerro que a mãe se apressara a lamber, Ahotep inspecionou as terras abandonadas pelos proprietários por vários anos. Estimulada pela rainha, cuja iniciativa era perpetrada por Heray, a criação desenvolvia-se e os carregadores de água vinham regularmente irrigar as plantações. Com o limo depositado pelo Nilo na cheia, os camponeses fertilizavam o solo e obtinham magníficas colheitas.

Ahotep também se preocupava com a manutenção dos diques, e com a conclusão e funcionamento das novas bacias de retenção, para que a província tebana, mesmo na estação da seca, não ficasse sem água.

— Está tudo pronto, Majestade — anunciou Heray.

Como os viticultores haviam trabalhado bem e as safras pareciam de excelente qualidade, Ahotep decidiu dar uma festa em pleno campo e com a presença de altos funcionários. Embora a ameaça dos hicsos fosse pungente, todos apreciaram o momento arrancado à angústia e aproveitaram, sem moderação, o novo vinho. Como era sublime agradecer ao deus do lagar, jogar conversa fora e acreditar no futuro, nem que fosse por um breve momento!

O intendente Qaris pediu silêncio.

— Muitos de vocês estão surpresos por não verem aqui Sua Majestade, Teti, a Pequena. Nossa soberana está presente de todo o coração, mas a saúde frágil não a deixa sair do palácio. Estou encarregado de anunciar que ela renuncia oficialmente ao cargo e que sua filha, Ahotep, assume doravante todos os deveres de uma rainha do Egito.

Aclamações saudaram a notícia.

Um alto funcionário pediu a palavra.

— Estamos felizes com a escolha, mas o que pensará o faraó Apófis?

— Na carta oficial endereçada a ele, sua mui respeitosa serva Ahotep solicita a aprovação de Apófis e pede que ele continue a proteger a boa cidade de Tebas.

Membro do partido colaboracionista, o dignitário sorriu de felicidade.

Em compensação, inúmeros camponeses deploraram essa atitude. A jovem sofria por não poder dizer a verdade, mas era preciso que a população tebana ficasse convencida de que a nova rainha desistira, definitivamente, de combater os hicsos.

Aqueles que se revoltavam eram contactados por Heray e seus agentes. Depois de um período de iniciação, sugeriam-lhes que anunciassem em alto e bom som que saíam de Tebas, a cidade miserável, para tentar a sorte em outro lugar.

E eles iam para a base secreta da margem oeste, onde um treinamento impiedoso submetia-os a uma dura prova.

Foi com tristeza que os convivas se dispersaram.

— Paciência, Majestade — sugeriu Qaris à rainha, cuja frustração ele percebeu.

— A outra carta foi despachada?

— Foi entregue à aduana de Coptos, que vai fazer com que ela chegue às mãos do imperador. Como sempre, imitei a escrita do defunto ministro da Agricultura e lacrei com o selo dele. O traidor informa a Apófis que, à imagem de vossa mãe, sois uma rainha de baixa categoria e uma sobrevivente folclórica que diverte o bom povo. Diante de vossa juventude, inexperiência, amor pelos filhos e falta de interesse pela coisa pública, não há o que temer de vossa parte.

Se Apófis soubesse rir, ele o teria feito. Uma mulher... Tebas havia escolhido uma mulher, além do mais, uma garota, para governá-la. Mas o que havia para governar? Um amontoado de miseráveis, mortos de medo com a idéia de ver surgir o exército hicso. Como ficariam surpresos quando desabassem sobre eles os guerreiros núbios!

No momento, Apófis pouco ligava para a ridícula cidade de Tebas. Só o eventual enfrentamento com Creta ocupava seus pensamentos. Se ele atacasse, o golpe deveria ser decisivo. Provaria a todos os seus súditos, atuais e futuros, que ninguém podia contestar sua autoridade. Por isso, mandara que três linhas de barcos se organizassem ao largo da ilha: à frente, as embarcações dos arqueiros de elite e as fundas gigantes; depois, as que transportavam a infantaria; por fim, os cargueiros da intendência. Segundo as estimativas de Jannas, os soldados eram cinco vezes mais numerosos do que os cretenses.

Mesmo assim, o imperador mostrava-se menos otimista do que Khamudi. A batalha seria feroz e, depois do desembarque, precisavam tomar posse de uma capital cretense bem fortificada. E Apófis já preparava uma segunda onda de ataques, que comandaria pessoalmente.

Da ilha dos revoltosos não sobraria nada.

Nem uma pessoa, nem um animal, nem uma árvore.

— Enfim você chegou, Khamudi! E então?

— O almirante Jannas transmitiu vossas exigências aos cretenses. Eles pediram para negociar, o que, obviamente, foi recusado, e o almirante concedeu-lhes vinte e quatro horas para responderem.

— Há ocasiões em que Jannas pode ser muito conciliador — avaliou o imperador. — O segundo grupo de assalto já está pronto para partir?

— Está aguardando vossas ordens, Majestade.

O Afegão continuava céptico.

— De acordo com uma mensagem proveniente de Avaris, quase todos os barcos de guerra preparam-se para deixar o porto.

— Qual o destino? — perguntou o Bigodudo, intrigado.

— Segundo os boatos, os hicsos pretendem invadir Creta.

— Isso é absurdo! A grande ilha é uma aliada.

— Nosso informante especificou que o próprio imperador comandaria a expedição.

— Seu homem é confiável?

— Você o conhece melhor do que eu: é um dos almoxarifes do arsenal de Avaris que você mesmo recrutou. Ele arriscou a vida e a do mensageiro para mandar esse tipo de informação.

O Bigodudo mordeu uma cebola fresca.

— Quem vai reinar no Egito durante a ausência do imperador?

— Provavelmente o fiel Khamudi.

— E se tentássemos eliminá-lo? Com a morte dele, provocaríamos um levante dos camponeses do Delta.

— Bela perspectiva, concordo... Mas é bom demais para ser verdade, não acha? Supondo que o imperador se ausente, ele não deixará a capital sem proteção. Uma magnífica cilada, não?

O Bigodudo teria deplorado essa atitude, mas tinha de render-se às evidências. Não seria um punhado de resistentes que se apoderaria de Avaris.

Apoiada no braço da filha, Teti, a Pequena, estava radiante por visitar a cidade. Ela ficou surpresa com a limpeza das ruas e com a quantidade dos belos legumes expostos no mercado. Todos ficaram felizes em rever a rainha-mãe, que sentia um grande prazer em conversar com eles, antes de admirar os utensílios de cozinha fabricados pelos ateliês reabertos há pouco tempo. Depois de malaxar a argila molhada na água, os artesãos deixavam a massa secando ao sol e cozinhavam-na em baixa temperatura. Eles moldavam tigelas, vasos e taças, e cobriam-nos com um verniz para torná-los impermeáveis.

A velha senhora também se interessou pelas cestas simples trançadas em juncos flexíveis, que podiam ser retorcidos, coloridas de vermelho, azul ou amarelo. As que eram destinadas a carregar objetos pesados tinham o fundo reforçado por duas ripas de madeira dispostas em cruz.

— Se esta cesta vermelha vos agrada, Majestade, permiti-me que a ofereça.

— Em troca, receberá um pote de ungüento.

Teti, a Pequena, só abriu o presente no palácio.

Felizmente, a cesta estava vazia. De acordo com o código combinado entre Seqen e Heray, isso significava que a segurança da base secreta estava garantida e que não surgira nenhum colaboracionista que representasse um perigo imediato. Caso contrário, um pequeno papiro informaria à rainha-mãe e a Ahotep as providências a serem tomadas.

— No almoço — declarou Teti, a Pequena — vou tomar um pouco de vinho branco. O passeio revigorou-me.

40

Do alto da cidadela, Apófis viu chegar ao porto o barco do almirante, seguido de outros barcos da frota de guerra e de uma embarcação comercial muito carregada.

No cais, os guardas impediam qualquer manifestação popular. O imperador proibira as demonstrações de júbilo que, em outros tempos, acompanhavam a volta dos marinheiros. Em qualquer circunstância, os soldados deviam ser disciplinados e estar preparados para o combate.

Apófis recebeu Jannas na grande sala de audiências do palácio, na presença de um Khamudi enfezado e dos altos funcionários do governo.

— Os cretenses mostraram-se razoáveis, almirante?

— Para deixar-vos mais satisfeito, triplicaram os tributos e enviarão nas próximas semanas os barcos e os mercenários que exigistes. O rei da grande ilha apresenta suas desculpas e promete que o lamentável incidente, que provocou nossa intervenção, não se repetirá. Ele lastima haver sido enganado pelos medíocres conselheiros, que, como castigo, foram jogados às feras.

— E os artistas?

— Os melhores pintores cretenses estão à vossa disposição. Eles viajaram no barco de mercadorias, primeiro presente de Creta, decidida a selar o *status quo* de súdita fiel e devotada.

— Faça-os entrar.

Eles eram dez, de cabelos cacheados e túnicas coloridas. O mais velho tinha quarenta anos; o mais moço, vinte e cinco.

— Ajoelhem-se diante do imperador e fiquem de olhos baixos — ordenou Khamudi.

Graças a esses homens, Apófis apagaria de Avaris todos os traços da cultura egípcia.

— Vocês vão decorar meu palácio ao estilo cretense. Quero que ele fique mais bonito do que o de Cnossos, e que todas as pinturas sejam pomposas. Se conseguirem fazer isso, a vida de vocês estará a salvo. Se não, considerarei o malogro como um insulto à minha pessoa.

— Ainda não passa de um embrião de exército — disse Seqen a Ahotep —, mas cada um dos primeiros soldados que formei se torna, aos poucos, um verdadeiro guerreiro, capaz de vencer qualquer adversário no corpo-a-corpo. As condições de vida não são fáceis, mas isso é bom. Porque a luta que os aguarda é ainda mais difícil.

Nus, à sombra de um sicômoro cuja folhagem dispensava um suave frescor, os dois jovens fizeram amor, apaixonadamente. No entanto, uma sombra de tristeza toldava o olhar da rainha.

— Não compreendo — ela confessou. — Embora minha mãe tenha-me presenteado com uma concha contra a esterilidade e o olho mau, não consigo engravidar. Tem comido bastante aipo, Seqen?

Ele sorriu.

— Acha que preciso disso para dar provas do meu desejo? Basta um dia longe de você para deixar-me ansioso!

— Quero outro menino.

— Seria uma imensa felicidade, mas não devemos aceitar a decisão dos deuses?

— Kamés terá um irmão, eu sei!

Seqen não ousou fazer a menor objeção. As carícias da esposa fizeram-no esquecer tudo que não fosse o corpo perfeito, tão bem dotado para o amor.

O pequeno Kamés gostava de aprender os rudimentos da luta com o pai, de passear com Risonho e de ser acarinhado pela mãe enquanto ouvia belas histórias nas quais a justiça triunfava. Entretanto, preferia mesmo era brincar com a avó. Quando ele lhe pregava uma peça, Teti, a Pequena, não o repreendia e, por sua vez, tentava pegá-lo de surpresa, terminando a divertida batalha num concerto de risadas, incrementado por doces que a rainha-mãe fazia pessoalmente, com seu talento inigualável.

Pelo contato com o diabrete, de surpreendente vitalidade, Teti, a Pequena, recuperava a juventude. O apetite que demonstrava causava ainda mais espanto ao cozinheiro do palácio, homem de confiança de Heray, porque ela não engordava um grama.

Sempre altiva e elegante, a rainha-mãe não deixava de aparecer no mercado, ao menos uma vez por mês, para a felicidade da população, que acabava acreditando que a cidade seria poupada da destruição.

Os cestos e as canastras oferecidos a Teti, a Pequena, continuavam vazios.

Não só a rede de vigilância de Heray revelara-se muito eficiente na própria cidade de Tebas, como a rainha-mãe ainda tinha o cuidado de lembrar ao povo, regularmente, o necessário respeito às almas dos mortos que repousavam na necrópole da margem oeste. Ela e Qaris propagavam histórias aterrorizadoras de espectros e demônios que devoravam os imprudentes, loucos o bastante para se aventurarem no domínio dos mortos.

As freqüentes ausências de Seqen só eram conhecidas pelos empregados do palácio, inteiramente conquistados pela resistência. Os boatos sustentados por Teti, a Pequena, e por seu intendente haviam estabelecido a reputação de caçador e de pescador de um jovem desmiolado e inquieto.

Do lado dos colaboracionistas, a causa estava resolvida: a família real não possuía nenhum grande soldado e aceitava, sem reclamar, as ordens dos hicsos. E o mais promissor: depois que assumira o poder, Ahotep conseguira melhorar o nível de vida dos tebanos, do que ninguém se queixava.

Entretanto, o comerciante de vasos, Chomu, continuava insatisfeito. Filho de pai egípcio e mãe cananéia, para ele havia sido difícil obter a consideração de seus concidadãos, desconfiados e reservados em relação a ele. A morte de seu inimigo mais influente, o ministro da Agricultura, permitira a Chomu manter contato com outros comerciantes que partilhavam suas idéias: a dinastia tebana não tinha nenhum futuro e a província do Sul deveria voltar, de maneira mais formal, para o regaço do imperador. De fato, quem, senão Apófis, poderia tornar a cidade de Amon novamente próspera?

O comportamento de Ahotep surpreendera Chomu e seus amigos. Ele estava convencido de que essa mulher instigante atrairia para eles a fúria do imperador, mas os fatos mostraram que estava errado. Ao fundar uma família, a jovem parecia saborear as virtudes da submissão.

Por isso, os que se revoltavam contra a onipotência dos hicsos preferiam sair de Tebas, onde nenhum adepto do colaboracionismo havia sido castigado por suas idéias. E não seria a velha rainha-mãe, nem o fantasmático Seqen que levariam os tebanos ao combate.

Nenhum indício fazia supor que havia um fogo aceso sob as cinzas. Entretanto, Chomu não se sentia à vontade. É bem verdade que, graças à pequena retomada da atividade econômica, ele vivia melhor; mas por que o imperador não havia expulsado Teti, a Pequena, e a filha? Os amigos respondiam-lhe que elas administravam corretamente o enclave e que os resultados satisfaziam o novo faraó. No final das contas, Tebas não passava de uma aldeia provinciana, longe de Avaris, e não figurava entre os centros de interesse do imperador.

Já que todos tinham o que comer, por que não se contentar com a benevolência dos hicsos que, era evidente, haviam se esquecido da pequena cidade agonizante?

Chomu revolveu os pêlos da sua barba ruiva.

Era preciso que o imperador tomasse conhecimento da existência de um homem como ele e lhe desse responsabilidades à altura da sua dedicação. Porém, como entrar em contato com Apófis? Sair do enclave tebano era muito arriscado, e Chomu não tinha nenhum gosto pelo perigo.

Por enquanto, convenceria um maior número de tebanos a aderir ao partido dos colaboracionistas.

— Tem certeza, certeza absoluta? — perguntou Emheb à sentinela.

— Certeza absoluta. Trata-se realmente de dois guerreiros núbios. Eles mudaram várias vezes o posto de observação para estudar a nossa cidade sob diversos ângulos.

Então, aquilo que o governador tanto temia estava prestes a ocorrer. Os núbios haviam decidido estender seu território além de Elefantina, avançando para o Norte.

Edfu, El-Kab, Tebas... Quantas presas fáceis!

Fáceis, mas infectadas.

Investir contra Edfu era atacar os hicsos. Assim que soubessem da derrota da cidade, enviariam o almirante Jannas com ordem de esmagar os núbios e devastar o Sul.

Para evitar que os núbios atacassem, era preciso pedir socorro ao imperador e até provocar a intervenção de Jannas! E Emheb e os resistentes seriam desmascarados, o almirante massacraria os habitantes de Edfu e a região seria destruída a fogo e a sangue, Tebas inclusive.

Ser destruído pelos núbios ou pelos hicsos... Não tinha outra escolha.

41

— Olhe, mamãe, olhe! É Filu!

O pequeno Kamés ficara amigo do pombo-correio que fazia vôos freqüentes entre Edfu e Tebas. Ele pousava no jardim do palácio e, orgulhoso por haver cumprido a missão, deixava o menino acariciá-lo.

Kamés aprendera a desatar o cordão que prendia um rolo de papiro na pata direita do pombo. Se o papiro estivesse na pata esquerda, Ahotep saberia, imediatamente, que o autor da mensagem não era o governador Emheb.

Evidentemente, o texto era escrito em código e continha, por três vezes e no meio de palavras sem sentido, o símbolo de identificação dos resistentes.

O que a rainha leu deixou-a petrificada.

O faraó Seqen, a rainha-mãe Teti, a Pequena, o intendente Qaris e o chefe dos celeiros Heray ouviram atentamente a mensagem desastrosa do governador Emheb, que a rainha Ahotep lhes transmitiu com voz estrangulada.

— Não estávamos enganados — observou o rei. — O imperador só poupou Tebas para melhor usá-la como armadilha.

— Será que somos capazes de resistir aos núbios? — perguntou Heray, sem grandes esperanças.

— Só tenho à disposição uma centena de verdadeiros soldados. Mesmo que eles se juntem aos homens de Emheb, seremos esmagados no primeiro assalto.

— Os núbios ainda são reputados como os mais cruéis — confirmou Qaris. — É preciso preparar a fuga da família real.

— E a população tebana? — indignou-se Ahotep.

— Mesmo que tentemos mudá-la de lugar, ela seria rapidamente localizada e massacrada, quer pelos hicsos, quer pelos núbios, quer pelos dois.

— Então, que o povo pegue as armas e lute sob o nosso comando!

— Os civis são incapazes de fazer isso. Lembrai-vos, Majestade, de que os colaboracionistas não aceitarão um enfrentamento e tentarão convencer seus concidadãos a imitá-los, prometendo salvar-lhes a vida.

— Qaris tem razão — reconheceu o faraó Seqen. — Ahotep, sua mãe e nosso filho devem sair de Tebas. Eu e meus soldados iremos a Edfu e lutarei ao lado de Emheb.

— Estou muito velha e muito cansada para deixar minha cidade natal — decretou Teti, a Pequena. — E, depois, tentarei negociar com o invasor.

— Não abandonarei meu marido — decidiu Ahotep.

— Você e Kamés representam o futuro. Com uma escolta, ficarão escondidos no deserto e...

— E ali morreremos como covardes, longe daqueles a quem amamos... Jamais! Volte à base secreta, Seqen, e prepare os soldados para morrerem como guerreiros. Vou responder ao governador Emheb que nos reuniremos a ele assim que for preciso.

A bela Ventosa sentira-se atraída pelo mais talentoso dos pintores cretenses. Além do mais, o rapaz sedutor era o chefe do pequeno grupo de artistas coagidos a decorar o palácio de Apófis.

— Posso ficar olhando enquanto você trabalha, Minos?

— Detesto isso.

A alta e magra eurasiana passou o dedo fino nos lábios sensuais.

— Você sabe muito bem que é obrigado a obedecer ao imperador e que ele é meu irmão. Ele não me recusa nada, nem mesmo a cabeça de um pintor cretense.

— Sem mim, o palácio continuará do mesmo jeito: uma horrível prisão.

— Você se acha insubstituível, Minos?

— Eu sou insubstituível. E, quando terminar, voltarei para casa com meus companheiros.

— Como você é ingênuo!

O artista virou-se para olhar a magnífica princesa de voz sedutora.

— Por que está dizendo isso?

— Porque nunca mais voltará para Creta. Não entendeu que você passou a ser propriedade do imperador?

Minos soltou o pincel.

Ventosa passou a mão, ternamente, no cabelo anelado do pintor e beijou-o no pescoço.

— Não é tão horrível, se souber como proceder. O Egito é um país agradável, e cabe a você deixar este palácio mais atraente. Aliás, você não pode errar, lembre-se.

Minos permanecia imóvel.

— Espero que você não seja um apreciador de meninos — preocupou-se Ventosa, desamarrando a tanga do cretense.

Ao ver o efeito de suas carícias, ela se tranqüilizou.

Não agüentando mais, Minos tomou-a com paixão nos braços e eles se deitaram no piso.

— Há lugares mais confortáveis para nos conhecermos — sugeriu ela.

— Já que está duvidando da minha capacidade amorosa, preciso prová-la o quanto antes.

A cerimônia dos tributos consagrava, mais uma vez, a onipotência do imperador e faraó Apófis, diante de quem os vassalos se inclinaram, depois de oferecerem, em maior quantidade do que no ano anterior, as riquezas das respectivas regiões.

Foi particularmente notada a fala do embaixador de Creta que, com palavras requintadas, elogiou a grandeza de Apófis e insistiu no orgulho que sentia a grande ilha por ver seus melhores artistas decorarem o palácio de Avaris, doravante considerado o centro do mundo.

O almirante Jannas foi convidado a falar sobre as forças armadas dos hicsos, tanto terrestres quanto marítimas, para que os eventuais rebeldes compreendessem bem que corriam para a morte certa. Durante o discurso de Jannas, o imperador observou o embaixador da Núbia, que se mostrava imperturbável.

Por fim, o Grande Tesoureiro Khamudi anunciou, como todos os anos, um aumento dos impostos e das taxas, indispensável para que os diferentes serviços do Estado hicso pudessem garantir o bem-estar e a segurança de seus súditos. Qualquer atraso ou tentativa de trapaça acarretaria severas penalidades. Se algum vassalo faltasse a seus deveres, o exército interviria imediatamente para lembrá-los.

Nenhum diplomata gostava de permanecer por muito tempo em Avaris, onde a onipresença da polícia deixava a atmosfera sufocante. E todos sabiam que o imperador podia mandar eliminar qualquer pessoa de acordo com sua livre vontade.

O mais aliviado de todos era o embaixador de Creta que, apesar da total submissão do seu país, ainda temia represálias. Conhecendo Apófis, Khamudi e Jannas, ele convencera seu rei a nunca mais tentar nada contra os hicsos e a contentar-se com as condições de vida consentidas pelo imperador para a grande ilha.

No momento em que seu barco deixava o porto de Avaris, ele pensou emocionado no seu colega núbio, que havia sido convocado por Apófis.

Sem dúvida, nunca mais o veria.

— Você ficou muito silencioso — disse Apófis ao embaixador da Núbia que, apesar de toda a sua experiência, sentia um aperto na garganta e o estômago sacudido por espasmos.

— A cerimônia foi perfeita, Majestade, e as falas, muitíssimo claras.

— Já que o império está em paz, decidi ocupar-me um pouco mais do Egito e da Núbia. Por isso confiei uma nova missão ao almirante Jannas e ao Grande Tesoureiro Khamudi.

O embaixador estremeceu. A voz rouca do imperador não estaria anunciando o extermínio do povo núbio?

— Não se equivoque sobre as minhas intenções — retomou Apófis. — Uma vez que Nedjeh, meu amigo e súdito fiel, se comporta lealmente e não cometeu nenhum erro grave, por que eu o puniria?

O embaixador suava abundantemente.

Em menos de um mês, Nedjeh pretendia atacar Edfu, depois apossar-se de Tebas e pôr o imperador diante do fato consumado. A ele caberia o Norte; aos núbios, o Sul.

— As finanças públicas são uma arte difícil — prosseguiu Apófis. — Apesar da boa vontade das autoridades locais, sempre existem imprecisões e até esquecimentos lamentáveis. Khamudi é tão devotado à causa do Estado que não suporta essas imperfeições. Por essa razão um recenseamento faz-se necessário.

— Um recenseamento... — gaguejou o embaixador.

— As tropas do almirante Jannas partirão amanhã para Elefantina, onde farão o recenseamento de homens e animais, cabeça por cabeça. Em seguida efetuarão o mesmo trabalho na Núbia, enquanto outros soldados vão ocupar-se das províncias do Sul. Evidentemente, conto com a total e ativa cooperação do meu servo Nedjeh.

— Evidentemente — repetiu o embaixador.

42

— Um barco dos hicsos, governador.

— Só um? — surpreendeu-se Emheb.

— Sim, e não é muito grande. Um oficial e uma dúzia de homens desceram do barco. Estão vindo em nossa direção. Quando os matamos?

— Não vamos tocar neles antes de saber o que desejam. Se for notada a falta de um barco, Jannas reagirá de maneira violenta.

O governador Emheb estava perplexo.

Era evidente que os hicsos haviam sido avisados das intenções dos núbios. Por que, então, enviavam reforços tão modestos?

Uma simples vanguarda, provavelmente.

Talvez Emheb conseguisse enganá-los ao garantir que Edfu estava sob controle e que poderia servir de base aos hicsos para barrar o caminho dos núbios, mas seria apenas uma questão de tempo. Fatalmente, esses emissários iriam anunciar a chegada de Jannas.

— O oficial está esperando, governador.

— Traga-o.

Mais de vinte barcos de guerra, carregados de hicsos, haviam passado diante de Tebas, ao subir o Nilo.

As ruas da cidade estavam desertas.

No palácio, ninguém conseguia disfarçar a angústia. Teti, a Pequena, brincava com Kamés, mas sem a animação habitual. Até Risonho estava nervoso.

— O imperador sempre se antecipa — constatou Qaris. — Os núbios cometeram um erro ao desafiá-lo.

— E Tebas vai pagar pela loucura deles! — protestou Ahotep.

— Procurai um abrigo, Majestade — suplicou o intendente. — Ide para junto do rei, na margem oeste.

— Assim que Seqen e seus homens puderem atravessar o Nilo, eles virão defender-nos.

Heray, ofegante, irrompeu na sala de audiências.

— Os hicsos estão desembarcando... Logo estarão aqui!

— Vou recebê-los — anunciou Teti, a Pequena — segurando Kamés no colo. Eles não ousarão tocar numa avó com o neto.

— Não, mãe. Cabe a mim enfrentá-los.

A jovem rainha saiu do palácio para ir ao encontro do destacamento hicso.

Ao chefe deles, ela pediria que poupasse Tebas. O que poderia oferecer em troca senão ela mesma? Sem dúvida, o imperador ficaria radiante de transformá-la em escrava. Quando estivesse na presença dele, encontraria as palavras certas para dizer-lhe quão monstruoso e covarde ele era.

Seria seu último combate.

Inexoravelmente, os soldados avançavam.

Imóvel sob o sol, Ahotep não se deixava dominar pelo medo.

Subitamente, perguntou a si mesma se seus olhos não a enganavam. Não, era ele mesmo!

— Governador Emheb!

— Não tem o que temer, Majestade — murmurou ele. — Nem os núbios, nem os hicsos vão atacá-la. O imperador decidiu-se por um recenseamento geral, que se estenderá à Núbia, e Jannas, em pessoa, está encarregado de fazê-lo, à frente de suas tropas. Para Nedjeh, é impossível desobedecer. Ele não pode sair da capital e deverá comportar-se como um fiel súdito do imperador. Para ele está fora de cogitação apoderar-se de Edfu e Tebas, e as veleidades de conquista foram cortadas pela raiz. Apófis saberá o número exato de guerreiros negros e, como conseqüência, estabelecerá as taxas para o rei. Quanto a Tebas, aldeia sem importância, serei eu, um perfeito colaboracionista, quem se ocupará dela com o máximo rigor.

Ahotep teria, de bom grado, pulado no pescoço de Emheb, mas dezenas de olhos deviam estar observando a cena.

— Minha cidade é independente! — disse ela em voz alta. — Como você, um egípcio, pode trair assim seu país, tornando-se um sectário do imperador?

— Apófis é nosso faraó, Majestade, e devemos obediência a ele — respondeu Emheb, também em voz alta. — Estou aqui apenas com alguns soldados que farão o recenseamento dos habitantes de Tebas. Se não quiser cooperar, um regimento inteiro desempenhará essa tarefa, depois de prender e deportar os recalcitrantes.

Ahotep deu as costas para o governador.

— A família real é formada por quatro pessoas — declarou ela com desdém. — A rainha-mãe Teti, a Pequena, meu marido Seqen, meu filho Kamés e eu. Para saber dos empregados do palácio fale com o intendente Qaris. E quanto ao resto da população, vire-se!

Escondido atrás de um postigo meio aberto, Chomu não perdeu nada da altercação. Assim que a rainha foi embora, ele correu em direção ao governador.

— Boas-vindas aos gloriosos hicsos! Meu nome é Chomu, sou comerciante e represento vários tebanos que veneram o imperador. Estamos dispostos a facilitar a tarefa de seus soldados.

Vencendo a repugnância, Emheb esboçou um sorriso.

— Nomeio-o recenseador local. Instale-se num escritório com dois escribas hicsos, reúna as declarações e classifique-as. Não se esqueça de assinalar os trapaceiros.

— Terá o número exato de habitantes, governador!

Com os lábios molhados de excitação, Chomu ousou fazer a pergunta decisiva:

— Tenho autorização para assinar o relatório definitivo, insistindo no meu devotamento ao imperador?

— Se eu ficar satisfeito com o seu trabalho, por que não?

Chomu nunca desfrutara um tal momento de êxtase. Ele, recenseador oficial a serviço do imperador! Enfim chegava ao primeiro degrau da escada que levava à prefeitura de Tebas, de onde expulsaria a família real para transformá-la numa verdadeira cidade dos hicsos.

Os camponeses do Delta não reconheciam sua região. Em toda a parte brotaram acantonamentos militares que substituíam as cabanas dos pastores, e um animal, até então desconhecido, proliferava: o carneiro. Os hicsos consumiam-no muito, não aceitavam a carne de porco apreciada pelos egípcios e, ao contrário destes, preferiam roupas de lã às de linho.

Todos os dias, constatava o Bigodudo, um fosso mais profundo era cavado entre ocupante e ocupado. Embora o número dos colaboracionistas aumentasse, poucos dentre eles eram sinceros e acreditavam realmente nas virtudes da ordem dos hicsos. A maioria tentava salvar a vida, fingindo venerar um tirano que nenhum poder no mundo poderia atingir.

Nesse clima de desesperança, não era fácil recrutar novos resistentes. Em compensação, aqueles que queriam lutar contra Apófis estavam dispostos a sacrificar-se e não recuariam diante do perigo.

Naquele dia, o Bigodudo não tivera sucesso.

Após trabalhar durante um mês com criadores de porcos, sem pedir outro salário além de um pouco de comida, ele dissera quem era, com a esperança de engajar ao menos um deles. Porém, os cinco homens, mesmo manifestando simpatia, não se sentiam talhados para fazer parte de uma aventura tão louca.

Quando passavam perto do depósito abandonado onde estava escondido o Afegão, que aguardava os resultados da tentativa do amigo, um dos criadores parou bruscamente.

— Os hicsos, aqui!

De fato, uma dezena de soldados da infantaria, com couraças negras, saía da fazenda onde os criadores viviam com suas famílias.

O Bigodudo não podia fugir, nem avisar a Afegão. Os soldados já haviam notado os camponeses e marchavam na direção deles. Só restava esperar que os criadores de porcos não o denunciassem.

— Operação de recenseamento — anunciou o oficial, um anatólio de ombros largos. — Seus nomes e o número exato de animais. Ah... aviso que o preço da venda dos seus porcos caiu pela metade e as taxas aumentaram na mesma proporção.

— Você vai nos arruinar!

— O problema não é meu, meu caro. Você tem de fazer como nós e não comer carne de porco. Vamos, diga... Não teria escondido alguns animais naquele depósito?

— Não, ele está abandonado.

— Mesmo assim vamos ver, só para ter certeza de que não está mentindo. Do contrário, meu caro, você terá sérios problemas.

— Defendam-se, eles querem matá-los! — gritou o Bigodudo quebrando o pescoço de um soldado, de quem ele tirou a espada enfiando-a no peito de um outro que estava próximo.

Enraivecido, o anatólio fincou sua lança no ventre de um criador de porcos que tentava acalmá-lo. Não tendo nenhuma arma além dos punhos, os camponeses eram adversários insignificantes para os hicsos. Contudo, eles foram retardados o suficiente para que uma verdadeira fera tivesse tempo de sair do depósito com um forcado.

O Afegão plantou-o nos rins do anatólio.

Petrificados com a surpresa, os soldados não reagiram. Bem treinados para o combate, os dois resistentes não lhes deram nenhuma chance.

Sujas de sangue, as mãos do Bigodudo tremiam. O Afegão recuperava o fôlego.

Nenhum dos criadores de porcos havia sobrevivido. O Afegão deu cabo dos hicsos feridos. Furioso, o Bigodudo pisoteou os cadáveres até que nenhum rosto pudesse ser reconhecido.

43

Instalado num luxuoso escritório de Avaris, onde chegavam a suas mãos os relatórios dos recenseadores, estava o Grande Tesoureiro Khamudi, que engordara muito. Aquele a quem os subordinados haviam apelidado, no maior segredo, de "Sua Suficiência" ou o "Pega-tudo", ficara riquíssimo. Controlando a produção de escaravelhos e de papiros, retirando para sua conta pessoal uma parte da arrecadação fiscal, com o consentimento de Apófis, ele dava livre curso a sua avidez, acrescida de uma sólida avareza.

Depois de três anos de trabalho, o recenseamento chegava ao fim. Conforme as instruções de Khamudi, os soldados hicsos haviam explorado todos os recantos do Egito e da Núbia, voltando por várias vezes às regiões mais povoadas, de modo que nem uma cabeça de homem, nem uma cabeça de gado lhes escapou. E o resultado era notável: nenhum ser humano poderia escapar dos múltiplos impostos decretados pelo imperador.

Decepcionado com o início da operação, Khamudi tivera uma idéia genial: entregar as primeiras declarações aos escribas locais. No caso de erro por ocasião da verificação feita pelos oficiais hicsos, eles seriam queimados vivos em praça pública. A medida produzira os efeitos esperados: os letrados egípcios revelaram-se excelentes colaboradores, acuando até o último camponês que se escondia no seu quinhão de terra, mesmo que estivesse numa província afastada.

Por isso, era com legítimo orgulho que Khamudi podia apresentar-se diante do chefe, ocupado em calcular a próxima escala de salários dos soldados e funcionários do Estado hicso. O procedimento era bem simples: aumentá-los, retirando mais da renda dos súditos, incapazes de protestar.

— Majestade, o recenseamento foi um perfeito sucesso!

— De quanto foi aumentada nossa receita?

— Mais de trinta por cento! Até os núbios foram domados. Não posso dizer que Nedjeh deixe de esconder alguns tesouros familiares que esqueceu de declarar, mas não podemos perdoar esse pecado venial?

— Em troca, aumente o preço do trigo que vendemos para ele. Nenhum incidente digno de nota?

— Perdemos uma patrulha que teve a imprudência de se banhar no Nilo, num lugar infestado de crocodilos. Só encontramos pedaços de carne presos aos uniformes. Nenhum outro incidente. Quem ousaria revoltar-se contra o nosso exército? Até os selvagens núbios compreenderam que era melhor obedecer ao almirante Jannas sem discutir. Há mais um motivo de satisfação: a extinção do movimento de resistência e o número crescente de colaboracionistas egípcios. O governador de Edfu, Emheb, foi um recenseador ativo. O campo tebano tem o dobro dos animais previstos e ele desentocou até os proprietários de um único porco.

— Ele não protegeu a própria cidade?

— De jeito nenhum, Majestade! Ser investido de uma missão oficial deu-lhe asas de rapina. Graças a ele, tiraremos o sangue de Edfu.

— Nomeie-o inspetor-geral dos impostos da província tebana, e que as arrecadações fiscais aumentem constantemente. A atitude dele deve inspirar outros dignitários egípcios, que deverão acelerar a degradação do povo.

Até o Afegão estava esgotado.

Desde o início do recenseamento, o pequeno grupo havia sido obrigado a mudar constantemente de lugar, com medo de ser interceptado por uma das inúmeras patrulhas dos hicsos que sulcavam o Médio Egito e não se esqueciam nem das propriedades isoladas.

Por várias vezes o deserto servira-lhes de abrigo temporário, mas a falta de víveres obrigou-os a voltar para o campo, onde os camponeses se mostravam hostis.

Nem pensavam em recrutar adeptos, mas, unicamente, em sobreviver.

— Não vamos agüentar por muito tempo — confessou o Bigodudo. — O nervos dos nossos homens estão no fim. À força de servir de caça, eles estão corroídos pelo medo. Alguns deles até querem voltar para casa.

— Seriam executados.

— Preferem isso a uma fuga contínua.

— Tentarei fazê-los raciocinar. E se eu não conseguir...

— Não vai matar aqueles que querem desistir, vai?

— Tem alguma solução melhor a propor?

O Afegão estava certo. Mas como se podia tomar a decisão de uma medida tão extrema?

— Se os deixarmos partir — acrescentou o Afegão —, eles nos denunciarão. Tudo que sofremos por vários anos não terá servido para nada.

— Mas são nossos companheiros e não inimigos!

— Ao mudar a linha de conduta, eles o serão.

Um dos resistentes alertou-os.

— Um fazendeiro vem na nossa direção.

— Conhecido?

— Já nos deu asilo.

— Verifique se está sendo seguido pelos hicsos.

O camponês estava sozinho.

Protegido pelo Afegão, que se escondeu atrás de uma tamargueira, o Bigodudo aceitou falar com ele.

— O que quer, fazendeiro?

— Acabou, o recenseamento acabou! As patrulhas especiais voltaram para Avaris, a frota de guerra também. Só ficaram as tropas habituais de ocupação. A partir desta noite vocês poderão dormir na minha casa.

Tebas estava exangue.

Ahotep não lamentava ter aprovado a estratégia preconizada pelo governador Emheb, mas essa tática estava arruinando a pequena cidade. Os novos impostos aplicados sobre as colheitas mal deixavam aos tebanos o que comer, e seria preciso usar toda a força de persuasão de Ahotep para que mantivessem o gosto pela vida.

Teti, a Pequena, auxiliava-a com eficiência. Indo constantemente ao mercado, explicava às donas de casa que a família real não comia melhor nem mais do que elas. E o pequeno Kamés afirmava em alto e bom som que Tebas triunfaria sobre todos os seus inimigos.

O mercador de vasos Chomu sofria de depressão nervosa. Ele achava que os militares hicsos ficariam em Tebas e que dariam a ele um posto de prefeito como agradecimento por haver denunciado aqueles que possuíam algum bem sem declarar ao fisco. Embora tivesse sido calorosamente felicitado, o governador Emheb voltara para Edfu sem demitir das suas funções a rainha Ahotep, que, é verdade, aceitara todas as condições impostas.

Como lutar contra a popularidade da jovem soberana e da rainha-mãe? Enviscado na sua decepção, Chomu não tinha mais argumentos a oferecer aos colaboracionistas, pois Ahotep cumpria as exigências do imperador.

Heray, o chefe dos celeiros, reconfortou-o um pouco, prometendo-lhe que, no futuro, certamente teria um papel decisivo a desempenhar. Sua devoção para com o novo dono do país não passaria despercebida, sobretudo porque o relatório do governador Emheb fora particularmente elogioso em relação a esse colaborador tão diligente.

Na verdade, Emheb abstivera-se de citar o caso desse rato que Heray vigiava de perto. Mais dia, menos dia, Chomu sairia do estado de abatimento e recuperaria sua capacidade de fazer o mal.

Na região tebana, o recenseamento não estava totalmente terminado. Sob pena de tornar-se suspeito, Emheb não pudera impedir um destacamento hicso de ir à margem oeste de Tebas inspecionar a necrópole e seus arredores que, no entanto, eram considerados uma região desabitada.

Porém, nenhum pedaço de terra devia escapar aos recenseadores.

E, se fizessem corretamente o trabalho, encontrariam a base secreta.

44

Filu pousou no ombro de Seqen que, depois de acariciá-lo, leu a mensagem que o pombo lhe trazia.

— Os hicsos vão inspecionar a necrópole — anunciou aos homens. — Depois, não terão mais nada para controlar, a não ser a região desértica que se estende para o Norte.

— Vamos enfrentá-los e matá-los — prometeu um jovem guerreiro.

— Seria uma vitória sem amanhã — avaliou Seqen. — O sumiço do destacamento seria notado no quartel-general, que enviaria todo um exército contra o qual seríamos impotentes.

— Não podemos deixar que nos massacrem sem reagirmos!

— Vamos seguir as instruções de emergência, sem demora.

Na entrada da necrópole, o chefe do destacamento hicso fez um movimento de recuo. O governador Emheb dissera que nenhum egípcio se aventurava nesse lugar assombrado por monstros com cabeça de abutre e patas de leão. Eles atacavam as vítimas por trás, furavam-lhes os olhos, abriam-lhes a cabeça, bebiam-lhes o sangue e comiam a medula.

Ex-pirata, o oficial abatera um número suficiente de adversários para não temer esse tipo de animalzinho. Entretanto, seus soldados, embora bem armados, não eram da mesma opinião.

A austeridade do lugar e o pesado silêncio que ali reinava deixavam-nos pouco à vontade.

Quando um cão latiu, o hicso sobressaltou-se.

Imediatamente, um dos soldados da infantaria atirou uma flecha. Ela se quebrou numa estela maldizendo os profanadores e o último guarda do cemitério fugiu.

— Acho que não pretende recensear os mortos, não é? — observou o soldado.

— E se saqueássemos as tumbas? — sugeriu um de seus colegas.

— Vá na frente.

— Você acredita nessas histórias de monstros?

— Claro que não! Mas vá na frente.

O chefe do destacamento observava atentamente: pequenas sepulturas, a maior parte abandonada, algumas delas arrombadas... Nada que se pudesse encontrar.

— Ninguém a ser recenseado por estes lados — constatou ele. — Vamos explorar a última zona em branco no meu mapa.

— Para aqueles lados, chefe, é o deserto!

— Está com medo?

— Dizem que é perigoso, com todos esses monstros rondando!

— Nenhum monstro poderia resistir a trezentos soldados hicsos. Em frente.

* * *

Da base secreta não restava mais nada aparente. Seqen eliminara todos os vestígios de acampamento. Seus homens estavam bem escondidos, alguns posicionados atrás das colinas, mais à frente, no deserto, outros nas galerias subterrâneas cavadas nas proximidades do campo de treinamento. O rei e dois dos seus melhores soldados haviam se refugiado numa gruta natural de onde podiam observar o local sem serem notados.

Seqen viu os batedores hicsos chegarem, logo seguidos da vanguarda e, depois, do grosso da tropa.

Eles marchavam num passo apertado, como se estivessem apressados para atravessar uma região hostil.

De repente, o chefe parou e olhou para o chão.

— Tomara que ele não tenha descoberto a entrada de uma galeria — preocupou-se um dos soldados egípcios.

— Não tem nenhuma neste lugar — tranqüilizou-o o rei.

O oficial catou um objeto e ergueu-o.

— Uma das espadas de madeira que usamos nos exercícios — amaldiçoou Seqen, furioso contra essa negligência que poderia custar-lhes a vida.

— É um brinquedo, chefe! — avaliou um suboficial.

— É possível... Está bem usado.

— Essas são as armas de que os egípcios dispõem para lutar contra nós! — exclamou um soldado da infantaria, o que provocou a hilaridade geral.

Dando lentamente uma meia-volta, o chefe do destacamento sondou o local.

— Explorem tudo por aqui — ordenou ele.

Por mais de três horas, os hicsos procuraram outros objetos, prova de que o lugar havia sido habitado ou de que ainda o era.

O resultado foi negativo. Pelas evidências, o brinquedo ficara encalhado por ali depois de uma tempestade de areia, a não ser que um dos rebentos de uma tribo nômade o houvesse esquecido.

— Chegamos ao fim da zona, chefe — observou um dos batedores. — Não há vivalma.

— Esta gruta ainda me intriga. Vamos dar uma olhada.

— Eles vêm na nossa direção, Majestade!

— Mantenha o sangue-frio, soldado.

— Se eles entrarem na gruta, estaremos perdidos!

— Tenha confiança.

— Devíamos fugir!

— Tarde demais. Vamos todos para o fundo da gruta, deitemos no chão e mais nenhuma palavra.

Na entrada da gruta, Seqen colocara ossadas de animais, e algumas ainda continham restos de carne.

— Tem um monstro lá dentro! — constatou um dos hicsos.

— Um monstro, não, mas, com certeza, um carnívoro — objetou o chefe.

— Se for a toca dele, seremos atacados.

— Temos um meio mais simples para descobrir... Arqueiros, posição!

Uma dezena de flechas partiu para o fundo da gruta.

Quando uma delas entrou no braço do soldado à sua frente, no mesmo instante Seqen tapou-lhe a boca com a mão direita, para impedir que gritasse.

As outras flechas passaram por cima dos três egípcios e foram bater na parede.

— A fera não está no ninho — julgou um dos arqueiros. — Vamos esperar que ela retorne?

— O animal vai sentir o nosso cheiro e não vai se aproximar... E, depois, não temos de recensear os animais selvagens do deserto! Voltemos para o acampamento.

Aliviado, o destacamento hicso deixou o lugar inóspito, onde nem mesmo um rebelde fanático aceitaria viver.

Abraçados, a cada dia mais apaixonados, Ahotep e Seqen olhavam os soldados do novo exército egípcio erguerem suas tendas e instalar o acampamento.

A rainha tratara pessoalmente do ferido, e todos os colegas aclamaram a jovem que, com um breve discurso, elogiara a coragem deles e garantia vitórias futuras.

— O deserto dá-nos a força de Seth — disse Ahotep. — Não poderia haver lugar melhor para acolher nossa base secreta. Agora precisamos desenvolvê-la.

— De que maneira? — perguntou Seqen.

— Nossos soldados merecem mais do que simples tendas. Vamos construir uma fortaleza, uma caserna, casas e até um palácio!

— Ahotep, você...

— Nenhum hicso voltará para explorar esta solidão. Vamos construir, com uma única palavra de ordem: libertação. Em Tebas há muitos colaboracionistas. Continuaremos a enganá-los enquanto não estivermos preparados. Depois nós os eliminaremos, para garantir a harmonia.

Seqen não tinha nada a acrescentar. Este era exatamente o plano insensato que ele pensava propor à esposa.

— Por que você se arriscou, escondendo-se na gruta em vez de optar por uma galeria subterrânea?

— Porque eu queria ver os hicsos chegarem e saírem, para que meus homens não corressem perigo.

Ahotep arrastou o marido até a gruta, onde ele vira a morte tão de perto.

— Você se tornou um verdadeiro chefe, Seqen, e estou orgulhosa de você.

A magnífica jovem tirou a túnica e deitou-se sobre a cama improvisada.

— Dê-me um segundo filho, meu amor.

45

Eles eram apenas três escribas e trabalhavam duro ao longo de todo o dia e uma boa parte da noite. Instalados permanentemente na base secreta de Deir el-Ballas, eles administravam a pequena aglomeração que agora incluía um fortim, uma caserna, várias casas e um modesto palácio.

O entusiasmo que reinava entre os resistentes decuplicava suas forças. Eles confiavam inteiramente no casal real, a quem não faltava determinação, o melhor dos encorajamentos para prosseguir numa missão impossível.

Os tijolos haviam sido fabricados lá mesmo, os carregadores de água haviam feito tantas idas e vindas entre o rio e o deserto que os jardineiros da base tinham conseguido tornar fértil o solo em volta das habitações. Graças aos pescadores, os soldados comiam peixe fresco, enquanto a cervejaria e a padaria forneciam os produtos básicos. Nas noites sem lua, um destacamento atravessava o Nilo para buscar, na margem oeste, uma carga de carne-seca.

Encher as barrigas não era suficiente. Por isso, Ahotep ordenou aos escribas que abrissem uma escola onde os resistentes aprenderiam a ler e a escrever. No futuro alguns deles poderiam ocupar postos de responsabilidade num Egito livre.

A rainha só tinha um guarda-costas: Risonho, que não fazia ninguém rir. À massa muscular impressionante, o molosso acrescentava uma rapidez de ação digna de um cão de caça. Brincalhão, ele gostava de se aproximar dos carpinteiros sem fazer barulho e colocar, delicadamente, a pata nos ombros deles. A maioria suava em bicas, até que a doce voz de Ahotep os libertasse.

Os artesãos tinham um papel essencial na preparação da guerra. Enquanto os soldados treinavam sob o comando de Seqen, eles fabricavam as flechas, os arcos, as lanças, as espadas e os escudos. Porém, tudo isso seria inútil sem um meio de transporte: o barco.

Então, pouco a pouco, a rainha foi contratando os carpinteiros, obrigados a manter segredo, como todos os habitantes da base. O governador Emheb enviara-lhe especialistas de Edfu, ainda considerada pelos hicsos como uma cidade segura, dirigida por um colaboracionista impiedoso, devotado ao imperador. Grande coletor de impostos, Emheb também munia-se de armas e instalava seus recrutas no sítio devastado de El-Kab que, aos poucos, voltava a ter vida.

Tebas, Edfu e El-Kab: na maquete do intendente Qaris, havia, agora, três cidades egípcias que não estavam sob o domínio dos hicsos.

Promovido a chefe dos burros, Vento do Norte, à frente dos companheiros, era o responsável pelo transporte de materiais destinados ao estaleiro. Eles levavam madeira, papiro e ferramentas, sem refugar, como se soubessem que participavam de uma ação decisiva.

As coisas andavam muito lentamente para o gosto de Ahotep, mas ela suportava tudo com resignação. E, para a rainha, a abertura do estaleiro era uma etapa capital: quando os resistentes dispusessem, enfim, de uma frota de guerra, teriam mais mobilidade e poderiam lançar o primeiro ataque.

Os artesãos trabalhavam ao ar livre, ao ritmo de canções com palavras que não eram para serem ouvidas por qualquer pessoa. A rainha não se preocupava com isso, preferindo assistir à fabricação do primeiro barco, portador de tantas esperanças.

Os troncos de acácia eram cortados em pequenas pranchas que os carpinteiros montavam como se fossem tijolos, para formar a "muralha" da embarcação. Elas eram fixadas com longas cavilhas ou unidas por sólidos cordames que passavam por buracos feitos com uma verruma.

Com o enxó, o mestre dos carpinteiros preparava o cadaste, peça que serve de suporte ao leme, enquanto os assistentes se ocupavam da roda-de-proa e da quilha.

A rainha examinou pessoalmente o casco, tanto interna quanto externamente. O trabalho estava longe de ficar pronto, porque ainda seria necessário igualar as pranchas já colocadas e depois proceder à calafetagem que as tornaria totalmente impermeáveis.

— Estais satisfeita, Majestade?

— Você não poderia andar mais depressa?

— Fazemos o possível. A pressa estragaria o material, e precisamos de barcos sólidos para transportar nossas tropas. Infelizmente não tenho técnicos experientes, e formar os aprendizes leva tempo, muito tempo.

— Nós conseguiremos — prometeu a soberana.

O sorriso de Ahotep era a mais bela recompensa dos carpinteiros. Bastava que ela aparecesse para que reinassem a alegria de viver e a vontade de ser bem-sucedido.

No entanto, um dos artesãos não participava desses sentimentos.

Ao ser recrutado, ele desejava apenas um melhor salário, e não imaginava que uma base como aquela pudesse existir. Ao criá-la, Ahotep estava louca e levava Tebas à perdição. Mais dia, menos dia, os hicsos descobririam o ninho de rebeldes, e as represálias seriam aterrorizantes.

Aprendiz de carpinteiro, ele só tinha vinte anos e nenhuma vontade de ser vítima de uma luta perdida antecipadamente. Por algum tempo, tentara convencer a si mesmo de que a utopia de Ahotep morreria por si só. Contudo, a base secreta funcionava às mil maravilhas. Ali fabricavam-se armas, treinavam-se soldados e até se construía um barco de guerra!

Seria inútil falar com seus superiores, todos conquistados pela causa da rainha.

O aprendiz teria de agir sozinho e de maneira radical, a fim de evitar uma catástrofe.

A alma do projeto insensato era Ahotep. Se ela morresse, até Seqen, cuja estatura de chefe continuava a afirmar-se, perderia o estímulo. Os revoltosos deixariam a base, voltariam para Tebas e reconheceriam a soberania dos hicsos.

Portanto, ele deveria eliminar Ahotep.

— Majestade, posso mostrar-vos algo surpreendente?

A rainha ficou intrigada.

— É no fim do estaleiro... Acho que ficareis admirada.

Ahotep seguiu-o. Eles passaram por entre as fileiras de pranchas cuidadosamente empilhadas e entraram num espaço estreito, delimitado por troncos não cortados.

— O que há de tão surpreendente?

O aprendiz ergueu um pesado malho de madeira e um formão bem afiado.

— Sois um perigo para todos os tebanos! Só a vossa morte poderá poupá-los do caos.

Nos olhos do artesão via-se uma vontade assassina.

— Está enganado, lutar é a nossa única chance de sobreviver.

— Não se luta contra os hicsos, todos sabem disso!

— Você é um covarde?

O olhar do aprendiz suavizou-se.

— Não temos outra escolha senão a submissão ao imperador. Procurais um poder ilusório!

— Se quisermos realmente, poderemos recuperar a liberdade.

— Não é verdade!

— Você está com medo, eu entendo. Mas, algum dia, o medo mudará de campo.

— Os hicsos já triunfaram. Por que se recusa a admiti-lo?

— Porque o amor pela liberdade deve ser mais forte do que tudo, quaisquer que sejam as circunstâncias.

— Assim é pior, Majestade. Morrereis com vossas ilusões.

O aprendiz pensava em quebrar a cabeça da rainha com o malho e atravessar-lhe o coração com o formão. O tempo de sofrimento seria pouco. Em seguida, o assassino fugiria para Coptos, onde se engajaria na milícia dos hicsos.

No exato momento em que levantava o braço para atacar, uma pata pesada pousou em seu ombro.

O aprendiz virou-se.

De pé, no alto de uma pilha de troncos, Risonho estava acima dele.

Furioso por ver a dona ameaçada, o molosso inclinou a cabeça para o lado, plantou as presas na carótida do agressor e levantou-o, sem se preocupar com os gritos que logo se extinguiram num estertor de agonia.

46

O relatório da pequena rede dos resistentes de Avaris, reduzidos a passar algumas informações com risco de morte, não tinha nada de agradável. O poder do imperador era absoluto. Em todo o território reinava a ordem dos hicsos, e qualquer tentativa de sedição era reprimida com extrema ferocidade. A capital parecia uma gigantesca caserna, o Egito dos deuses e dos faraós agonizava.

Graças ao recenseamento, Khamudi conseguira cobrar impostos até dos camponeses mais pobres, e a casta dos dirigentes continuava a enriquecer, sempre aumentando o número de seus escravos egípcios.

— Só nos resta atacar a guarnição de Heracleópolis e morrer dignamente, depois de matar o máximo de hicsos — avaliou o Bigodudo.

— Leia, ao menos, a mensagem até o fim — recomendou o Afegão. — Há uma referência a Tebas.

— Tebas não existe mais.

— Claro que sim, pois a rainha Ahotep sucedeu à mãe, com a anuência e o controle dos hicsos.

— E daí? Não passa de uma dinastia de segunda categoria! Vou falar com os nossos homens.

De repente, um pensamento louco passou pela cabeça do Bigodudo.

— Você disse... Ahotep?

— De fato, é esse o nome — confirmou o Afegão.

— Ahotep... A palavra significa "a lua está realizada", e a lua é o sinal de identificação que tentamos entender há tanto tempo!

— Você supõe que essa Ahotep está no comando de uma rede de resistentes tebanos? Ela não passa de uma mulher, meu amigo. Como poderia pensar em lutar contra o poder militar dos hicsos?

— Talvez Tebas não esteja morta. Talvez Ahotep tenha agrupado à sua volta alguns partidários tão determinados quanto nós! Vamos esquecer esse ataque suicida e partir para o Sul.

— Atravessar as linhas dos hicsos? Impossível!

— Para todos os nossos homens, sim, é impossível. Para nós dois, não é. E, se não estou enganado, faremos uma junção com os aliados tebanos.

A uma cheia má, nada suficiente, juntava-se a incúria da administração dos hicsos, que não se preocupava em manter as bacias de reserva e em encher os silos de emergência para alimentar os habitantes do Alto Egito.

Graças às medidas tomadas por Ahotep, os tebanos escaparam da fome por um triz. Porém, se o destino os perseguisse e mandasse a próxima cheia tão fraca quanto esta, muitos deles morreriam de fome.

Em meados de julho, inúmeros campos de trigo haviam sido atingidos pela praga e estavam apodrecidos devido à umidade anormal. Só as plantações iniciadas no fim de novembro haviam sido poupadas por essa nova desgraça. Por ordem da rainha, os soldados e os artesãos da base secreta eram os mais bem nutridos, para que pudessem continuar a treinar e a trabalhar quase normalmente.

Curado da depressão, o mercador Chomu apresentou-se no palácio, sendo recebido por Heray, o chefe dos celeiros.

— Você exigiu, de novo, que eu lhe mandasse uma vaca leiteira! Não vai demorar muito e estarei arruinado.

— Não sou o responsável, Chomu. Essas foram as exigências do governador Emheb, que cobra de todos nós os impostos hicsos. Estamos todos na mesma situação, até a família real.

— O imperador não quer a nossa miséria e sim a nossa prosperidade!

— Com certeza, mas lei é lei. Tebas não pode abster-se dela.

— É preciso escrever a Apófis e explicar a nossa situação!

— A rainha vai se encarregar disso, pode ficar tranqüilo. O principal é obedecer às ordens do soberano.

Como não aprovar as idéias de Heray? Desarmado, Chomu não conseguia compreender por que o imperador levava seus fiéis súditos tebanos à miséria.

— Espero que a rainha não se derrame em expressões insolentes...

— Ao contrário, Chomu, ao contrário! Faz muito tempo que nossa soberana desistiu desse tipo de atitude, tão vã quanto pueril. Atravessamos uma situação difícil, sem dúvida porque somos uma província afastada, muito longe de Avaris e do centro do império. Mas estou convencido de que a nossa submissão acabará sendo reconhecida.

— Eu também, Heray, eu também... Não temos visto Seqen nos últimos tempos.

— O marido de Ahotep passa todo o tempo caçando e percorrendo os campos. Ele é irrequieto e não consegue ficar parado. No palácio ninguém reclama, porque ele nos traz o produto da caça. Quanto quer pela vaca?

— Estou feliz por pagar impostos ao imperador e, assim, contribuir para a grandeza dos hicsos — declarou Chomu, com orgulho. — É um sacrifício, mas é necessário.

Heray pôs a mão no ombro do cananeu.

— Você é um exemplo para os tebanos.

O comerciante corou.

Enquanto se afastava, ele pensou no comportamento de Seqen. É verdade que as explicações de Heray eram plausíveis, mesmo assim... quando houvesse uma oportunidade, ele mandaria seguir o irrequieto personagem para certificar-se de que não fomentava um complô insignificante com alguns camponeses.

— Sinto que Chomu está começando a ficar perigoso — confiou Heray à rainha Ahotep.

— Algum fato específico?

— Não, mas ele me parece curado e, novamente, decidido a causar-vos problemas.

— Mande vigiá-lo dia e noite.

— Essa vigilância nunca foi interrompida, Majestade. Todos os partidários da colaboração com o inimigo foram identificados. Quando chegar a hora, eles serão detidos em alguns minutos.

— Ainda nenhuma notícia do Norte? — perguntou Ahotep a Qaris.

— Nenhuma, Majestade. Provavelmente não sobrou nenhuma rede de resistentes.

— Já que estamos sozinhos, lutaremos sozinhos! O intenso trabalho do faraó Seqen começa a dar frutos: dispomos agora de um pequeno exército com soldados capazes de destruir qualquer adversário.

— E os barcos? — perguntou o intendente.

— O primeiro acabou de sair do estaleiro; a construção do segundo está começando. A equipe dos carpinteiros também está ficando aguerrida e trabalhará mais depressa.

— Segundo a última mensagem do governador Emheb, Majestade, os resistentes convocados em Edfu e em El-Kab formam um grupo bem significativo. Não há mais o que temer do lado dos núbios, que se contentam com os territórios concedidos pelo imperador e não querem ser tomados de assalto pelos regimentos do almirante Jannas. E Emheb continua a ser considerado como o modelo perfeito do colaboracionista, que enche os cofres do invasor, tirando até a última gota de sangue da região.

Teti, a Pequena, irrompeu na sala da maquete onde se reunia o conselho secreto.

— Venha rápido, Ahotep! Kamés se machucou.

De fato, o garoto fizera um corte profundo na mão direita com o fio de uma navalha que ele pegara no gabinete de toalete do pai.

Seus gritos podiam ser ouvidos em quase toda a cidade, pois o caso era bem sério.

— Essa ferida não é normal — avaliou Ahotep, tentando acalmar o filho.

— O olho mau! — concluiu Teti, a Pequena. — Há um meio de conjurá-lo: usar o alume.

— Desde que ainda tenha algum na farmácia do palácio.

Enquanto a rainha-mãe saía à cata do precioso produto, Ahotep dirigiu-se a Kamés, com afeto e firmeza.

— Você está sofrendo muito e manifesta a sua dor, nada mais normal. Porém, deve lutar contra ela para sufocá-la, ou você nunca será um homem.

Kamés engoliu as lágrimas e ousou olhar a mão.

— Você e eu — continuou a mãe — detestamos o gênio mau que o feriu. Nós vamos privá-lo da voz. Graças ao remédio que sua avó vai trazer, faremos com que ele saia da sua carne, e, então, o sangue vai parar de escorrer e sua mão será mais forte do que antes.

Do alto de seus nove anos, Kamés traçou seu futuro. O futuro de uma pessoa orgulhosa, decidida a combater e a vencer.

O alume que Teti, a Pequena, aplicou na ferida foi notavelmente eficaz: ele repeliu o olho mau e promoveu a rápida cicatrização da primeira ferida do filho do Faraó.

47

Até Coptos tudo correu muito bem.

Em razão de intermináveis desvios, o Afegão e o Bigodudo conseguiram evitar as fortalezas e as patrulhas dos hicsos. Bebendo nos canais, alimentando-se de caça miúda, eles haviam avançado a passo de tartaruga, mas sem nenhuma contrariedade.

Pedir abrigo numa fazenda era muito perigoso. Nessa região, eles não podiam confiar em ninguém.

Em todos os caminhos havia aduaneiros e guardas. Até as trilhas dos desertos eram controladas.

— Não vamos passar — lamentou o Bigodudo.

— Ainda tem o Nilo.

— Ali só circulam barcos hicsos! Se roubarmos uma barca, eles nos interceptarão.

— Vi passar os barcos que transportam mercadorias — lembrou Afegão.

— Era o trigo para os aliados núbios do imperador.

— Podemos nos esconder num carregamento e desembarcar na altura de Tebas.

— E se a equipagem perceber?

— O azar será deles.

“Uma chance em dez de conseguir”, pensou o Bigodudo.

Era melhor do que nada.

A manhã apresentava-se de uma suavidade excepcional e o céu de uma claridade incomparável. Kamés jogava bola com os amigos e Teti, a Pequena, preparava doces. Tebas continuava a viver no ritmo tranqüilizador de trabalho e do cotidiano, como se, graças à presença de um sol brilhante, a ameaça de destruição estivesse suspensa.

Ahotep apoiou, numa colher para maquiagem, a estatueta de uma mulher confeccionada pela mãe, aplicando uma velha receita de magia. Sem braços e sem pernas, ela exibia um grande triângulo pubiano, marcado com furos de alfinete. A colher representava uma nadadora nua empurrando um pato. A nadadora era a deusa do céu Nut, imersa no oceano das origens. Ela levava o deus da terra, Geb, encarnado no pato. Assim, o casal primordial dava origem às múltiplas formas de vida. Associar os dois objetos não garantia a fecundidade?

Ahotep saiu do palácio e caminhou na direção de um calotrope, uma árvore de flores cor-de-rosa com cinco pétalas, sob a qual Seqen havia adormecido. Por causa dos frutos em forma de testículos, o imponente vegetal era conhecido por suas virtudes afrodisíacas.

A rainha se ajoelhou e acariciou ternamente a fronte do homem a quem amava cada dia mais.

— Ahotep... Você está radiosa!

— Às vezes penso no rapaz franzino e tímido que não ousava abordar-me... Você se transformou num verdadeiro guerreiro, capaz de conduzir seus homens ao combate.

— A realidade não é tão divertida. Em breve serão dez anos de trabalho e, por enquanto, só temos um minúsculo exército.

— O que vale é o desejo de vencer! Você não percebe o meu?

Seqen ergueu-se para tomar Ahotep nos braços. Enlaçados, eles se deitaram para formar apenas um ser.

— Enfim — confessou ela —, estou grávida de novo.

O Grande Tesoureiro Khamudi continuava engordando, e cada vez ficava mais difícil vestir as antigas roupas. Odiando o desperdício, ele as conservava até o último limite, antes de adquirir outras do melhor tecelão da capital, que se mostrava bem esperto, não divulgando as verdadeiras medidas do ilustre cliente.

Mesmo assim, Khamudi devorou um filhó com cominho, porque era dia de festa para a casta dirigente de Avaris. O imperador prometera uma festa inédita, o exército iria aclamá-lo, e Khamudi só tinha excelentes notícias a anunciar. A Núbia e o Egito prosternavam-se diante do soberano, toda forma de resistência havia sido erradicada. Como afirmava regularmente o ministro da Agricultura de Tebas, a cidadezinha morrediça só tinha uma única e louvável ambição: pagar os impostos e as taxas para Apófis.

Havia sobrado apenas um problema menor, porém difícil de resolver: os ataques de caravanas por bandos de malfeitores, pouco numerosos e que não paravam em nenhum lugar. No caminho do *Uadi* Tumilat, entre o Delta oriental e o mar Vermelho, Khamudi conseguira excelentes resultados ao pegar numa cilada vinte beduínos, que os hicsos haviam empalado com um cuidado especial. O suplício serviria de exemplo.

— Abandone os dossiês — advertiu Yima, a esposa —, o imperador está pronto!

Interrompidos os afazeres, sem se preocupar com a sua rechonchuda cara-metade, o Grande Tesoureiro apressou-se a ir ao encontro do chefe, protegido por uma guarda especial.

Por medida de segurança e, ao mesmo tempo, porque detestava o populacho, o imperador raramente saía da cidadela. Por isso, a aparição nas ruas de Avaris desencadeou o entusiasmo de uma multidão que manifestava ruidosamente sua alegria, muito bem organizada por Khamudi. Quem fosse surpreendido sem aclamar o nome do faraó Apófis seria deportado para as minas de cobre.

O imperador parou em frente ao jardim de um egípcio colaboracionista. Um verdadeiro encanto formado de acianos, íris, malvas, crisântemos e esporas.

— Destrua tudo isso — ordenou ele ao seu braço direito.

— Agora, Majestade?

— Não gosto de repetir, meu caro.

O Grande Tesoureiro apelou para os homens do seu próprio séquito, que pisotearam as flores e arrancaram os novos brotos.

— Não quero ver nenhum jardim na minha capital — decretou Apófis —, com exceção o da cidadela, um favor especial concedido à esposa do imperador. A visão das flores amolece as pessoas.

— Se Vossa Majestade quiser fazer o favor de entrar...

A senhora Yima, com a aprovação da "imperatriz" Tany, havia preparado uma recepção em honra de Apófis, no harém. Embora detestasse a megera, gorda, feia e vulgar, Yima continuava a incensá-la a fim de evitar suas fúrias. Mesmo sem a autorização do marido, Tany não hesitava em mandar a senhora Abéria eliminar quem a desagradava, que sempre ficava feliz por estrangular suas vítimas.

Por sorte, o entendimento entre seu marido e o imperador continuava firme, e Yima sentia-se protegida. Entretanto, não deixava de parabenizar a horrível Tany por tudo e por um nada, para manter-se nas suas boas graças.

Yima e Khamudi continuavam a entregar-se às perversões mais vis, sabendo que Apófis não os levaria a sério, ainda mais porque o casal usava as egípcias para o seu divertimento, que não saíam vivas dos jogos sádicos.

Apófis contemplou a grande sala de recepção com um lago interno e confortáveis cadeiras.

— É um belo harém este que nós temos, senhora Yima.

— Todo o mérito recai sobre a vossa esposa, Majestade!

— O que tem para mostrar-me de tão excepcional?

— Uma dança, Majestade. Uma dança lasciva, executada outrora por mulheres de má fama nas casas de venda de cerveja. Agora ela será executada para vós, só para vós, pela última herdeira da família mais rica de Mênfis. Se não ficardes satisfeito com a apresentação, ela será estrangulada pela senhora Abéria.

— Bem divertido... Que ela dance!

A moça tinha dezoito anos e era sublime.

A senhora Abéria arrancou dela o véu de linho e empurrou-a, nua, para o centro da sala.

— Mostre-nos o que sabe fazer — ordenou Yima —, senão...

Sem procurar esconder o sexo, nem os seios, a jovem mantinha-se ereta como uma estátua de deusa.

— Dance! — exclamou Yima, histérica.

Quando ela tentou pegar os braços da egípcia para sacudi-la, esta a esbofeteou.

— Não existe ninguém mais miserável do que vocês — declarou a prisioneira, com uma calma impressionante. — No julgamento do outro mundo, a Devoradora regalar-se-á com suas almas podres!

— A altivez desse povo vencido exaspera-me — disse o imperador. — Que essa revoltosa seja condenada à morte.

48

Apesar das massagens diárias e dos preparados medicinais destinados a evitar uma hemorragia, o médico do palácio continuava muito preocupado. Os prognósticos de nascimento permaneciam incertos, a evolução da gravidez, preocupante. Ahotep deveria ficar acamada; porém, às recomendações do médico ela sempre retorquia: "Tudo correrá bem porque tudo deve correr bem. E eu terei outro filho."

Nem Teti, a Pequena, conseguia chamar sua filha à razão, pois ela assumira a dura tarefa de pôr novamente em funcionamento os ateliês de tecelagem, adormecidos há muito tempo. Oficialmente, a jovem rainha não suportava ver os tebanos malvestidos; na realidade, o exército de libertação precisava de roupas.

Essa retomada da atividade chamou a atenção de Chomu. Por isso as tecelãs forneciam vestimentas, roupas de baixo e xales à vista de todos, e as túnicas e tangas eram levadas à noite para a base secreta. A necessidade de dissimular atrasava a produção e, ao mesmo tempo, a entrega, mas era preciso uma extrema prudência.

Ahotep recrutara pessoalmente quatro tecelãs experientes que, a todo momento, sonhavam em ver os hicsos aniquilados. Elas eram as únicas que sabiam. As aprendizes ocupavam-se em vestir a população com roupas novas. Chomu até conseguira obter alguma vantagem ao alugar por um bom preço um local vazio.

Um dia em que a rainha fora fazer uma visita para eles, para certificar-se de que a ventilação era boa e as operárias dispunham do material necessário, Heray apareceu.

— Majestade, vossa presença é solicitada no palácio.

— É muito urgente?

— Acho que sim.

O Bigodudo estava à beira das lágrimas.

— Tebas... Estamos em Tebas! Veja só, Afegão, conseguimos!

— É bem menor do que Mênfis.

— Esta cidade crescerá, pode ter certeza! Nada é mais nutritivo do que a liberdade.

— Desde que ela ainda exista... Lembre-se de que a região está sob o domínio dos hicsos.

— E você, lembre-se de que o símbolo de Ahotep anuncia o contrário!

— Não se exalte, companheiro. Escapamos do exército, dos guardas e dos crocodilos... Vamos continuar vigilantes.

— Vamos ao palácio revelar a nossa identidade.

— E se a rainha Ahotep for aliada dos hicsos?

Atordoado com a aventura, o Bigodudo não queria acreditar naquilo. Mas excluir a possibilidade seria infantil.

— Eu vou ao palácio — decidiu o Afegão. — Vou explicar-me como um estrangeiro desajeitado. Se tudo correr bem, sairei livre e virei procurá-lo. Caso contrário, fuja e vá ao encontro dos nossos homens.

— Não aceito deixá-lo correr um risco como esse!

O Bigodudo nem teve tempo para expor seus argumentos.

Surgindo do meio dos juncos, uma dezena de sujeitos robustos, armados de lanças, cercou-os.

No íntimo, o Afegão apreciou a habilidade da manobra. Mesmo habituado ao perigo, não percebera a presença deles. Haviam atuado com uma prontidão digna de soldados profissionais.

O Bigodudo fazia as mesmas reflexões.

Seria inútil lutar.

— Quem são vocês? — perguntou um dos tebanos.

— Queremos ver a rainha Ahotep... Por causa deste símbolo.

O Bigodudo mostrou o hieróglifo da lua desenhado na palma da mão.

O soldado continuou cético.

— Por que desejam falar com a nossa soberana?

— Temos informações importantes a comunicar.

— Vamos amarrar suas mãos e vocês nos seguirão. Ao menor gesto suspeito, serão mortos.

Ela era a mulher mais bonita que o Afegão já tinha visto. No olhar de fogo, capaz de conquistar em instantes qualquer homem, aliavam-se força, ternura e inteligência.

— Venho do Afeganistão, o Bigodudo é egípcio. Somos chefes de uma rede de resistência cuja base está no Médio Egito, e temos contato com alguns habitantes de Avaris.

Teti, a Pequena, e Qaris ficaram atônitos; Heray mostrou-se surpreso, e Ahotep nem piscou.

— Dêem-me boas razões para que eu acredite que não são espiões hicsos.

— Estamos dispostos a revelar os nomes de nossos homens, os lugares onde se escondem e indicar com precisão a localização das fortalezas e guarnições dos hicsos. Formamos combatentes, fabricamos armas, tecemos uma rede de simpatizantes, mas não temos capacidade para realizar um choque frontal — confessou o Bigodudo. — Enquanto isso, assaltamos caravanas e eliminamos, um a um, os espiões do imperador, que pensa ser mais bem informado do que realmente é.

O Afegão e o Bigodudo falavam, Qaris anotava. Com essas informações inestimáveis, completaria a maquete. E ele já pensava num plano de ataque em pontos específicos do território!

— E se tudo isso não passar de mentira? — questionou Ahotep.

— Não temos nenhum outro meio de convencer-vos, Majestade.

— Nesse caso, vou entregá-los aos soldados do imperador.

— Não estais do lado deles! — exclamou o Bigodudo. — Não, não vós, é impossível... Pelo nome do Faraó, mesmo que não exista nenhum ser humano para exercer essa função, eu juro que dizemos a verdade! Que minha alma seja destruída se eu estiver mentindo.

Ahotep e Seqen admiravam um desses pores-do-sol cujo segredo pertencia à montanha tebana. Antes do triunfo aparente da noite, o céu tingia-se de rosa e laranja, enquanto o rio cobria-se de prata cintilante.

— Quando você vai concordar, enfim, em repousar?

— No dia seguinte ao parto, se necessário.

— O médico não está tranqüilo, você sabe.

— Deixe-o falar, Seqen, eu confio nos deuses. A construção dos barcos está progredindo?

— Muito lentamente, lentamente demais! Os carpinteiros encontram sérias dificuldades por causa da qualidade da madeira. Em certos momentos, eu...

Ahotep pôs o dedo indicador nos lábios do marido.

— Várias palavras inúteis foram riscadas do nosso vocabulário, como "dúvida" e "desânimo". Elas traduzem sentimentos que só os povos livres podem dar-se ao luxo de ter. Continue a reforçar a base secreta e não se questione inutilmente.

Seqen abraçou Ahotep com impetuosidade.

— Por algum tempo — disse ela, sorrindo — você vai precisar moderar o entusiasmo. Mas, ao ver o nosso filho, não vai lamentar o sacrifício.

Seqen acariciou o cabelo preto da esposa.

— Você acredita mesmo na sinceridade do Bigodudo e do Afegão?

— Vamos colocá-los à prova. Se forem espiões, com certeza darão um passo em falso. Em contrapartida, se existir mesmo uma rede de resistentes no Norte, ela será muito útil quando começarmos a operação para reconquistar o Egito.

— As roupas chegam para nós em conta-gotas e precisamos de armas.

— Vou cuidar disso — prometeu Ahotep. — Os novos hóspedes serão, espero, aliados eficientes.

O projeto da rainha deixou o faraó satisfeito.

Repentinamente, ele ficou com a fisionomia sombria.

— Ultimamente tenho sido seguido. Consegui despistar o espião no deserto, mas estou convencido de que o partido dos colaboracionistas começa a achar estranhas as minhas ações.

— Vou descobrir quem o segue — afirmou Ahotep. — Se ele se aproximar demais da base, as medidas de segurança serão aplicadas.

49

Como o seu companheiro, o Afegão catava os sílex, ora claros, ora escuros, cuja rigidez ultrapassava a do metal. Mesmo sem mostrarem má vontade em cumprir a tarefa, os dias pareciam-lhes um pouco longos.

— Condenaram-nos aos trabalhos forçados — disse ele.

— Não acredite nisso — objetou o Bigodudo. — Ao contrário, demonstram o máximo de confiança.

Com as mãos na cintura, o Afegão olhou, circunspecto, para o colega.

— Pode explicar-me?

— Nós usamos os sílex para as navalhas, para os instrumentos cirúrgicos... e, também, para as armas! Pontas de flechas e de lanças, machados... É arcaico, mas barato e eficiente. Todos devem pensar que estamos catando seixos, enquanto preparamos a força de ataque do futuro exército tebano!

— Por que a rainha Ahotep não nos disse isso?

— Porque ela quer ver se somos inteligentes o bastante para percebê-lo.

Chomu tomou uma taça de leite de cabra. Achando-o azedo, ele o cuspiu. Há algum tempo sofria do estômago e dormia mal, e perguntava-se: "Por que o imperador esqueceu os fiéis súditos tebanos? Eles cumpriam seus deveres pontualmente e o governador Emheb não tinha nada a criticar."

A rainha Ahotep parecia inofensiva. Em compensação, Seqen intrigava-o. Por isso, Chomu ordenara a um de seus primos, partidário, como ele, de uma total colaboração com os hicsos, que seguisse o marido da rainha.

— E então? — perguntou ele, irritado.

— Seqen caça e pesca — revelou o primo. — Para evitar que notasse minha presença, não o segui em todos os lugares. E os deuses são testemunhas de que ele tem uma energia que parece inesgotável!

— Em outras palavras, ele despistou você!

— Não é preciso exagerar... Mas ele conhece bem o deserto.

"Que imbecil!", pensou Chomu. "Ele foi incapaz de realizar corretamente sua missão."

— Precisa continuar, primo. Quero saber mais.

— É muito cansativo...

— Vou pagar-lhe mais.

— Nessas condições...

O primo seria apenas uma isca bem visível. Outro, mais hábil, iria substituí-lo e seguir Seqen quando ele acreditasse estar em segurança.

— Não estão cansados de catar sílex? — perguntou Seqen.

— Cataremos o quanto for necessário — respondeu o Bigodudo — e o tempo que for preciso. Preparar as armas não é uma tarefa essencial?

O Afegão aprovou, fazendo um sinal com a cabeça.

O faraó avaliou os dois homens: o Bigodudo, entusiasta, benévolo, capaz de ir até o fim; o Afegão, frio, determinado, selvagem.

Eles formavam uma dupla temível, declaradamente dotados de uma experiência de muitos anos, e sentia-se que a cumplicidade tornava-os inigualáveis na ação.

— Vocês são bons caçadores?

— Quando se pretende sobreviver em território ocupado, é melhor sê-lo — respondeu o Afegão.

— Então venham comigo.

A uma boa distância do trio que entrou pelo deserto do Leste, uma dezena de arqueiros estava preparada para intervir se o Afegão e o Bigodudo atacassem Seqen.

Há algum tempo, eles não paravam de fazer perguntas ao marido de Ahotep, como se suspeitassem de que ele fosse mais do que um desmiolado, que só se preocupava em pescar grandes peixes e em fornecer a caça para o palácio.

Seqen levou-os até uma cabana de junco, construída à beira do deserto.

— Entrem e olhem.

Desconfiados, os dois homens hesitaram.

— O que há lá dentro? — perguntou o Bigodudo.

— A resposta para as suas perguntas.

— Detestamos surpresas — declarou o Afegão. — Regra geral, elas não reservam nada de bom para pessoas como nós.

— No entanto, sua curiosidade merece ser satisfeita.

Com um olhar desconfiado, o Bigodudo entrou na cabana, pronto para defender-se contra um eventual agressor. Quanto ao Afegão, ele não hesitaria em pular em cima de Seqen, embora o rei fosse maior e mais forte.

Tripas.

Dezenas de tripas de tamanhos e de dimensões variadas.

— Esse é o principal produto da caça — especificou Seqen. — Suponho que compreendam o porquê.

O faraó e o Afegão desafiaram-se com o olhar.

— Para que servem as tripas? — perguntou o Afegão. — Para serem transformadas em cordas dos instrumentos de música ou... para os arcos. Os sílex, as tripas... Tebas está se armando, não é? E você é o general do exército.

O Afegão estava de frente para Seqen, o Bigodudo mantinha-se atrás dele. Se atacassem ao mesmo tempo, o rei teria de mostrar-se muito rápido para sair indene do assalto. E esse exercício ele repetira cem vezes.

O Bigodudo pôs-se de joelhos. O Afegão imitou-o.

— Estamos às vossas ordens.

Seqen não prestava nenhuma atenção ao esplendor das estrelas que brilhavam num céu lápis-lazúli. Enlouquecido de preocupação, ele ia e vinha pelo corredor do palácio que levava ao quarto onde Ahotep tentava dar à luz o seu segundo filho.

O médico não escondera o seu pessimismo. E as três parteiras, mesmo experientes, mostravam-se nervosas. "Será a mãe ou a criança", previu uma delas.

Diante da idéia de perder Ahotep, o rei sentia a garganta apertada pelo desespero. Sem ela, seria incapaz de continuar a luta. A rainha era a alma do combate, encarnava a aliança da magia e da vontade. Com ela, nada era impossível.

Seu amor era o fogo que o animava, o ar que lhe dava alento, a água que lhe permitia sobreviver, a terra onde ele construía.

E se a criança morresse, ela ficaria destruída.

Qaris estava abismado contemplando a maquete, Heray tomava cerveja sem ter sede, Teti, a Pequena, velava o sono do pequeno Kamés. Todos sabiam que a sorte do país estava sendo jogada naquele quarto, onde o deus do destino brincava com a vida e a morte.

Seqen não estava apenas cada vez mais apaixonado por Ahotep. Dia a dia admirava-a mais. Nela sobrevivera a altivez das rainhas da idade do ouro, como se a grandeza do Egito, ocupado e pisoteado, se recusasse a desaparecer.

Ahotep tinha força para debelar a desgraça.

Essa desgraça que, como um dragão, percebera o perigo e tentava asfixiar o adversário. E Seqen não podia dar nenhuma ajuda para a esposa que ele amava e venerava.

O rapaz tinha vontade de berrar, de gritar sua indignação contra aquela injustiça, de apelar para os deuses para que não abandonassem aquela que percebia suas vozes e tentava, com perigo da própria vida, transmitir as palavras deles.

Frágil, inquieta, Teti, a Pequena, aproximou-se do genro.

— Se algo acontecer — prometeu ela —, vou atacar. Ao menos Tebas morrerá dignamente.

A porta do quarto abriu-se.

Uma das parteiras apareceu, com o rosto marcado pelo cansaço.

Seqen segurou-a pelo ombros.

— Não me esconda nada! — exigiu ele.

— Tendes um segundo filho. A rainha está viva, mas muito fraca.

50

A estátua de calcário representava o primeiro Sesóstris, sentado no trono, com o olhar voltado para o céu.

— Agora! — ordenou o imperador com sua voz rouca.

Com um golpe de maça dado com enorme força, Khamudi decapitou a obra-prima que deixava o chefe exasperado.

Era a décima estátua antiga que ele destruía no átrio do templo de Seth, diante dos dignitários hicsos, radiantes por verem desaparecer aqueles testemunhos de uma cultura obsoleta.

Apófis aproximou-se de uma esfinge com o rosto do terceiro Amenemhat.

— Que um escultor substitua o nome desse monarca deposto pelo meu — decidiu ele. — E assim será para todos os monumentos que eu concordar em manter e que, doravante, proclamarão a minha glória.

Raros eram os funcionários de Apófis que tinham direito a uma estátua grosseira, com a pele pintada de amarelo, feita por um escultor que não sabia nada dos ritos antigos.

— Por que esse sorriso de desdém? — perguntou o imperador à jovem irmã, Ventosa.

— Porque, pelo menos, dois dos altos funcionários que se prosternaram diante de você são refinados hipócritas. Em público, eles o adulam. Segundo confidências de alcova, eles o detestam.

— Trabalhou muito bem, irmãzinha. Dê o nome deles a Khamudi.

— Não, para ele, não. Não gosto nem um pouco desse homem!

— Então para mim.

— Para você não posso recusar nada.

Sem hesitar, Ventosa enviou para o suplício os dois homens que seduzira, a fim de conhecer o que pensavam intimamente.

— Parece que você se apaixonou por Minos, o pintor cretense.

— É um amante inventivo e muito ardoroso.

— Ele faz críticas a meu respeito?

— Ele só pensa na arte... e no meu corpo.

— Mande que ele se apresente no palácio, esta noite.

— Não está pensando em privar-me do meu brinquedo preferido, está?

— Ainda não, fique tranqüila.

O imperador não estava descontente com a nova decoração do palácio. Não havia mais nada de egípcio e reproduzia fielmente os principais temas da residência real de Cnossos, em Creta. Gostava especialmente de um deles: o salto dado por um acrobata para evitar o ataque de um touro bravio. O homem saltava por cima da cabeça do animal, apoiava-se no pescoço dele com os braços e as pernas estendidos, e caía depois da cauda... se o perigoso salto fosse bem-sucedido.

Um detalhe o intrigava. O estilo do pintor não permitia identificá-lo e, por isso, convocara o cretense.

Minos tremia de medo.

— Está satisfeito com a sua permanência entre nós?

— Certamente, Majestade!

— Seus companheiros também?

— Ninguém quer voltar para Creta!

— É melhor assim, porque isso está fora de cogitação. O trabalho por aqui está longe de terminar e, em seguida, vocês vão decorar meus palácios das principais cidades do Delta.

Minos inclinou-se.

— É muita honra, Majestade.

— Está claro que não podem decepcionar-me. Diga-me... qual é a função desse estranho jardim, embaixo do touro?

— É o labirinto, Majestade. Só há uma única entrada e uma única saída. O lugar servia de covil para um monstro com cabeça de touro. No interior existiam tantos meandros que o visitante imprudente ficava desnorteado e perdia a razão, ou sucumbia sob o golpes da fera. Só o herói que traz consigo o fio de Ariadne tem a possibilidade de sair vivo de lá.

— Interessante... Quero um desenho minucioso.

— Vosso desejo será atendido, Majestade.

* * *

Seqen apertou Ahotep com tanta força que ela pensou que ia sufocar.

— Você está fora de perigo, meu amor! Contudo, não poderá mais dar à luz.

— Eu queria dois filhos, eu os tenho. O que achou do segundo?

O pai lançou um olhar maravilhado para o bebê bochechudo que dormia no berço.

— É magnífico!

— Vai chamar-se Amose — "Aquele que nasceu do deus Lua", pois ele viu a luz no momento em que a lua cheia atingia o apogeu. Como o pai e o irmão mais velho, não terá outro objetivo que não seja a liberdade e a soberania do Egito.

A jovem mãe entregou-se aos braços de Seqen.

— Achei que ia morrer ao dar à luz, e só pensava em você... Teria continuado a lutar, não é?

— Sem você, que chance teríamos de vencer? Eu comando soldados corajosos e dispostos a morrer pelo país, mas você é a alma e a magia deste país.

— Volte à base secreta, Seqen. Ainda há tanto o que fazer!

— Com uma condição: que você faça o repouso necessário.

— Minha mãe velará por mim.

— Ela não consegue que você a obedeça! Exijo a sua palavra, rainha do Egito. Senão, não saio deste quarto.

— Você a tem... Mas é apenas a palavra de um refém!

Os tebanos alegraram-se com a venturosa notícia: a mãe e o filho passavam bem. Uma avó atenciosa, uma rainha cuja beleza não havia sido alterada pelos partos, dois magníficos meninos e um pai sempre apaixonado pela esposa: essa era a imagem tranqüila que a família real fornecia à pequena cidade de Tebas.

Uma imagem que não deixava tranqüilo o comerciante Chomu, porque o comportamento de Seqen continuava a intrigá-lo. Era possível que alguém fosse apaixonado pela caça e pela pesca, mas àquele ponto! Sair de manhã cedo, no dia seguinte ao nascimento do filho, para atravessar o Nilo, perder-se na solidão da margem oeste e correr tantos riscos, para voltar com a infeliz de uma lebre!

Agora, Chomu tinha certeza: Seqen tinha atividades inconfessáveis.

Precisava ser seguido de uma maneira eficaz para que se descobrisse a verdade.

Depois de notar o primo de Chomu, usado como isca, Seqen fingiu que ia aventurar-se no *ued*. Depois, ele voltou e tomou a direção da base secreta.

Pago regiamente pelo comerciante, o cananeu que seguia Seqen conseguia ficar praticamente invisível. O marido de Ahotep tomava várias precauções: parava várias vezes, virava-se, olhava em todas as direções, apagava a marca dos seus passos. Mas o homem que o seguia não caía nas armadilhas, encolhia-se ou deitava-se no chão na hora certa.

Por isso, ele não foi despistado.

Deitado de bruços no alto de um montículo, o cananeu descobriu o objetivo da viagem de Seqen: um acampamento povoado de militares em treinamento! E não era uma instalação improvisada, pois havia um fortim, uma caserna, casas e até um pequeno palácio!

Então, Ahotep e Seqen haviam construído uma base secreta onde preparavam um exército que, mais dia, menos dia, cometeria a loucura de atacar os hicsos. Precisava avisar Chomu o mais rápido possível!

Quando ia se levantar, o cananeu sentiu um peso na nuca.

Um peso que se tornou opressivo e forçou-o a enfiar o rosto na areia, abafando seus gritos de terror.

Depois de imobilizar com a pata o espião na areia, Risonho enfiou-lhe as presas na nuca. Instruções de segurança eram instruções de segurança, e o molosso aplicava-as com rigor e competência.

51

Especialista em pilhagens e execuções sumárias, o iraniano estava fora de si de raiva. Há mais de cinco anos, o porco do Khamudi bloqueava sua promoção e, para o imperador, reivindicava os méritos das incursões sangrentas que acabavam com qualquer veleidade de rebelião no território hicso.

O sistema estabelecido por Khamudi era de uma eficácia notável: quem quisesse ter o bom nome preservado tinha de passar por ele e pagar pelo serviço. Além do mais, ele se associava a todas as iniciativas comerciais, das quais se dizia autor e, assim, recebia os direitos, sem limite de tempo. Quem ousasse protestar via seu negócio entrar em declínio, e quem continuasse a protestar era vítima de um acidente.

Com o apoio de uns trinta oficiais do seu país, o iraniano decidira livrar-se de Khamudi, desde que o imperador não viesse a suspeitar de nenhum deles. Dos conciliábulos nasceu um plano infalível: usar uma das egípcias, quando surgisse a ocasião.

Justamente essa ocasião acabara de surgir.

Para humilhar ainda mais a filha de um dos dignitários que ele próprio decapitara, Khamudi tirou-a do harém para que ela cuidasse dos seus pés. Muito orgulhoso dos pés pequenos e rechonchudos, o Grande Tesoureiro coagia a escrava a tratá-los com delicadeza e deferência, antes de obrigá-la a satisfazer seus caprichos depravados.

O iraniano não tivera nenhuma dificuldade em transformar a jovem egípcia em instrumento do destino. Consciente de que não sairia com vida da vila de Khamudi, mesmo assim ela aceitara cumprir a missão que daria um sentido à sua horrível existência.

A leitura do papiro da contabilidade levou o Grande Tesoureiro à beira do êxtase. Em menos de um ano, sua fortuna duplicara! E ele não pretendia parar por aí. Já que nenhuma transação importante era efetuada sem o seu controle, ele aumentaria as contribuições obrigatórias para repartir entre o imperador e ele próprio.

— A pedicura chegou — avisou o intendente.

— Mande-a entrar.

A jovem prosternou-se diante do dono da casa.

— Dispa-se e lamba meus pés.

Abalada, a escrava obedeceu docilmente.

— Agora, corte minhas unhas. Se me machucar, será chicoteada.

O prazer que Khamudi sentia em se fazer obedecer por muito pouco não era maior do que a satisfação de martirizar as moças que, depois de conhecê-lo, nunca mais conseguiriam amar um homem.

A jovem egípcia abriu a caixa de madeira onde estava seu material. Pegou a faca de sílex que o iraniano lhe dera e pensou nos pais que ela ia vingar. Um golpe no coração, e a vida do torturador teria fim. Com o oficial iraniano, ela treinara cem vezes o gesto certo, para ter a certeza de não errar.

— Apresse-se, pequena, tenho horror de esperar.

Não, não no coração. Ela devia acertar mais embaixo, bem mais embaixo! Antes de morrer, seu carrasco ia perder a virilidade.

A jovem egípcia ajoelhou-se e olhou para cima, para gravar na memória o olhar do monstro que ela se preparava para castrar.

Esse foi o seu erro.

O Grande Tesoureiro nunca tinha visto uma tal chama de ódio nos olhos de sua escrava.

Quando o braço armado com a faca estendeu-se na direção do seu sexo, ele teve tempo de aparar o golpe e sentiu apenas uma ardência na coxa direita, cortada pela arma.

Com um soco violento, ele atingiu o rosto da jovem.

Quase desmaiada, com o nariz sangrando, ela soltou a arma. Khamudi agarrou-a pelo cabelo.

— Você tentou matar a mim, Khamudi! E não agiu sozinha, tenho certeza... Vou torturá-la pessoalmente, e você vai me dar o nome de seus cúmplices. De todos os cúmplices.

O cadáver retalhado do cananeu estava exposto diante do palácio de Tebas. Uma boa parte da população reunira-se para contemplar as aterradoras feridas.

Seqen tomou a palavra.

— Encontrei-o no deserto — explicou ele. — Apesar do seu estado, alguém o reconhece?

Embora uma grande pinta no que restava do quadril esquerdo tenha permitido identificar o homem que ele pagara para seguir o rei, Chomu absteve-se de responder.

— O que aconteceu com ele? — perguntou o intendente Qaris.

— Com certeza ele se aventurou longe demais e teve a sorte reservada aos imprudentes: os monstros atacaram-no e começaram a devorá-lo.

Desatinados e chocados, vários tebanos voltaram para suas casas.

— Não me peça mais para seguir Seqen enquanto ele caça — murmurou o primo de Chomu ao ouvido do comerciante. — Não quero servir de presa para as criaturas do deserto.

O chefe do partido dos colaboracionistas estava abalado. Era evidente que o infeliz espião havia sido vítima de grifos e de dragões que assombravam as solidões inóspitas que bordejavam o vale do Nilo.

Mais dia, menos dia, seria a vez de Seqen.

As mãos enormes da senhora Abéria fecharam-se em volta do pescoço do oficial culpado do complô contra Khamudi. Era a décima quinta vítima do dia, e ela o fizera sofrer por muito tempo antes de matá-lo.

A repressão organizada pelo Grande Tesoureiro, com autorização do imperador, havia sido terrível. Todos os conjurados, suas mulheres, seus filhos e animais haviam sido executados no átrio do templo de Seth. Alguns deles haviam sido queimados vivos; outros, decapitados; outros ainda, apedrejados e empalados.

Gemendo por causa da ferida, Khamudi recebeu um novo favor de Apófis, que tinha a intenção de dar um tratamento especial aos dois principais culpados: o oficial iraniano e a pedicura egípcia.

— Vamos começar por esta jovem depravada — decretou o imperador. — Venha, meu fiel amigo, admire minhas novas criações ao pé da fortaleza. Elas farão com que você esqueça a dor.

Khamudi viu uma arena e uma construção circular de madeira, sem teto.

— Tragam a criminosa — ordenou o imperador.

A egípcia havia sido torturada com tanta selvageria que quase não conseguia andar. Apoiando-se em uma das paredes da arena, ela ainda teve forças para lançar um olhar de ódio aos seus carrascos instalados num estrado, para não perder nada do espetáculo.

Apófis estalou os dedos.

Um touro bravio surgiu no cercado, soltando fumaça pelas ventas e com os cascos indóceis.

— Salte por cima dos chifres — recomendou o imperador com sua voz rouca. — Se conseguir, sua vida está salva.

O monstro avançou.

Exausta, a única reação da jovem foi fechar os olhos.

O oficial iraniano não entendia nada.

Por que o haviam jogado nessa construção circular, onde havia sido desenhado um caminho tortuoso, interrompido por paliçadas, formando ziguezagues?

— Avance pelo labirinto — exigiu o imperador do alto do estrado — e trate de achar a saída. É sua única chance de obter o meu perdão.

Do suplício no qual ele revelara, um por um, os nomes de todos os cúmplices, o iraniano saíra desfigurado e praticamente sem forças. Por isso haviam-lhe dado uma muleta para que ele pudesse andar, apoiando-se na perna esquerda, mais ou menos intacta.

Ele deu alguns passos.

Do chão brotou um machado que lhe cortou três artelhos.

Urrando de dor, o iraniano foi de encontro a uma paliçada, depois tentou contorná-la. Porém, ao passar, ele ativou a saída simultânea de duas lâminas.

A primeira cortou-lhe o flanco; a segunda, o pescoço.

E o homem que queria eliminar Khamudi esvaiu-se em sangue debaixo dos olhos do imperador e do seu fiel tesoureiro.

— Estes dois incapazes estavam muito destroçados para fazer nosso prazer durar — avaliou Apófis. — Pegaremos os próximos em melhor estado, e o espetáculo será mais atraente.

52

A cheia havia sido tão fraca que não haveria limo suficiente para todas as culturas da província tebana. Além disso, no início da primavera que se aproximava, as bacias de retenção já estariam sem água. Inútil contar com a clemência do imperador que, quaisquer que fossem as circunstâncias climáticas, não abaixaria os impostos.

Único consolo, a colheita de pepinos havia sido abundante; porém, a maior parte seria enviada ao governador Emheb, que a remeteria para Avaris.

Naquela noite, Seqen estava abatido.

— Vamos reagir — prometeu Ahotep. — Graças à excelente gestão de Heray, temos belas reservas de alimentos. Racionando, passaremos por este ano difícil.

— Isso não basta.

— Aconteceu alguma coisa na base?

— Os soldados querem um aumento do soldo. Se não conseguirem, deporão as armas e voltarão para Tebas.

— Não querem mais lutar?

— Muitos anos se passaram, Ahotep. Eles estão convencidos de que nunca ousaremos atacar os hicsos. Tanto assim que, para um treinamento duro, eles exigem um pagamento melhor.

— Tentou chamá-los à razão?

— Em geral, eu consigo. Dessa vez, eu falhei.

— Não compreendem que o esforço deles em breve será coroado de sucesso?

— Qaris veio me dizer que as guarnições de Edfu e de El-Kab fizeram os mesmos protestos. Acabou, Ahotep. Não temos meios para manter a resistência. Daqui a alguns dias abandonaremos a base secreta.

Ahotep saiu do palácio no meio da noite, burlando a vigilância de seus próprios guardas, atravessou a cidade adormecida e apressou o passo até o limite das terras cultivadas.

Onde começava o reino do deserto, ela hesitou.

Ali era o reino onde Seth era o chefe e, a qualquer momento, ele poderia soltar suas forças com tanta selvageria que nenhum ser humano poderia resistir. Os monstros existiam realmente e nenhum egípcio sensato arriscar-se-ia nessa região hostil sem a proteção do sol, o único capaz de expulsar as criaturas maléficas.

Contudo, o Egito estava dominado pelo império das trevas e Ahotep devia enfrentá-las, para conhecê-las bem e subtrair uma parte dessa força.

A jovem rainha deixou o mundo dos humanos e penetrou no deserto, rememorando as palavras dos sábios. Sim, aquele era o lugar de todos os perigos e, também, o local das montanhas em cujo ventre havia ouro e pedras preciosas. Em cada desgraça não há sempre uma coisa boa escondida?

Ahotep seguiu pelo leito seco de uma torrente e adotou um passo que a fazia economizar o fôlego. As sandálias de couro evitavam que machucasse os pés e, graças à luz da lua, podia distinguir os acidentes do percurso.

À sua volta, estalos e silvos. Uma rocha despedaçou-se, os fragmentos despencaram pela encosta de uma colina. O riso das hienas era acompanhado pelos pios das corujas, e uma enorme serpente, ziguezagueando, cruzou o caminho da intrusa.

Ela chegou à entrada diminuta de um vale cercado por ameaçadores degraus de pedra. Atravessar esse ponto de estrangulamento não a isolaria para sempre?

A rainha atravessou-o.

Agora, ela afundava profundamente nas trevas, porque a luz suave do seu astro protetor não atingia o fundo da ravina.

Um homem alto, com um rosto feio marcado por um nariz protuberante surgiu na frente dela. Ele tinha uma tez de um vermelho-vivo, estava armado com uma adaga amarela cujo brilho tinha um reflexo funesto e dirigia-se para ela, agressivo.

O imperador Apófis... Sim, era ele mesmo, o covarde que perseguia o povo egípcio, o tirano contra quem Ahotep prometera lutar!

Ela não recuou. Mesmo desarmada, lutaria.

Catando uma pedra, atirou-a em cima do inimigo e pensou ter errado o alvo.

Por duas vezes ela repetiu o gesto.

Estava certa de haver atingido o alvo, o que não impedia o imperador de progredir sem lhe arrancar um único grito.

Um espectro... Um espectro surgido do império das trevas para devorá-la!

Fugir era impossível!

Já que as pedras haviam-no atravessado, a rainha também poderia fazê-lo.

Quando o espectro estava apenas a um metro de distância, Ahotep avançou para ele, violentamente.

Ela teve a sensação de que entrava num braseiro, cujas chamas mordiam-lhe cruelmente a carne. Quando estava a ponto de desmaiar, percebeu um clarão e nele concentrou toda a sua determinação.

O clarão aumentou. Pouco a pouco a dor diminuía. Uma bola alaranjada formou-se e cresceu tão rapidamente que a noite foi vencida. Um novo dia acabava de nascer, a aurora iluminava centenas de árvores, de galhos longos e finos, enfeitados de pequenas flores verdes, com um perfume refrescante.

Balanitas... Um verdadeiro tesouro que fornecia madeira para fabricar objetos, o óleo das sementes e até uma substância que purificava a água. Ahotep comeu alguns frutos amarelos, saborosos e doces.

Ao sair daquela floresta enraizada em pleno deserto, o solo mudava de aspecto. Em alguns lugares, pareciam correr filetes de água.

A jovem ajoelhou-se para tocar naquele novo milagre: uma jazida de prata formada de vários filões! Ela nascera do casamento do deus da lua com a deusa do deserto, sob a proteção de Seth, o Ardoroso, cujo fogo fizera a jazida crescer no coração da rocha.

Seqen poderia pagar os soldados, a resistência estava rica!

Embriagada de alegria, Ahotep tomou o caminho de volta, gravando na memória cada detalhe do itinerário.

Na saída do vale desértico, viu um leopardo que a fixava, considerando-a sua presa.

Ahotep não tinha onde se refugiar.

De repente, surgiu uma gazela com os chifres em forma de lira. Para grande surpresa da rainha, a fera não se interessou pelo animal. Também não demonstrou maior interesse por um magnífico íbex que, na linguagem hieroglífica, servia para escrever a noção de dignidade.

Avançando muito lentamente, Ahotep notou que outros animais estavam reunidos ali: um órix branco, uma avestruz, uma lebre com grandes orelhas, uma raposa, um chacal, um texugo, um porco-espinho e uma doninha. Nas rochas estavam pousados um falcão e um abutre.

Os habitantes do deserto contemplavam a soberana. Mas o que esperavam? Ela percebeu que, se não fizesse o que queriam, eles não a deixariam passar.

Ahotep recolheu-se e sentiu que precisava dar provas de sua magia. Enfrentando as trevas onde estava enterrado o espectro do imperador, ela entrara em contato com o mal. Em plena claridade, precisava mostrar que sua alma estava intacta e que ela continuava a ser, segundo a expressão tradicional, “justa de voz”.

Então, ela cantou.

Um hino ao renascimento da luz, ao escaravelho que emerge da morte, à forma misteriosa do primeiro sol.

Do mais feroz ao mais delicado, as animais ensaiaram passos de dança e, em seguida, formaram um círculo em volta da Rainha Liberdade.

Eles estavam encantados com a voz de ouro, ela se alimentava das forças deles, saídas diretamente do grande Deus. Diferentemente do homem, o animal nunca havia traído sua origem celeste.

Para cantar melhor as palavras do poder, Ahotep fechara os olhos. Quando os abriu, os habitantes do deserto haviam desaparecido. Mas as pegadas das patas na areia mostraram para a jovem que ela não havia sonhado.

E foi para a luz divina que seus pensamentos se elevaram, cheios de agradecimento e veneração.

53

Quando o mensageiro do palácio passou ao lado do campo que pertencia a Chomu, vários empregados do comerciante cananeu barraram-lhe a passagem.

Atrás deles estava o patrão.

— Aonde vai, amigo?

— Ora... Como sempre! Entregar a correspondência oficial à patrulha do governador Emheb, que a enviará para Avaris.

— A correspondência, quero vê-la.

O mensageiro ficou furioso.

— Impossível... Totalmente impossível!

— Dê-me a correspondência imediatamente ou quebraremos seus ossos.

Chomu não parecia estar brincando. Desesperado, o mensageiro foi obrigado a obedecer.

Só havia uma carta.

O comerciante quebrou o selo real e leu a missiva. Tratava-se de um longo elogio aos infinitos méritos de Apófis, seguido de um parágrafo no qual o redator afirmava que Tebas afundava numa letargia cada vez mais profunda.

A assinatura causou um sobressalto em Chomu.

Era do ministro da Agricultura, destituído e morto há muitos anos!

Então o palácio continuava a conspirar e a mentir... Com uma prova dessas, o cananeu não teria nenhuma dificuldade em reagrupar os partidários do colaboracionismo.

— Onde está Seqen?

— Foi caçar no deserto — respondeu um dos servos.

— E Ahotep?

— No templo de Karnak — indicou outro.

— Perfeito... Sei o que temos de fazer.

— E o mensageiro?

— Não há dúvidas de que ele tem ligação com os resistentes. Matem-no.

Revigorado pelas extraordinárias descobertas de Ahotep, Seqen partira para a base secreta para comunicar as excelentes notícias aos soldados.

Quanto à rainha, ela deveria realizar um ato maior que protegeria o futuro exército da libertação.

Por essa razão, ela foi ao templo de Karnak e ordenou aos sacerdotes que cobrissem de flores todos os altares.

— Vamos prestar uma homenagem à memória de nossos ancestrais — declarou ela — e, especialmente, à dos faraós.

— Majestade... o invasor proibiu-a em todo o território! — assustou-se um sacerdote puro.

— Se tem medo de cumprir suas funções, deixe imediatamente este santuário. Ou, então, obedeça.

O ritualista inclinou-se.

— Tirem das criptas as antigas mesas de oferendas.

Os oficiantes trouxeram para fora obras-primas em diorito, em granito e em alabastro. Na pedra, os escultores haviam gravado diversos tipos de pães, de costelas e de coxas de boi, patos cozidos, cebolas, pepinos, couve, romãs, tâmaras, uvas, figos, bolos, jarras de vinho e de leite. Assim estava representado o eterno banquete, cujo sabor imaterial subiria até as almas dos defuntos.

Cada uma das figuras era um hieróglifo que se lia e se pronunciava. Cabia aos sacerdotes dar-lhes vida para que continuassem a viver por si só e para que as fórmulas mágicas continuassem, para sempre, eficazes.

— Majestade, ali, uma fumaça... Um prédio está queimando!

O "ali" era o centro da cidade.

O Bigodudo tinha tantas horas de sono a recuperar que ficava dormindo uma boa parte do dia. O Afegão preferia inventar combinações do *senet,* o jogo de estratégias preferido dos egípcios.

Quando não estavam caçando, os dois homens ficavam numa pequena casa, não muito longe do palácio. Depois de tantas noites passadas ao relento, apreciavam o conforto de uma cama e os pratos preparados por uma vizinha.

No fundo, como dizia o Bigodudo, a rotina não tinha só o lado ruim.

— Estou com sede, Afegão.

— Você toma muita cerveja.

— Ela me faz acreditar que a liberdade não é só uma ilusão. De tanto fabricar armas, acabaremos usando-as, não é?

— Nem Ahotep, nem o marido são levianos — reconheceu o Afegão. — E não será com a guarda do palácio que atacaremos os hicsos.

— É estranho, penso igual a você. Portanto...

— Portanto, a rainha de Tebas não nos disse tudo, porque a confiança que deposita em nós é relativa.

— No lugar dela eu faria o mesmo — avaliou o Bigodudo.

— Eu também! Ahotep é tão inteligente quanto bela. Numa mulher dessa têmpera, ao contrário, devemos confiar totalmente. Nem no meu país encontrei alguém parecido com ela.

— Não se esqueça de que ela é casada... Não vá se apaixonar.

De repente, o Afegão empertigou-se, como um felino em alerta. Habituado às reações do companheiro de luta, o Bigodudo saiu do seu torpor.

— O que houve?

— Esse grupo de sujeitos apressados, na ruela... Um golpe sujo está sendo preparado.

— A guarda local deve cuidar disso.

— Talvez não. Não quer desenferrujar as pernas?

— Não seria nada mal.

O grupo juntou-se a outro, depois a mais um, encabeçado pelo comerciante Chomu. E todos foram na direção do palácio.

— Não são assaltantes — concluiu o Bigodudo. — Eles não podem estar indo...

— Estão... Claro que estão!

Em disparada, o Afegão e o Bigodudo pegaram um atalho que lhes permitiu chegar às proximidades do palácio antes dos partidários da colaboração com os hicsos.

Sentado na entrada, um velho guarda cochilava, a lança encostada ao seu lado.

— Pegue as armas! — gritou o Bigodudo. — O palácio vai ser atacado!

Chomu havia incendiado a casa funcional de Heray, lamentando que o proprietário não estivesse presente.

Estupefatos, os vizinhos não ousaram intervir.

Quando Ahotep chegou ao lugar do sinistro, eles ainda estavam petrificados.

— Heray saiu ileso? — perguntou Ahotep, preocupada.

— Saiu — respondeu uma viúva, tremendo. — Foi o comerciante de vasos quem incendiou a casa.

— O que ele fez depois?

— Com os amigos, prometeram destruir o palácio!

Os dois filhos, a mãe, o intendente Qaris... Ahotep estava a ponto de desmaiar, mas recuperou-se depressa.

— São traidores! Venham comigo, é preciso impedi-los!

Encabeçando uma tropa digna de lástima, formada de velhos, de mulheres e de crianças, a rainha avançou.

Se não conseguisse salvar sua família, Ahotep mataria Chomu com as próprias mãos.

Diante do palácio, uma luta furiosa.

Chefiados pelo Afegão e pelo Bigodudo, os guardas haviam conseguido impedir o assalto. Trazendo ajuda, Heray e os camponeses equilibraram as forças.

— A rainha! — gritou um dos colaboracionistas. — Dispersar!

Os poucos instantes de hesitação foram fatais para os sectários de Chomu. Heray e o Bigodudo aproveitaram para eliminar os líderes principais, enquanto o Afegão jogava Chomu no chão.

— Não me toque! — gemeu ele, ao ver a derrota consumada. O olhar de Ahotep assustava-o mais do que a espada de Heray, cuja ponta já afundava no seu peito.

— Você matou alguns tebanos — constatou a rainha com seriedade — e queria aniquilar a família real. Existe crime mais grave?

— Todos vocês são revoltosos que não reconhecem a autoridade do imperador... Esse, sim, é o maior crime! — exclamou Chomu. — Se, enfim, se submeterem, advogarei a vossa causa, suplicando ao nosso exclusivo e único soberano que poupe Tebas.

— Você será julgado por alta traição, Chomu, e como inimigo da pátria que o adotou.

— Não entendeis que vós e os resistentes estais condenados? Enviei uma mensagem ao imperador; logo ele estará aqui e reconhecerá meus méritos.

54

Ahotep apertou Kamés longamente nos braços, antes de fazer mil carinhos no pequeno Amose, que não chegara a sentir medo. Se os amotinadores conseguissem entrar no palácio, o intendente Qaris teria fugido com as duas crianças, enquanto Teti, a Pequena, à frente de seus últimos fiéis, teria retardado o agressor.

— Não mostre fraqueza — recomendou ela a Ahotep. — Desta vez, Chomu e seus sectários foram longe demais.

— Mais longe do que você imagina: eles avisaram o imperador.

A rainha-mãe empalideceu.

— Então os hicsos não demorarão a chegar! Nosso exército está preparado?

— Ele estará.

Ao ouvir os gritos, as duas mulheres ficaram assustadas.

Será que mais colaboracionistas lançavam outro ataque?

— É o rei — tranqüilizou-as Qaris.

Prevenido pelo pombo-correio, Seqen deixou imediatamente a base secreta acompanhado de cem homens. A princípio assustados, em seguida os tebanos encheram-se de entusiasmo ao reconhecerem o marido de Ahotep e os compatriotas que acreditavam terem partido para o Norte há muito tempo.

O faraó entrou como um furacão no palácio.

— Ahotep!

Eles se abraçaram demoradamente.

— Fique tranqüilo, nossa família está sã e salva. Porém, muitos guardas foram mortos... E sem a intervenção do Bigodudo e do Afegão, os partidários de Apófis teriam triunfado.

— Eles ainda podem prejudicar-nos?

— Heray está cuidando disso. Mas Chomu enviou uma mensagem ao imperador.

— Vou preparar imediatamente as linhas de defesa, para destruir a primeira ofensiva dos hicsos. Depois, vamos contra-atacar.

— Antes, ainda nos resta um trabalho essencial a realizar. Mãe, você pode encarregar-se?

— Com prazer, minha filha! Este será um dos dias mais felizes da minha vida.

— Verdadeiros soldados esses sujeitos! — avaliou o Bigodudo ao observar os homens de Seqen agrupados diante do palácio.

— Exato — aprovou o Afegão. — Treinados e disciplinados... Era isso o que nos escondiam: uma milícia corretamente preparada para lutar contra os hicsos. Essa é a melhor notícia dos últimos tempos.

Heray caminhou na direção dos dois homens.

— Sua Majestade deseja vê-los.

Intimidado, o Bigodudo precedeu o Afegão. Nem um nem outro ousaram erguer o olhar para a rainha, que usava uma roupa de gala.

— Faço questão de agradecer e de cumprimentá-los pela bravura. Eu os nomeio oficiais do exército de libertação.

Embaraçados, os dois resistentes entreolharam-se.

— Agora — anunciou a rainha — vocês saberão mais sobre esse exército.

A população tebana estava reunida na entrada principal do templo de Karnak. Se necessário, substituída pelos arautos para que ninguém deixasse de tomar conhecimento, a voz de Teti, a Pequena, elevou-se, com uma segurança que surpreendeu muitos deles.

— Graças aos deuses, Tebas é novamente governada por um faraó e por uma grande esposa real! A todos vocês aqui reunidos, eu revelo que Seqen foi ritualmente coroado rei do Alto e do Baixo Egito e reconhecido como tal pela rainha Ahotep. Assim, a continuidade das dinastias será preservada; assim, a legitimidade do poder está assegurada.

Passado o momento de surpresa, os tebanos aclamaram os soberanos, cujos nomes foram gravados numa estela que seria depositada no templo, sob a proteção de Amon.

Quando os clamores cessaram, foi a vez do faraó Seqen tomar a palavra.

— Os partidários da colaboração com o inimigo foram presos. Eles serão julgados e condenados. Agora devemos todos enfrentar a temível provação da guerra. Nosso exército está preparado para combater, mas a ajuda de cada um de vocês é indispensável. Sangue, lágrimas e enfrentamentos cruéis, eis o que posso prometer. Esse é o único caminho que nos é oferecido: ou vencemos, ou seremos aniquilados. E o triunfo baseia-se numa exigência: que o coração de Tebas bata em uníssono.

A declaração foi seguida de um longo silêncio.

Todos compreenderam que o longo período de falsa tranqüilidade terminava e que um aterrorizante conflito estava prestes a começar.

Heray bateu no peito com o punho fechado.

— Até a morte, eu me comprometo a servir o Faraó, meu país e o povo.

A uma só voz, os tebanos repetiram a fórmula do juramento.

O coração de Ahotep dilatou-se.

Finalmente, nascia a verdadeira esperança.

O novo jogo do imperador divertia-o em alto grau. Era considerado um grande favor ser convidado para sentar-se ao lado dele no estrado que dominava a arena e o labirinto, onde os infelizes eleitos morriam, um a um. Assistir a essa agonia causava um prazer infindo.

Por sorte, não faltavam cobaias. Havia os ambiciosos que irritavam o imperador, os amantes de Ventosa que cometiam um erro fatal ao criticarem o imperador na intimidade da alcova, os imprudentes que se recusavam a ser extorquidos por Khamudi, as mulheres muito belas com quem a rainha Tany implicava, e mesmo alguns inocentes, robustos e com boa saúde, escolhidos ao acaso entre a população egípcia.

Apófis estava consciente de que, em breve, precisaria retomar o processo de conquista, colonizando Creta e as ilhas circundantes, de uma forma mais radical e, em seguida, destruindo uma leva de pequenos reinos da Ásia, incapazes de constituir uma federação. As tropas do almirante Jannas precisavam de exercício, e a fama do imperador devia continuar a crescer.

Presentemente, a cidade de Avaris correspondia ao seu sonho: ela se transformara numa imensa base militar, um paraíso para os soldados, servidos por escravos egípcios. A mesma coisa ocorria nas principais cidades do Delta e da Siro-Palestina, onde reinava a ordem dos hicsos.

Ele, Apófis, conseguira dominar a civilização que construíra as pirâmides. Algum dia destruiria essas obras, pedra por pedra, e mandaria construir um monumento em sua própria glória, mais grandioso do que os dos faraós.

Quando Khamudi entrou em seu escritório, imediatamente o imperador notou a tez esverdeada do Grande Tesoureiro.

— O que você tem?

— Minha mulher e eu divertimo-nos com umas libanesas, ontem à noite, e cometemos o erro de provar um licor desse país.

— Tentativa de envenenamento?

— Não creio, mas as libanesas serão lindas vítimas para o touro. Majestade, não posso deixar de relatar um grave incidente.

Apófis franziu as sobrancelhas.

— Grave... O termo não é exagerado?

— Cabe a vós julgá-lo. Acabei de receber uma mensagem proveniente de Tebas, com essas simples palavras: "Os hipopótamos não deixam o imperador dormir. O ruído que eles fazem rompem os ouvidos dos habitantes de Avaris."

— O que significa essa algaravia?

— É um código estabelecido por nosso informante, o ministro da Agricultura. Significa que houve distúrbios.

— Uma insurreição em Tebas... Não é inacreditável?

— A princípio, é. Mas a mensagem é clara.

— Esse ministro medíocre não está tentando chamar a atenção?

— Não é impossível, Majestade, porém suponhamos que ele tenha razão... Não chegou o momento de esmagar Tebas, de uma vez por todas?

— Eu havia esquecido completamente essa aldeia agonizante! É provável que uma dezena de pés-rapados tenha tentado roubar o trigo e que o insignificante ministro deseje atrair as boas graças para si, denunciando-os. No entanto, você tem razão, é melhor verificar.

— Devo enviar Jannas?

O imperador besuntou de pomada o nariz empipocado e os tornozelos que, há alguns dias, tendiam a inchar.

— Vamos agir de maneira mais sutil, enviando um embaixador para lá. Se realmente houver o começo de uma revolta, os tebanos vão matá-lo. Nossa resposta será imediata e definitiva. Caso contrário, saberemos que seu informante estava blefando e escolheremos outro para esse posto. Não vale a pena cansar os melhores soldados por nada, pois novas conquistas os aguardam.

55

— Só um barco? — surpreendeu-se Seqen. — Fatalmente trata-se de um engodo!

— Não me parece, Majestade — disse Heray. — De acordo com as sentinelas, é uma embarcação civil e sem escolta.

— Se acostar, nós a destruiremos!

— Posso recomendar-vos paciência? Mesmo que haja hicsos escondidos a bordo, eles não podem ser muitos e nós os venceremos facilmente.

— Mas por que a reação do imperador seria tão moderada?

— Talvez esteja enviando um ultimato — falou Ahotep.

— Exigindo que nós mesmos destruamos Tebas e que nos rendamos em seguida? Claro, você tem razão!

— Para sabê-lo, Majestade, há um meio muito simples: subir a bordo — propôs o Bigodudo.

— Por que arriscar a sua vida?

— Com o Afegão e uns cinqüenta homens na retaguarda, vou sentir-me em segurança.

O embaixador era o negociante de vinhos mais importante de Avaris. Khamudi confiara-lhe a missão com a esperança de que ele não saísse vivo. E, se voltasse, o destino que o aguardava não era nada invejável. Na verdade, enquanto estivesse ausente, o Grande Tesoureiro pegaria sua contabilidade e iria recheá-la de malversações, o que conduziria o fraudador ao labirinto. E a empresa iria parar no colo de Khamudi.

Sexagenário, o negociante detestava as viagens, sobretudo de barco. Porém, não era possível recusar uma missão imposta pelo imperador. Doente durante toda a subida do Nilo e deitado na cabine, o novo embaixador não apreciara a beleza da paisagem.

A única satisfação que teve ao saber que chegara em Tebas, aldeia perdida de uma província afastada, foi ter alcançado o destino. Ele conseguiu levantar-se, bebeu um pouco d'água e subiu para a ponte.

— Um emissário da rainha de Tebas deseja vê-lo — avisou o capitão.

— Faça-o entrar.

— Devo revistá-lo?

— Não é preciso... Ninguém ousaria atacar um embaixador dos hicsos.

Subindo a bordo, o Bigodudo constatou que não havia nenhum comando escondido.

Pela cor do diplomata, dificilmente ele sobreviveria a uma nova viagem.

— Sou o embaixador do imperador e faraó Apófis, nosso soberano todo-poderoso, e trago uma mensagem para a rainha, da parte dele. Leve-me, imediatamente, ao palácio.

O hicso olhou surpreso o destacamento organizado ao pé da prancha de desembarque.

— Serviço de segurança — explicou o Afegão.

— Há distúrbios por aqui?

— Nenhum, mas prudência nunca é demais.

Não havia perigo de o embaixador encontrar algum colaboracionista, porque Chomu e seus adeptos haviam sido executados pelos arqueiros dois dias antes, depois de um processo no qual não fora revelada nenhuma circunstância atenuante.

Tebas pareceu-lhe pobre, mas limpa. Nenhum soldado nas ruas, alguns velhos sentados na soleira de suas casas, crianças brincando, mulheres voltando do mercado, cachorros que brigavam por um trapo velho sob o olhar de um gato, prudentemente empoleirado num telhado... Era evidente que a modesta cidade não constituía uma ameaça para o imperador.

A visão de um palácio já decadente reforçou a convicção do embaixador. Quanto aos dois velhos guardas que se inclinaram à sua passagem, eles só estavam equipados com uma lança, tão gasta que se quebraria no primeiro choque.

Segurando a mão dos dois filhos, Ahotep acolheu o diplomata na entrada da modesta sala de audiências.

— Bem-vindo a Tebas. Sua visita é uma grande honra para nós, jamais ousamos esperá-la. Infelizmente não temos muito conforto para oferecer-lhe, mas esteja certo de que meu marido e eu envidaremos todos os esforços para satisfazê-lo.

Ahotep parecia tão frágil que o embaixador ficou comovido. Deixando de lado o discurso viril que todo bom hicso devia dirigir a uma egípcia vencida, ele gaguejou alguns agradecimentos.

— Quanto tempo pretende ficar entre nós?

— Só o necessário para entregar a mensagem do imperador.

— Meu marido, o príncipe Seqen, ficará feliz em ouvi-la. Filhos, vão para junto da sua avó. Vou dedicar-me ao nosso hóspede.

Usando uma túnica que já conhecera melhores dias, Seqen sentiu uma grande dificuldade em saudar o inimigo que preferia estrangular. Contudo, sujeitou-se às recomendações de Ahotep, resolvida a camuflar a situação, para ganhar tempo.

O embaixador achou decrépita a sala de audiências do insignificante palácio tebano.

— Não vamos perder tempo e sejamos objetivos: o imperador está incomodado com o barulho que fazem os hipopótamos. Entendem o que digo, suponho.

Ahotep percebeu que Chomu tivera o cuidado de mandar uma mensagem codificada, cujo sentido não era difícil de adivinhar.

— A leste de Tebas existe uma lagoa onde os hipopótamos gostam de brincar... Mas como os gritos deles poderiam chegar a Avaris?

— Não vamos bancar os espertos, princesa! Existem rebeldes em Tebas, não é?

A rainha assumiu um ar consternado; Seqen imitou-a.

— Havia, é verdade. Um pequeno grupo de fanáticos dirigidos por um comerciante de vasos chamado Chomu.

— Ordeno que me entreguem os rebeldes.

— Foram executados, por recomendação do ministro da Agricultura.

— Ah... Muito bem. Posso felicitá-lo?

— O infeliz acabou de morrer e será bem difícil substituí-lo. A fidelidade dele para com o imperador era um exemplo para todos os tebanos.

— Bom, bom... Tem certeza de que nenhum resistente infesta essa região?

— As execuções públicas servirão de lição — afirmou Seqen.

— O cozinheiro preparou-lhe uma boa refeição, com carnes e bolos — revelou Ahotep, sorridente. — Esperamos que nos dê a honra.

— Certamente, certamente... Têm vinho?

— Reservamos o melhor.

Ter um hicso nas mãos e deixá-lo partir ileso... Seqen estava enraivecido, mas precisava admitir que a estratégia de Ahotep estava certa. Convencido do caráter inofensivo dos tebanos, o embaixador não recomendaria ao imperador uma intervenção imediata. Assim, os marceneiros teriam tempo para terminar o último barco em andamento.

— O embaixador já está longe, Majestade — anunciou Qaris. — Parecia radiante com a breve estada entre nós.

— Nenhum incidente na cidade, Heray?

— Nenhum, Majestade. Ninguém tentou se aproximar do hicso; toda a população está do nosso lado.

Os dois novos oficiais do exército tebano foram ao encontro do faraó, à beira do Nilo.

— Vocês salvaram meus filhos — disse ele — e serei grato para sempre. Na guerra, muitos homens morrerão. Desejam partir para o combate ou ficar em Tebas e comandar a guarda do palácio?

O Bigodudo coçou a orelha.

— Descansamos bastante aqui, mas nasci no Norte e gostaria de voltar para lá.

— Eu — lembrou o Afegão — sou um estrangeiro que deseja voltar para casa, depois de vencer os hicsos.

— Combinado... Cada um de vocês comandará um batalhão de assalto.

O Bigodudo mostrou-se constrangido.

— Se somarmos os guardas do palácio e os verdadeiros soldados que trouxestes a Tebas, Majestade, nem assim teremos um exército. Mesmo acrescentando os resistentes do Norte, cujo número não aumentou, de acordo com as informações recebidas, não poderemos dispor de forças suficientes para furar a couraça dos hicsos.

— Ainda não viram tudo.

Uma base secreta, com instalações duradouras e um verdadeiro exército, formado de homens bem treinados e impacientes para combater... O Afegão e o Bigodudo não dissimularam a surpresa, nem a satisfação.

— Fabuloso — murmurou o Bigodudo. — Então não catamos os sílex por nada!

— Vou levá-los para conhecer os outros oficiais — decidiu Seqen. — Precisamos estar unidos por um perfeito corporativismo.

— Antes, Majestade, o Afegão e eu pedimos um favor: que possamos treinar com os homens da infantaria, para ensinar-lhes alguns golpes astuciosos na luta corpo-a-corpo.

56

Dominada por nuvens cinzentas vindas do mar, a fortaleza de Avaris parecia ainda mais sinistra do que o habitual. Nauseado e oprimido com a idéia de comparecer diante de Apófis, o embaixador nem ergueu os olhos para o céu.

— Você foi bem recebido? — perguntou o imperador.

— Não podia ter sido melhor, Majestade! Tebas é uma cidade pobre e desarmada que não representa nenhum perigo. A princesa Ahotep e o príncipe Seqen só estão preocupados com a pequena família e não pretendem causar-nos nenhum mal.

— Você conversou com o ministro da Agricultura?

— Ele havia acabado de morrer. Mas tranqüilizai-vos: o ruído dos hipopótamos não vos importunarão mais. A região está perfeitamente calma.

Apófis passou a mão, várias vezes, no seu cântaro de faiança azul, no qual estava desenhado o mapa do Egito. Quando sentiu que ele estava quente, pousou o indicador em cima da província tebana, que brilhou, emitindo um tranqüilizador reflexo vermelho, prova da sua submissão. Movido por uma preocupação que não lhe era familiar, o imperador insistiu.

O reflexo enfraqueceu.

— Imbecil, você foi enganado!

— Majestade, garanto que...

— Diante da sua idade, a prova do touro não seria nada divertida. Você irá para o labirinto.

O Grande Tesoureiro Khamudi e o almirante Jannas foram convocados com urgência na sala secreta da cidadela, onde nenhum ouvido indiscreto poderia ouvir a conversa.

— Alguma coisa anormal está se passando em Tebas — declarou o imperador. — Nosso embaixador não notou nada, mas estou convencido de que os fanáticos trabalham em surdina.

— Os informantes não me relataram nada, Majestade — especificou Jannas. — A província tebana é uma das mais ricas do Egito, porém a maior parte da sua produção é enviada para nós. Talvez alguma revolta no palácio esteja sendo preparada; se a rainha Ahotep for substituída por outra tebana, isto tem alguma importância?

— A incerteza exaspera-me, Tebas exaspera-me. Em lugar algum, sobretudo no Egito, a soberania dos hicsos poderá ser contestada, por pouco que seja.

— Desejais que minhas tropas ocupem a cidade? — indagou Jannas.

— Tebas deve ser destruída — decidiu Apófis. — E temos nas proximidades o homem de que precisamos. Ordene ao governador Emheb que destrua a insuportável cidade.

* * *

— Impossível, Majestade — decretou o sumo sacerdote de Karnak.

— Qual a razão? — insurgiu-se Ahotep.

— Por que os quatro orientes estão fechados. Enquanto eles não se abrirem, qualquer ataque estará destinado à derrota total.

A rainha não podia negligenciar os avisos dos deuses.

— Como provocar a abertura?

— Segundo a tradição, o casal real só reina, verdadeiramente, depois de atravessar o grande cerrado de papiros, ao norte de Tebas. Porém, o lugar deve estar infestado de serpentes e de crocodilos. Aventurar-vos ali será correr o risco de morrer.

— O que querem os deuses é preciso que se faça.

Apesar da oposição formal de Teti, a Pequena, a quem Ahotep confiou os dois filhos, a rainha e o faraó partiram sozinhos e sem armas, em direção ao lugar mais perigoso da província, evitado até pelos caçadores mais experientes.

Seqen não hesitara um só momento. À beira de uma crise de nervos, os soldados já não agüentavam a espera, que corroía suas forças.

A leve barca aproximou-se lentamente do enorme cerrado de papiros, de onde alçaram vôo dezenas de pássaros, companheiros de Seth.

Ahotep juntou várias hastes de papiro e amassou-as. Os sons que fecundaram um silêncio pesado acalmaram as forças hostis, prontas para devorar a vida dos intrusos.

O casal penetrou no interior do cerrado, onde reinava a escuridão em pleno dia. Frêmitos de um outro mundo provocaram-lhes um medo visceral.

E, de repente, ela surgiu, imensa, flamejante!

Uma naja real fêmea, aquela que os textos chamavam de "a massacrante", "a deusa da estabilidade", "aquela que está coberta de luz", "a primeira mãe, que foi o começo e que conhece as fronteiras do universo".

Ahotep sustentou o olhar da serpente.

— Você pode me matar, mas não a temo porque você é a dama do desabrochar do coração. Dê-me sua chama, para que eu destrua com a finalidade de criar.

A naja balançou-se da frente para trás, da esquerda para a direita; em seguida, enlaçou uma haste de papiro e desapareceu.

Ahotep percebeu que estava sozinha a bordo da barca.

— Seqen, onde você está? Responda!

A frágil embarcação batera numa ilhota no coração do cerrado.

Acreditando achar refúgio em terra firme, o faraó viu avançar na sua direção dois enormes crocodilos, que não lhe dariam nenhuma chance de escapar.

— Deite-se, Seqen, e não se mexa!

O rei seguiu o conselho da esposa, mas os dois répteis não interromperam o avanço.

Certo de que seria devorado, Seqen fitou o rosto de Ahotep e fechou os olhos.

Os dois monstros cercaram o monarca, com as mandíbulas coladas na cabeça dele. Puseram as patas dianteiras sobre seus ombros e as patas traseiras sobre os punhos, reconhecendo, assim, o rei do Egito como sendo um deles, capaz de surgir das profundezas num instante e fechar os maxilares sobre o adversário.

* * *

— Três dos quatro orientes estão abertos — constatou o sumo sacerdote de Karnak. — O Leste, o Oeste e o Sul. Porém, o Norte continua fechado.

— Que nova prova nos impõe? — perguntou Ahotep.

— Os textos estão mudos, Majestade. A decisão é vossa.

— Devemos atacar! — preconizou Seqen.

— O exército pode dirigir-se para o Norte — objetou Ahotep —, mas ele nos recusa seus favores.

— O que exigem os deuses, ainda?

— Cabe a nós percebê-lo, Seqen. Enquanto estivermos surdos e cegos, como ter esperanças de vencer?

— Meus homens estão ansiosos. Se esticarmos demais a corda, ela irá arrebentar.

No palácio, o governador Emheb esperava por eles. Em geral tão calmo, ele se mostrava muito agitado.

— Recebi há pouco uma ordem do almirante Jannas, Majestade: Tebas deve ser arrasada.

— Então, Apófis não acreditou no embaixador... Suas tropas estão prontas para lutar?

— Estão impacientes.

Heray interrompeu a conversa.

— Vinde, rápido!

O tom de voz do chefe dos celeiros era tão imperioso que o casal real e o governador Emheb seguiram-no até o Nilo.

— Olhem esses ovos.

— As rangedeiras já começaram a postura — constatou Emheb. — No mínimo com três semanas de antecedência! Isso significa que a cheia começará mais cedo do que o normal, e que não poderemos lançar os barcos no rio antes que a fúria se acalme.

— Em outras palavras — lamentou Seqen —, é impossível atacar de imediato.

— Vamos aproveitar as excepcionais circunstâncias — preconizou Ahotep. — É indispensável descobrir a razão de o Norte continuar hostil. Você, Emheb, redija um relatório dirigido ao imperador e afirme que cumpriu a missão, com zelo. Tebas foi destruída, o príncipe e a princesa estão mortos.

— Ele vai acreditar em mim?

— Vai, se você enviar um diadema, minha roupa e a túnica de Seqen manchados de sangue.

57

— Diadema medíocre, roupa de mendiga, túnica de incrédulo... As relíquias da extinta Tebas não merecem ser conservadas — julgou o imperador.

— O relatório do governador Emheb deu-nos imenso prazer — acrescentou Khamudi. — Os soldados incendiaram uma cidade de medrosos que nem ousaram lutar. Tudo foi queimado, os cadáveres, inclusive. No lugar da cidade de Amon, Emheb propõe que se construa uma caserna.

— Excelente iniciativa. Mesmo assim, envie um espião na areia para confirmar o relatório. E que ele volte acompanhado desse Emheb. Desejo conhecê-lo e felicitá-lo.

— Precisaremos ter paciência, Majestade. A cheia está particularmente forte este ano, e não será possível navegar por algum tempo.

— Tenho um novo candidato para o labirinto — sussurrou Apófis, com um sorriso glauco.

A consulta ao cântaro de faiança azul tranqüilizou o imperador: Tebas, a lastimável, havia, realmente, sido vítima de um incêndio.

Sob o olhar surpreso dos tebanos, o palácio real e várias casas pegavam fogo.

— Por que essa decisão? — surpreendeu-se Seqen.

— Porque um adversário tão temível quanto Apófis tem percepções mais intensas do que o comum dos mortais — respondeu Ahotep. — Ele precisa de uma prova, mesmo a distância, de que a cidade foi realmente destruída.

Naquela mesma manhã, Teti, a Pequena, Kamés e Amose haviam partido para a base secreta, onde doravante residiriam.

Ahotep e Seqen dirigiram-se ao templo de Karnak, onde foram acolhidos pelo sumo sacerdote.

— Contemplei novamente os ângulos do céu. Três dos quatro orientes estão abertos e são favoráveis. Mas o Norte continua obstinadamente fechado e nenhuma litania consegue destrancá-lo.

— Não existe uma capela inacessível neste templo? — perguntou a rainha.

— Existe a capela central de Amon. Porém, sabeis muito bem que ela só se abrirá no dia em que o Egito recuperar a liberdade.

— Amon é o deus do vento vivificante, do vento do Norte. É ele quem exige que quebremos o tabu.

— Não agi assim, Majestade! Seria ofender o destino.

— Estou convencida do contrário. Se permanecermos passivos, manteremos o Egito na escravidão. Só Amon pode abrir a estrada do Norte.

— O senhor de Karnak irá fulminar-vos!

— Não sou inimiga dele.

Ahotep ficou recolhida diante da porta fechada.

Em seguida, tirou o ferrolho de madeira dourada, enquanto implorava a Amon, "o Escondido" e "o Estável" em quem estava assentada a criação, que a ajudasse.

Entreabrindo a porta, a rainha esgueirou-se para o interior da pequena capela onde só entrava um raio de luz, suficiente para permitir que ela discernisse a estátua do deus, sentado no trono.

Na mão direita, Amon segurava um gládio curvo de bronze, coberto de prata, com incrustações de electro. Na extremidade superior, um lótus de ouro.

— Precisamos da sua espada, senhor. Ela nos dará a capacidade de vencer o imperador das trevas.

Ahotep colocou sua mão na mão de pedra, correndo o risco de não poder retirá-la.

O granito não estava frio. Nele circulava uma energia inalterável.

Quando o deus aceitou confiar a arma à rainha, a espada produziu uma irradiação intensa que iluminou a capela.

Ahotep retirou-se andando de marcha à ré e de cabeça baixa.

Quando ela brandiu a espada de luz, tão ofuscante quanto o sol do meio-dia, Seqen e os sacerdotes cobriram o rosto.

— A porta da capela de Amon continuará fechada até a vitória total — anunciou Ahotep. — De hoje em diante, seu braço está armado, Faraó, e a estrada do Norte, aberta.

Em frente ao pequeno palácio da base secreta havia sido plantado um jardim que começava a tornar-se sedutor. Em volta do caramanchão cresciam tamargueiras e palmeiras.

Abrigados pelas árvores, deixando de lado a agitação que reinava em torno deles, Ahotep e Seqen partilhavam um momento de felicidade, que era ainda mais intenso porque, em breve, se separariam.

Ambos estavam conscientes do desafio e, ao mesmo tempo, dos riscos nele implicados. Mas cabia ao faraó comandar as tropas no combate, e à rainha, governar Tebas na sua ausência.

— Tenho tanta vontade de viver — confessou ele, acariciando o corpo esplêndido —, tanta vontade de amá-la até que a velhice nos leve para a outra margem, tão unidos que nem sequer a morte conseguirá separar-nos.

— Nenhuma morte vai nos separar — prometeu ela. — Se você for eliminado lutando contra as trevas, meu braço pegará a espada e sua força morará em mim. Você será o único homem da minha vida, Seqen. Juro sobre o nome do Faraó.

Abraçados, eles contemplaram o céu imenso, onde seus olhares se perderam. Por que os deuses haviam escolhido ambos para cumprir uma tarefa sobre-humana?

No acampamento, saía uma discussão. Os chefes menores tentavam impor-se.

— Creio que precisam de mim — constatou Seqen.

— Posso apresentar-vos meu jovem filho, Majestade? — perguntou o capitão Baba, que o rei nomeara comandante das tropas vindas de El-Kab, enquanto o governador Emheb comandaria as de Edfu.

— Eu me chamo Ahmés, filho da senhora Abana — declarou orgulhosamente o rapaz —, e matarei muitos hicsos!

— Você não é jovem demais?

— Já sei manejar todas as armas, Majestade, e não tenho medo de combater na linha de frente.

— O Egito precisa de homens como você, Ahmés, filho de Abana.

Seqen não se apressou ao dizer algumas palavras para cada um dos soldados. As fisionomias estavam sérias, muitas vezes angustiadas. Ninguém ignorava o valor dos hicsos que, além disso, possuíam a vantagem de serem mais numerosos. Quem refletisse um pouco, chegaria à conclusão de que o pequeno exército egípcio seria exterminado. Mas a presença da rainha dissipou muitos medos e impediu as deserções.

Uma mãozinha foi introduzida na mão do faraó.

— Eu também quero ir para a guerra.

— Amose!

Seqen pegou no colo o filho de quatro anos.

— Ele tem razão — confirmou Kamés, com a segurança de seus catorze anos. — Desde que chegamos aqui, treinamos todos os dias com os soldados.

O rei pôs o menino de volta no chão e abraçou os dois filhos.

— Dois crocodilos comunicaram-me assim a força deles... Eu lhes dou a minha. Se eu não voltar do *front*, vocês deverão continuar a luta sob a autoridade da rainha do Egito. Juram?

Kamés e Amose juraram solenemente.

— Mas você vai voltar logo, não vai? — perguntou o mais jovem.

Khamudi foi arrancado de uma noite deliciosa por Jannas em pessoa. O almirante forçara a porta da vila onde o Grande Tesoureiro e sua mulher ensinavam jogos pervertidos a adolescentes amedrontadas.

Enojado, Jannas preferia não olhar, já que o imperador tolerava essas práticas ignóbeis.

Suado, Khamudi ordenou a uma serva que o enxugasse.

— O que há de tão urgente, almirante?

— Nossos barcos comerciais foram atacados por piratas, que têm uma base no arquipélago de Tera.

— Na parte meridional das Cíclades?

— Exato.

— Deveríamos ter limpado essa zona há muito tempo!

— Devido ao adiantado da hora, pensei que não seria oportuno acordar o imperador, mas achei que devia avisar a você, sem demora.

— Fez muito bem. Pensei que esses malditos piratas haviam se acalmado, mas a ganância é mais forte! Eles não sobreviverão a esse erro. E se os cretenses os ajudaram de uma forma ou de outra, pagarão muito caro. Antes de irmos ao palácio, bem cedo, não gostaria de provar uma dessas jovens beldades?

— Não, obrigado, Khamudi.

— Elas são bem suculentas... Não sabe o que está perdendo, Jannas!

A cólera fria do imperador gelou o sangue do almirante nas veias.

Ele recebeu ordens para sair de Avaris imediatamente com vários navios e matar até o último pirata.

Quanto a Khamudi, ele foi encarregado de enviar as tropas à Siro-Palestina e à Ásia, para mostrar que ninguém podia atacar a ordem dos hicsos.

58

Filu e a equipe de pombos-correio partiram para o Norte, levando mensagens destinadas aos resistentes, com quem o exército de Seqen pretendia estabelecer conexão.

A bordo dos barcos, os soldados viram-nos tomar a direção do Baixo Egito, esta terra tão próxima e, ao mesmo tempo, tão longínqua, que só o sacrifício de inúmeras vidas permitiria reconquistar.

No recesso do palácio, Ahotep entregara a Seqen o cetro com o qual tinha a esperança de, um dia, percorrer o país; e foi no barco do almirante, na presença de todos os oficiais, que ela o coroara com um diadema que sustentava um *uraeus* de ouro. A naja fêmea cuspiria o fogo que iluminaria o caminho do faraó, queimando os inimigos.

É verdade que o diadema não passava de um medíocre substituto para as coroas tradicionais: a vermelha, do Baixo Egito, e a branca, do Alto Egito, que o imperador pegara e, aparentemente, as destruíra.

Qaris e Heray puseram a maquete na cabine do rei, com a esperança de que ele, dia a dia, empurrasse os limites do território liberado.

E chegou o momento do último beijo e do último abraço. Ahotep gostaria de ser apenas uma esposa amorosa, mãe de dois magníficos meninos e uma simples tebana, mas o império das trevas resolvera que seria diferente.

— Vá para o Norte, Faraó, atravesse a barragem de Coptos e avance o mais longe possível. O anúncio das suas vitórias fará renascer a esperança no país inteiro.

— Uns barcos — disse o alfandegário hicso ao colega, que fazia a sesta à sombra de uma palmeira.

— Deve ser uma frota mercante proveniente do Norte... Ninguém nos avisou.

— Não, eles vêm do Sul.

— Você bebeu muito vinho de tâmaras.

— Levante-se e olhe... São muitos!

O alfandegário saiu do torpor e ficou boquiaberto diante do incrível espetáculo.

— Rápido, para as barcas!

Os alfandegários de Coptos montaram, às pressas, uma barragem flutuante que, pela simples visão, deveria dissuadir os contraventores, provavelmente núbios, de continuar o avanço. Porque quem seriam eles, senão comerciantes do extremo Sul, que tentavam escapar das taxas?

— Em nome do imperador Apófis, alto! — gritou o chefe alfandegário.

Essas foram as suas últimas palavras, antes que a flecha de Seqen lhe traspassasse a garganta. O faraó fizera questão de eliminar, pessoalmente, o primeiro hicso que tentara barrar o seu caminho.

Em poucos minutos, os arqueiros egípcios exterminaram os adversários e, em seguida, romperam, sem dificuldade, a frágil barragem.

— Não vamos parar em Coptos? — perguntou o governador Emheb.

— Nossa confiança em Titi, o prefeito da cidade, é limitada. Contudo, acho que ele ficará ao lado do mais forte.

Em Dendera, a frota do faraó encontrou dois barcos de guerra hicsos. Surpreendidas com o ataque inesperado, as equipagens não tiveram tempo de organizar-se e só apresentaram uma fraca resistência.

— Nossa segunda vitória, Majestade! — constatou o capitão Baba.

Na altura de Ábidos, havia cinco barcos hicsos.

Um deles sacrificou-se para diminuir a velocidade da vanguarda egípcia, enquanto os outros se colocavam atravessados no rio.

Dessa vez, o combate pôs o exército de libertação à prova. Seguros de sua superioridade, os hicsos cometeram o erro de atirar as flechas a descoberto, enquanto os egípcios se protegiam com escudos.

O barco de Emheb bateu no flanco de uma embarcação inimiga, e os soldados de Edfu fizeram a abordagem, enquanto os de El-Kab dominavam o capitão hicso. A captura desmoralizou os marinheiros, brutalmente privados de ordens claras.

— Sem clemência! — gritou Baba, varando com a lança um oficial asiático que tentava reagrupar seus subordinados.

A partir desse momento, o resultado do enfrentamento estava selado. Os soldados treinados por Seqen esmagaram o adversário.

— Quatro barcos a mais para a nossa frota e uma bela quantidade de armas a acrescentar — notou o Afegão, limpando o braço coberto do sangue inimigo. — Tornamo-nos um exército importante.

Filu pousou no ombro do intendente Qaris.

— Uma mensagem do faraó Seqen, Majestade!

— Leia primeiro — exigiu Ahotep. — E só me comunique as notícias boas.

Com a garganta apertada, Qaris decifrou o texto codificado pelo próprio Seqen.

— Nosso exército passou por Ábidos! É a terceira vitória, depois de Coptos e Dendera. A batalha foi cruel, mas nossos soldados comportaram-se admiravelmente.

— Nossas perdas? — preocupou-se Ahotep.

— Poucas. Um barco está trazendo os feridos de volta.

— Que tudo esteja preparado para tratá-los.

— Pode contar comigo, Majestade.

Ahotep comandava pessoalmente os soldados que haviam permanecido na base secreta. Depois de ficarem furiosos por não partir com os companheiros, passaram a não lamentar a sorte. Ficar sob as ordens da rainha e garantir a proteção da família real não eram nobres obrigações?

Sem perder em nada sua graça e feminilidade, Ahotep dava provas da sua aptidão para manejar a espada e atirar com o arco. Convencidos de que a derrotariam facilmente na luta, vários soldados corpulentos foram derrubados, sem entender o que estava acontecendo, a tal ponto Ahotep revelava-se hábil na arte da esquiva e em preparar golpes inesperados.

Kamés, que se tornara um rapaz, participava do exercício com tanta impetuosidade que já se ferira várias vezes. Ele se mostrava resistente à dor, sob o olhar às vezes assustado do pequeno Amose, a quem a avó desaconselhava, em vão, esse tipo de espetáculo.

— Isso não é uma educação — censurava Ahotep.

— Em tempos de guerra, tem outra melhor a propor? — perguntava a filha.

— Claro que não, mas, mesmo assim, isso não é educar! Os filhos de um rei devem conhecer os grandes textos clássicos e possuir uma sólida cultura geral. Acontece que Kamés está atrasado na leitura. Por isso quero que ele trabalhe comigo, pelo menos uma hora, todas as noites.

— Concedido, Majestade.

Khamudi estava doente.

A pele apresentava-se coberta de urticária, e os intestinos torturavam-no. Porém, ele não podia adiar o momento de revelar a Apófis o conteúdo das mensagens enviadas pelo novo informante tebano, substituto do ministro da Agricultura.

A princípio ele acreditara tratar-se de alguma intriga decorrente de um incidente banal na fronteira de Coptos e do desejo do espião de chamar a atenção para si mesmo. Porém, segundo a última mensagem, equipagens dos hicsos haviam sido mortas em Dendera e em Ábidos.

Como dar uma notícia como essa ao imperador? Entretanto, era preciso tomar medidas de urgência, com o propósito de interromper as investidas dos revoltosos.

Infelizmente, o almirante Jannas perseguia os piratas nas Cíclades e as melhores tropas semeavam o terror na Siro-Palestina. De qualquer modo, ainda restavam regimentos suficientes no Egito para esmagar a gentalha que ousava ferir o amor-próprio do império.

Um sol ardente sufocava a cidadela e o calor agravava os sintomas do Grande Tesoureiro. Apesar da hora matinal, o calor já lhe parecia insuportável.

Subir a escada foi um suplício.

Quando o imperador o recebeu, Khamudi interrompeu sua fala várias vezes.

— Nada mais detestável do que o verão — disse Apófis. — Felizmente, as paredes grossas preservam um pouco de frescor. Você devia poupar-se, meu amigo. Pela sua fisionomia, passa muitas noites agitadas.

Khamudi foi direto ao assunto:

— Fomos atacados no Alto Egito.

O rosto do imperador parecia ainda mais fino e alongado.

— Onde, exatamente?

— Em Coptos, em Dendera e em Ábidos.

— Quem é o agressor?

— Os tebanos.

— Quem os comanda?

— Seqen, o marido da rainha Ahotep. Ele se diz... faraó.

— Ele continua avançando para o Norte?

— Ainda não sei, mas é provável.

— Que essa revolta seja esmagada e que Seqen me seja entregue, vivo ou morto.

59

Depois de Ábidos, o exército de libertação percorreu quase duzentos quilômetros sem encontrar resistência, como se os hicsos houvessem batido em retirada com o anúncio das primeiras vitórias dos tebanos.

— Não estou gostando disso — disse o governador Emheb.

— A surpresa foi tamanha que o inimigo não conseguiu organizar-se — sugeriu o capitão Baba.

— Em vez de enviar pequenas unidades que não conseguem nada além de manter a ordem nas províncias, eles estão agrupando as tropas em algum lugar específico, para interromper nosso avanço.

Tão brutal quanto repentina, uma tempestade desabou. Um vento furioso quebrou os galhos das árvores, as palmeiras retorceram-se, a areia do deserto cobriu as plantações e as ondas tornaram o Nilo impraticável.

— Vamos aportar — ordenou o rei.

A tempestade durou muitas horas, durante as quais os soldados se abrigaram o mais que puderam, a cabeça enfiada nos joelhos. Será que a fúria do deus Seth, protetor de Apófis, prometia um destino funesto?

Assim que o céu e o rio começaram a acalmar-se, o Bigodudo aventurou-se a subir na ponte para verificar se o barco havia sido muito atingido.

E foi, então, que ele viu.

Uns vinte barcos de guerra hicsos, na altura da cidade de Cusae.

— Desta vez — disse ele ao Afegão, que viera ao seu encontro — vamos penar. Esses aí não serão pegos de surpresa.

— Depende, meu amigo. Com certeza, esperam que ataquemos às cegas. Então, vamos aconselhar o rei a mudar de tática.

Os melhores arqueiros egípcios, entre os quais figurava o jovem Ahmés, filho de Abana, atiraram flechas com a ponta em chamas, numa cadência que só podia ser mantida por homens bem treinados. A maioria dos tiros atingiu o alvo: as velas que os hicsos haviam esquecido de recolher. Com a ajuda do vento, elas se inflamaram rapidamente e o fogo passou para os mastros, apesar dos esforços dos marinheiros para apagar o incêndio.

Como os barcos estavam acoplados, nenhum deles escaparia da destruição.

— Estão saltando para a margem e fugindo! — constatou o capitão Baba. — Vamos persegui-los e matá-los!

Seqen concordou e os egípcios desembarcaram. Era a oportunidade de reduzir a nada uma parte do exército de Apófis.

Com o machado, a lança e a espada, abateram um bom número de marinheiros. Chefiados por Baba, os tebanos respiravam a plenos pulmões os ares da vitória.

De repente, eles pararam, e os gritos de triunfo ficaram presos nas gargantas.

— O que está havendo? — perguntou Seqen, que subiu rapidamente em direção à proa.

— Caímos numa armadilha — disse o governador Emheb.

Diante dos libertadores, todo um exército os desafiava.

— Eu nunca vi isso — confessou o capitão Baba. — Nunca vi essas máquinas e esses animais...

Carros puxados por cavalos.

Espadas de bronze mais sólidas do que as dos egípcios, arcos mais potentes, armaduras e capacetes... Em todos os aspectos, o regimento hicso era superior.

— Bela hora para morrer — disse o Bigodudo.

— Assim — acrescentou o Afegão — não lamentaremos tanto essa velha terra.

Os soldados de Seqen estavam aterrorizados.

— Vamos bater em retirada, Majestade — recomendou Emheb.

— Seríamos massacrados como covardes.

O faraó virou-se para seus homens.

— Há muitos anos que esperamos por esse confronto. É Apófis quem deve ter medo. Ele acha que nos dispersaremos como pardais, porque ninguém, até o momento, ousou enfrentar suas tropas de elite. Seremos, então, os primeiros e provaremos que os hicsos não são invencíveis.

Todos os soldados do exército de libertação brandiram suas armas em sinal de aprovação.

— Ao ataque! — ordenou Seqen, apontando a espada de Amon para os carros dos hicsos, que iniciaram a corrida num fragor de rodas e de cascos de cavalos que se chocavam no solo pedregoso.

A linha de frente egípcia foi esmagada. Os arqueiros e os lanceiros de azagaia asiáticos dizimaram a segunda linha e Seqen precisou apelar para a energia que surge somente do desespero para evitar a debandada.

Depois de cortar o braço de um condutor de carro e a garganta de um arqueiro que estava ao lado, o faraó conseguiu derrubar um carro. O sucesso inesperado inspirou Baba e os soldados de El-Kab que, à custa de várias perdas, conseguiram imobilizar muitos outros.

Ao ver as couraças dos hicsos manchadas de sangue, os egípcios compreenderam que os invasores não eram invulneráveis. E o combate começou a equilibrar-se.

— No flanco esquerdo do inimigo! — gritou o Bigodudo, que estripava um iraniano. — São os nossos homens!

Mobilizados pelas mensagens dos pombos-correio, os resistentes iniciaram uma ofensiva que surpreendeu os hicsos e arrefeceu-lhes o entusiasmo.

— O rei! — gritou o governador Emheb, que acabara de matar dois anatólios. — O rei está isolado!

Seqen batia-se com tanto ímpeto que a guarda mais próxima não conseguira segui-lo. Aprisionado num círculo formado por carros e pela infantaria, o faraó tentava aparar os golpes que vinham de todos os lados.

Esgueirando-se por baixo da guarda do rei, um cananeu de estatura pequena acertou-lhe um golpe com um machado de lâmina fina, embaixo do olho esquerdo.

Ignorando a dor, Seqen cravou a espada no peito do adversário. Porém, um outro cananeu enfiou o punhal na fronte do monarca.

Com o rosto ensangüentado, sem poder enxergar, o rei atacava o vazio.

O capitão Baba acabou por furar o círculo, matou o segundo cananeu e, por um minuto, achou que conseguiria livrar Seqen. Todavia, uma lança traspassou-lhe os rins, enquanto um oficial asiático acertava a lâmina do pesado machado na cabeça do rei.

Morrendo, o faraó caiu sobre o lado direito. Um sírio quebrou-lhe o nariz com a clava e acabou de matá-lo com mais um golpe na base do crânio.

Furioso com a morte do pai e do seu rei, o jovem Ahmés, filho de Albana, atirava flecha sobre flecha. Ele matou, um a um, todos os assassinos, enquanto o Afegão e o Bigodudo, depois de uma investida furiosa, conseguiram aproximar-se do cadáver de Seqen.*

Sondando o céu, em vão, Ahotep não ousava contar há quantos dias os pombos não traziam notícias da frente de batalha.

Todas as noites, depois de tranqüilizar sua mãe, seus filhos e os soldados da base fortificada, a rainha sentia-se exausta. Esse silêncio corroía-lhe a alma, e ela não tinha ninguém que a ajudasse a enfrentá-lo.

O sol brilhava e, apesar do calor, os soldados dedicavam-se aos trabalhos habituais. Kamés ensinava o irmão menor a manejar uma espada de madeira; Teti, a Pequena, lia orações a Amon; Qaris zelava pelos feridos, a quem a rainha visitava pela manhã e à noite.

* A múmia do faraó Seqen-en-Rá foi preservada. Atualmente, ela pode ser vista no museu do Cairo.

— Um barco, Majestade — alertou Heray. — Vou atrás das notícias!

— Não, quero ser a primeira a saber!

A manobra de acostamento parecia interminável.

O primeiro a seguir pela prancha de desembarque foi o governador Emheb, que envelhecera dez anos.

Com o rosto vincado, ele carregava a espada de Amon e o diadema real, manchados de sangue.

A rainha avançou em direção a ele.

— Chegamos até a cidade de Cusae, Majestade, e enfrentamos um regimento de elite dos hicsos. Graças à coragem do faraó, não saímos vencidos.

— Seqen...

— O faraó está morto, Majestade. Trouxemos o corpo de volta, para que seja mumificado. Os ferimentos são tantos que seria melhor...

— Quero vê-lo. E os mumificadores deixarão as feridas aparentes, para que a posteridade saiba como morreu o herói que travou as primeiras batalhas da guerra de libertação. Que o nome dele seja honrado para sempre, como o de um autêntico faraó.

Os soldados da base fortificada estavam reunidos atrás da jovem rainha, que teria de explicar aos dois filhos por que eles não voltariam a ver o pai.

— Perdoai o caráter impiedoso da pergunta, Majestade — disse Emheb, com a garganta apertada —, mas milhares de homens aguardam vossa resposta: devemos notificar nossa rendição ao imperador ou estais decidida a continuar a luta, assumindo a chefia de nosso exército?

Ahotep subiu a bordo do barco e contemplou longamente o cadáver martirizado do homem que ela tanto amara, amava e amaria além da morte.

Ela o beijou na fronte e caminhou até a proa da embarcação, para onde convergiram todos os olhares.

— Dê-me a espada de Amon e o diadema do rei — ordenou ela a Emheb.

Ahotep colocou na cabeça o diadema manchado de sangue e apontou a espada para o Norte.

— Assim que for possível, Kamés sucederá ao pai e tornar-se-á nosso novo faraó. Até que chegue esse momento, assegurarei a regência e continuaremos a luta contra o império das trevas. Que a alma de Seqen brilhe entre as estrelas e nos guie pelo caminho da luz.

BIBLIOGRAFIA

ABD EL-MAKSOUD, M., *Tell Heboua (1981-1991). Enquête archéologique sur la Deuxième Période intermédiaire et le Nouvel Empire à l' extrémité orientale du Delta,* Paris, 1998.

ALT, A., *Die Herkunft der Hyksos in neuer Sicht,* Leipzig, 1954.

BECKERATH, J., *Untersuchungen zur politischen Geschichte der Zweiten swischenzeit in Ägypten, Glückstadt,* 1965.

BIETAK, M., *Avaris. The Capital of the Hyksos. Recent Excavations at Tell el-Daba,* Londres, 1996.

BIETAK, M., "Hyksos", in *Lexikon der Ägyptologie,* 1977, 93-104.

BIETAK, M., STROUHAL, E., "Die Todesumstände des Pharaos Seqenenre (XVIIe dynastie)", *Annalen Naturhistorischen Museums,* Viena, 78, 1974, 29-52.

CAUBET, A. (ed.)., *L'Acrobate au taureau. Les Découvertes de Tell el-Dab'a et l'Archéologie de la Méditerranée orientale,* Paris, 1999.

DAVIES, W. V., Schofield, L. (ed.), *Egypt, the Aegean and the Levant. Interconnections in the Second Millenium BC,* Londres, 1995.

ENGBERG, R. M., *The Hyksos reconsidered,* Chicago, 1939.

GABOLDE, L., *Le "Grand Château d'Amon" de Sesóstris Ier à Karnak,* Paris, 1998.

GITTON, M., *Les Divines Épouses de la XVIIIe dynastie,* Paris, 1984.

GOEDICKE, H., *Studies about Kamose and Ahmose,* Baltimore, 1995.

HABACHI, L., *The Second Stela of Kamose and his Struggle against the Hyksos Ruler and his Capital,* Glückstadt, 1972.

HAYES, W. C., *The Scepter of Egypt, II: the Hiksos Period and the New Kingdom,* Nova York, 1968.

HEINSOHN, G., "Who were the Hyksos?", *Sesto Congresso Internazionale di Eggitologia,* Turim, 1991, 1993, Atti II, 207-217.

HELCK, W., *Die Beziehungen Ägyptens zu Vorderasien im 3. und 2. Jahrtausend v. Chr.,* Wiesbaden, 1962.

JANOSI, P., "The Queens Ahhotep I and II Egypt's Foreign Relations", *The Journal of Ancient Chronology, Forum 5*, 1991-1992, 99-105.

KEMPINSKI, A., *Syrien und Palästina (Kanaan) in der letzten Phase der Mittlebronze II B — Zeit (1650-1570 v. Chr.)*, Wiesbaden, 1983.

LABIB, P., *Die Herrschaft der Hyksos in Agypten und ihr Sturz*, Glückstadt, 1936.

LACOVARA, P., *The New Kingdom Royal City*, Londres e Nova York, 1997.

MAYANI, Z., *Les Hyksos et le Monde de la Bible*, Paris, 1956.

OREN, E. D. (ed.), *The Hyksos: New Historical and Archeological Perspectives*, Filadélfia, 1997.

REDFORD, D. B., "The Hyksos Invasion in History and Tradition", *Orientalia*, 1970, 1-51.

ROBINS, G., "Ahhotep I, II and III", *Göttinger Miszellen*, 56, 1982, 71-77.

RYHOLT, K. S. B., *The Second Intermediate Period in Egypt*, Copenhague, 1997.

SÄVE-SÖDERBERGH, T., "The Hyksos in Egypt", *Journal of Egyptian Archaeology*, 37, 1951, 57-71.

SEIPEL, W., "Ahhotep", *Lexikon der Ägyptologie*, I, 1972, 98-99.

VANDERSLEYEN, C., "Les deux Ahhotep", *Studien zur Altägyptischen Kultur*, 8, 1980, 237-241.

_________. *L'Égypte et la Vallée du Nil*, 2, Paris, 1995, 119 *sq.*

_________. *Les Guerres d'Amosis, fondateur de la XVIIIe dynastie*, Bruxelas, 1971.

_________. "Kamose", *Lexikon der Ägyptologie*, III, 1978, 306-308.

_________. "Seqenenrê", *Lexikon der Ägyptologie*, V, 1984, 864-866.

VAN SETERS, J., *The Hyksos, A New Investigation*, New Haven, 1966.

VYCICHL, W., "Le Nom des Hyksos", *Bulletin de la Société d'Égyptologie de Genève*, 6, 1982, 103-111.

WACHSMANN, S., *Aegean in the Theban Tombs*, Louvain, 1987.

WEILL, R., *XIIe Dynastie, Royauté de Haute-Égypte et domination hyksos dans le Nord*, Cairo, 1953.

PRÉ-ESTRÉIA ESPECIAL

A GUERRA DAS COROAS

VOLUME 2

Sentado à esquerda de Apófis, imperador dos hicsos, o general da divisão de carros de guerra não se sentia à vontade. No entanto, estava sendo distinguido com uma honraria pouco freqüente: assistir, na companhia do soberano mais poderoso do mundo, à prova do touro, da qual os habitantes de Avaris, capital do império situada no Delta do Egito, falavam com pavor, sem saberem exatamente do que se tratava.

Instalados numa alta plataforma, os dois homens podiam ver uma arena e uma construção circular conhecida como "o labirinto" de onde, segundo os boatos, ninguém saía vivo.

— Você parece nervoso — observou Apófis com sua voz rouca que gelava o sangue nas veias.

— É verdade, Majestade... O convite, aqui, no palácio... Não sei como vos agradecer — respondeu o oficial superior, balbuciando e sem ousar olhar para o imperador, de uma feiúra impressionante.

Alto, nariz proeminente, bochechas flácidas, ventre inchado e pernas grossas, Apófis só se permitia duas vaidades: um escaravelho de ametista montado num anel de ouro no dedo mínimo da mão esquerda e, no pescoço, um amuleto com a forma da cruz ansada* que lhe dava o direito de vida e morte sobre os seus súditos.

"Amado do deus Seth", Apófis proclamara-se faraó do Alto e do Baixo Egito e tentara inscrever seus nomes de coroação na árvore sagrada da cidade santa de Heliópolis. Porém, as folhas mostraram-se renitentes e recusaram-se a aceitá-lo. Por essa razão, Apófis matara o sumo sacerdote, ordenara o fechamento do templo e afirmara que o ritual havia transcorrido corretamente.

Há algum tempo o imperador andava contrariado.

Nas Cíclades, o almirante Jannas, asiático impiedoso e notável guerreiro, perseguia os piratas que ousavam atacar a frota mercante do império. Na Ásia, muitos dos pequenos principados manifestavam veleidades de independência que, ainda embrionárias, eram reprimidas pelas tropas de elite dos hicsos que massacravam os revoltosos, queimavam os povoados e arrebanhavam um grande número de escravos.

Esses episódios contribuíram para o grande projeto de Apófis: aumentar a extensão do império, que já era o maior de que se tinha notícia. A Núbia, Canaã, a Síria, o Líbano, a Anatólia, Chipre, as Cíclades, Creta e a região fronteira à Ásia curvavam-se diante dele e temiam seu poderio militar. Porém, isso era apenas uma etapa, e os invasores hicsos, reagrupando soldados de diversas etnias, deveriam prosseguir na conquista do mundo.

Um mundo cujo centro era o Egito.

* Signo hieroglífico *ânkh*, "a vida".

Esse Egito dos faraós, que a inundação dos hicsos submergira com uma facilidade surpreendente, pondo fim a longos séculos de civilização baseada em Maât: justiça, retidão e solidariedade. Deploráveis combatentes, os egípcios não souberam lutar contra a força brutal e as novas armas dos invasores.

Agora, ele, Apófis, era o faraó.

Implantara a capital em Avaris, lugar do culto de Seth, deus do raio e da violência, que o tornava invencível. A aldeia transformara-se na principal cidade do Oriente Médio, dominada por uma cidadela inexpugnável de onde o imperador gostava de contemplar o porto, com centenas de barcos de guerra e de comércio.

Conforme o desejo de Apófis, Avaris apresentava-se como uma gigantesca caserna, um paraíso para os militares, servidos por egípcios reduzidos à escravidão.

No entanto, no sul desse Egito vencido e pisoteado, uma incrível revolta ganhava corpo! Em Tebas, obscura cidade agonizante, um reizinho chamado Seqen e sua esposa Ahotep haviam ousado pegar nas armas contra o imperador.

— Em que ponto estamos exatamente, general?

— Controlamos a situação, Majestade.

— Onde é a frente de batalha?

— Em Cusae, Majestade.

— Cusae... Essa cidade não fica a trezentos e cinqüenta quilômetros ao norte de Tebas?

— Aproximadamente, Majestade.

— Então, isso significa que o ridículo exército de Seqen conquistou um vasto território... bem mais vasto.

— Oh, não, Majestade! Os revoltosos tentaram um ataque rápido ao descer o Nilo numa velocidade surpreendente, mas não dominaram as províncias que atravessaram. Na realidade, foi uma ação mais espetacular do que perigosa.

— Mesmo assim sofremos vários reveses.

— Os insubordinados pegaram alguns destacamentos de surpresa! Mas reagi depressa e impedi o avanço deles.

— À custa de graves perdas, é o que parece.

— O armamento deles é arcaico, mas esses egípcios lutam como feras! Por sorte, nossos carros e cavalos deram-nos uma enorme superioridade. E, depois, Majestade, não esquecei que matamos o chefe, Seqen.

"Tão-somente graças ao espião que gangrena o inimigo", pensou Apófis, cujo olhar turvo permanecia indecifrável.

— O cadáver de Seqen, onde está?

— Os egípcios conseguiram recuperá-lo, Majestade.

— Lamentável. Eu o teria pendurado, de bom grado, na torre da cidadela. A rainha Ahotep está sã e salva?

— Infelizmente, sim, mas é apenas uma mulher. Depois da morte do marido, só pensará em render-se. Os farrapos do exército egípcio não tardarão a dispersar-se e nós os destruiremos.

— Ah, chegou a nossa distração! — exclamou o imperador.

Um enorme touro bravio, de olhar furioso e cascos agressivos, entrou na arena onde foi jogado um homem nu e desarmado.

O general empalideceu.

O infeliz era o seu adjunto direto que lutara valentemente em Cusae.

— O jogo é tão simples quanto divertido — explicou o imperador. — O touro avança para cima do adversário e a única chance que ele tem é a de agarrar os chifres e dar um salto perigoso por cima do lombo do monstro. Segundo o pintor cretense, Minos, que decora o meu palácio, é um esporte muito em voga no país dele. Graças a Minos, minhas pinturas são mais bonitas do que as de Cnossos. Não acha?

— Oh, sim, Majestade!

— Olhe... Esse touro é um verdadeiro mastodonte e tem mau caráter.

De fato, o monstro não demorou a atirar-se sobre a vítima, que cometeu o erro de tentar fugir, dando-lhe as costas.

Os chifres foram plantados nos rins do oficial hicso. O touro lançou o moribundo para cima, pisoteou-o e chifrou-o uma segunda vez, antes de resfolegar.

Apófis fez uma cara de reprovação.

— Esse incapaz foi tão decepcionante na arena quanto em combate — avaliou. — Um desertor... é isso o que ele era. Mas a responsabilidade das derrotas não cabe aos superiores?

O general suava em bicas.

— Ninguém poderia ter feito melhor, Majestade, eu garanto, eu...

— Você é um imbecil, general. Primeiro, porque não previu o ataque; depois, porque seus soldados foram vencidos em vários lugares do território egípcio e não se comportaram como verdadeiros hicsos; finalmente, porque acha que o adversário foi derrotado. Levante-se.

Atônito, o general obedeceu.

O imperador tirou da bainha a adaga com a empunhadura de ouro, que nunca o abandonava.

— Desça ao labirinto ou vou degolá-lo. É a sua única chance de obter o meu perdão.

O olhar assassino de Apófis acabou com a hesitação do oficial superior, que pulou para o labirinto, tocando o solo com os joelhos e com as mãos.

À primeira vista, o lugar não tinha nada de perigoso.

Era composto de armadilhas, marcadas por paliçadas, às vezes cobertas de vegetação. Impossível perder-se: um único caminho, tortuoso, levava à saída.

Na altura da primeira paliçada, uma mancha de sangue chamou a atenção do general. Sem pensar muito, ele resolveu saltar, como se pulasse um obstáculo invisível.

E acertou, pois duas lâminas surgiram de cada lado, roçando-lhe a planta dos pés.

O imperador apreciou o feito. Desde que aperfeiçoara os diferentes dispositivos do labirinto, poucos candidatos iam além dessa primeira etapa.

O general agiu da mesma maneira ao sair da segunda curva, e esse foi o seu erro.

Ao voltar ao solo, este desapareceu debaixo de seus pés e ele despencou num lago onde cochilava um crocodilo esfomeado.

Os gritos do hicso não afligiram o animal, nem o imperador, a quem um servo apressou-se em trazer um pote de bronze com lavanda para ele lavar as mãos.

Enquanto os maxilares do crocodilo estalavam, e estalavam de novo, Apófis perfumava as mãos.